WERNER MÜNCHOW

MAGISCHES GLAS

Preußenkrimi

W0411349

berlin.krimi.verlag
be.bra verlag

Bibliografische Information der Deutschen Nationalbibliothek
Die Deutsche Nationalbibliothek verzeichnet diese Publikation in der Deutschen Nationalbibliografie; detaillierte bibliografische Daten sind im Internet über http://dnb.d-nb.de abrufbar.

Alle Rechte vorbehalten.
Dieses Werk, einschließlich aller seiner Teile, ist urheberrechtlich geschützt. Jede Verwertung außerhalb der engen Grenzen des Urheberrechtsgesetzes ist ohne Zustimmung des Verlages unzulässig und strafbar. Das gilt insbesondere für Vervielfältigungen, Übersetzungen, Mikroverfilmungen, Verfilmungen und die Einspeicherung und Verarbeitung auf DVDs, CD-ROMs, CDs, Videos, in weiteren elektronischen Systemen sowie für Internet-Plattformen.

© berlin.krimi.verlag im be.bra verlag GmbH,
Berlin-Brandenburg, 2013
KulturBrauerei Haus 2
Schönhauser Allee 37
10435 Berlin
post@bebraverlag.de
Lektorat: Gabriele Dietz, Berlin
Umschlag: Hauke Sturm, Berlin
Satz: psb, Berlin
Schrift: Stempel Garamond
Druck und Bindung: Finidr, Český Těšín
ISBN 978-3-89809-529-7
www.bebraverlag.de

Verzeichnis der wichtigsten existierenden und *fiktiven* Personen des Romans

Eduard, »Ede«, Tanzbodenstenz mit breiten Schultern und zwielichtiger Umgebung
Enslen, Johann Carl, Pionier technikorientierter Spektakel
Friedrich Wilhelm II., König von Preußen
Ida, Bekannte von Friederike Polley
Künow, Wilhelm von, Husar, Leutnant im Stab
Lemke, Paul, Polizeisergeant
Nicolai, Friedrich, Verleger
Philidor, Paul »de«, reisender Magier
Polley, Friederike, Fräulein aus Spandau, Nichte von Frau Straßberg
Reiser, Gustav, Polizeisergeant im 15. Revier
Rosenow, Erich, Kommissar der königlich-preußischen Polizei zu Berlin, Vorgesetzter von Reiser
Schrepfer, Johann Georg (in abweichender Schreibweise »Schröpfer«), ehemals Magier und Rosenkreuzer zu Leipzig
Straßberg, Anna, Zimmerwirtin von Reiser und Künow, Tante von Friederike
Walther, Friedrich August, Arzt an der Charité, Prosektor
Walther, Johann Gottlieb, Arzt an der Charité, Prosektor
Wöllner, Johann Christoph, Justizminister und Rosenkreuzer
Eine alte Frau aus dem Koppenschen Armenhaus
Ein Student der Medizin an der Charité

Zwei Totengräber mit Handkarren
Zwei Männer mit Zylinder und Paletot
Drei Wärter im Leichenhaus

Berlin 1797

I

Reiser schloss die Augen. Sie brannten vor Anstrengung. Seit Stunden saß er vor einem Stapel Papieren und versuchte, für den Tagesbericht krakelige Schriften von fehlerhaft ausgefüllten Meldezetteln, umständlich formulierten Protokollen und nachlässig hingeworfenen Notizen zu entziffern. Das Licht in der Wachstube reichte gerade, um die Karos auf dem Kanzleipapier zu erkennen. Er richtete sich auf, verschränkte die Arme hinter dem Kopf, atmete tief durch, blinzelte und schaute zum Fenster. Auf dem kniehohen Sims hockte ein stoischer Novembernebel und verschleierte die Sicht auf die Linienstraße.

Von den Ställen der reitenden Artillerie am Oranienburger Tor schallten vertraute Geräusche herüber. Die Truppe rückte wieder einmal zur Übung aus. Pferde schlugen mit ihren Hufeisen einen holprigen Rhythmus auf das Kopfsteinpflaster, die Räder der Feldgeschütze und Munitionswagen knirschten dazu eine monotone Melodie. Befehle gellten. Bald würde der Hornist zum Abmarsch blasen. Bestimmt ging es zum Schießplatz hinter dem Gesundbrunnen beim Wedding. Wie wollten die bei dem Wetter mit ihren Kanonen überhaupt ein Ziel treffen? Vielleicht schossen sie ja auch nur ins Blaue. Ins Graue, sollte man wohl sagen.

Wie auf Kommando ging plötzlich ein Pfeifen und Brüllen los, als sei die Wilde Jagd unterwegs. In dem gräulichen Dunst formte sich wie von Geisterhand ein Schemen und wuchs, lange Fahnen heißen Dampfes ausstoßend, zu bedrohlicher

Größe an. Der furchterregende Drache entpuppte sich als kolossales Kaltblut der Artillerie, das geradenwegs auf die trübe Glasscheibe zu hielt. Reiser stürzte zum Fenster, breitete die Arme aus, schwenkte sie auf und ab. Der Gaul wurde langsamer, kam zum Stehen, schnaubte kurz, schüttelte die blonde Mähne, legte den Kopf zur Seite und trabte in den Nebel davon.

Aus allen Richtungen hallten zornige Rufe und wildes Fluchen. Der Zossen war wohl beim Anspannen durchgegangen. Jetzt versuchte ein aufgeregter Trupp Soldaten, ihn wieder einzufangen. Keiner wusste, wo suchen. Jeder rief jedem zu, was zu tun sei. Alle rannten kopflos durcheinander.

Unversehens tauchten zwei der Blauröcke vor Reisers Fenster auf und blieben ratlos stehen. Er klopfte an die Scheibe und deutete mit der Hand in die Richtung, in die das Pferd getrabt war. Der Ältere der beiden, an den hell glänzenden Abzeichen auf Ärmeln und Schulterklappen seiner Uniform als der Ranghöhere zu erkennen, nickte dankend, drehte sich zur Straße, bildete mit beiden Händen einen Trichter vor dem Mund, brüllte »Oranienburger« und lief in die angegebene Richtung. Schatten huschten ihm hinterher, das Getrappel nahm ab, dann war der ganze Spuk vorüber.

Reiser knöpfte fröstelnd den Mantel bis ans Kinn und schlug den Kragen hoch. Es nutzte nichts. Die feuchte Kälte kroch unter den Stoff und fand ihren Weg bis auf die nackte Haut. Er hasste diese Zeit, wenn das Jahr sich über Wochen apathisch seinem Ende entgegenschleppte und eine schludrige Helligkeit nur für wenige Stunden das grämliche Dunkel verdrängte. Wenn man schier den Glauben verlor, dass die Sonne sich jemals wieder wenden würde.

Das Papier auf dem Pult warf an den Rändern Wellen, vor Feuchtigkeit und Kälte. Vielleicht hatte es auch eine Gänsehaut bekommen von der Berührung der anderen klammen Seiten, mit denen es auf einem Stapel lag. Reiser hatte es unzählige Male glatt gestrichen, um seine Eintragungen weiterführen zu können. Danach musste er jedes Mal die Finger aneinanderreiben, um sie zu wärmen, bevor er zur Schreibfeder griff.

Der kleine Ofen der Dienststube blieb bei alldem kalt. Feuerholz wurde erst zugeteilt, wenn Eisblumen die Fensterscheiben zierten. Reiser hielt diese Regelung für Unsinn. Im richtigen Winter strahlte für gewöhnlich die Sonne aus einem klaren blauen Himmel. Es mochte dann kälter sein. Aber es fror sich viel angenehmer.

Und immer dieses nicht enden wollende Schreiben. Was gab es schon großartig zu berichten? Man musste sich anstrengen, um das Papier vollzukriegen. Jede noch so kleine Beobachtung sollte gemeldet werden. Er war Polizeisergeant, kein Federfuchser, und wollte nach Ganoven statt nach Wörtern suchen.

Wozu die ganze Kritzelei diente, konnte sowieso niemand sagen. Angeblich war selbst die nebensächlichste Beobachtung ein unentbehrliches Steinchen im großen Mosaik, das dem Wohlergehen der Untertanen und der Sicherheit des Königreichs diente. Dazu sandten alle Reviere ihre Tagesberichte an den Polizeidirektor, und wehe es gab eine Rückfrage, weil etwas unvollständig oder unklar blieb. Schlimmer war nur noch, wenn sich irgendwann herausstellte, etwas geriet außer Kontrolle, weil das zuständige Revier Hinweisen nicht genügend Beachtung geschenkt hatte.

Reiser ließ den Blick über das Pult gleiten. Er strich entschlossen über die vor ihm liegende Seite, hauchte in die Hände. Der Tagesbericht musste fertig sein, damit der Kommissar ihn noch lesen konnte, bevor er am Nachmittag pünktlich um

fünf zum Molkenmarkt gebracht wurde. Der Polizeidirektor wartete nicht gern. Also los.
Womit beginnen? Die suspekte Meldung dieses Mieters aus der Gipsgasse, der einen Besucher avisierte? Angeblich war der gestern gekommen. Aber sein Nachbar wollte schon vor zwei Tagen einen Unbekannten bei der Wohnung gesehen haben. Oder die Delinquenzen in der Ziegelstraße? Dort gab es dauernd Ärger. Erst neulich war in einer der vielen Destillen, die ihren Schnaps heimlich in Hinterhöfen brannten, beim allzu hektischen Befüllen der Brennblase eine Verpuffung entstanden, die fast das ganze Haus zum Einsturz brachte. Die Wirte gaben den minderwertigen Ausrüstungen die Schuld, die obskure Hersteller ihnen als hochmodern und narrensicher andrehten. Ihre Kunden, meist Soldaten der umliegenden Kasernen, verfluchten die geldgierigen Wirte und ihren gepanschten Fusel. Die Anwohner beschwerten sich über die vor ihren Fenstern krakeelenden Soldaten, und so zeigte immerfort einer mit dem Finger auf den anderen.
Wie diese beiden Weibspersonen aus der Wassergasse mit ihrer Anzeige das Lusthausreglement betreffend. Allein schon die aufgeblasenen Formulierungen der Meldung. Das Haus, in dem sie wohnten, beherberge seit Jahren nur rechtschaffene Mieter. Vor Kurzem jedoch habe eine Mamsell, die sich nicht enthielt, in unziemlicher Kleidung nach französischer Fasson über das Trottoir zu flanieren, eine Wohnung über ihnen bezogen. Seitdem würden die Männer vom Posthof bei ihr nur so ein- und ausgehen.
Dass die ehrbaren Damen selber schon mehrfach wegen der Garküche verwarnt worden waren, die sie unerlaubt betrieben, hatten sie wohl schon wieder vergessen. Das ganze Viertel lebte doch mit und von den Postillionen und Fuhrknechten.

Was sollte er tun? Das Haus aufsuchen und die Frauen gegenüberstellen? Er sah schon drei keifende Giftnudeln übereinander herfallen, Nachbarn die eine oder andere anfeuern, was die übrigen Hausbewohner anlockte, bis der Streit sich auf die Straße ausweitete, wo Anwohner tatkräftig Partei ergriffen und herbeilaufende Passanten nicht beiseitestehen wollten. Anschließend stapelten sich, angeschleppt von einem nicht endenden Zug eilfertiger Büttel, ungezählte Anzeigen, Denunziationen und Zeugenaussagen bergeweise auf seinem Tisch, was unweigerlich bedeutete, dass er über Tage und Wochen Rapports schreiben, Rückfragen beantworten, Klarstellungen formulieren, Protokolle anfertigen würde und alle diese elenden Papiere ein ums andere Mal lesen musste, nur um den ganzen Kreislauf mit einem neuen Bericht wieder in Gang zu bringen.

Reiser schreckte hoch. Bildete er es sich nur ein oder hatte es an der Tür geklopft? War er etwa eingenickt? Vor ihm lag der Tagesbericht. Der Federhalter war ihm aus der Hand gerutscht und hatte einen Klecks auf dem Papier hinterlassen. Kopfschüttelnd zog er die Schublade auf und suchte nach dem Federmesser.

Dieses Mal hörte er das Klopfen deutlich und bat herein. Eine Frau betrat die Dienststube. Seiner Schätzung nach war sie über fünfzig Jahre alt. Ihre Kleider machten einen ordentlichen Eindruck, waren indes reichlich abgetragen. Ob sie verwirrt war vor lauter Aufregung, die manche Menschen befällt, wenn sie mit der Obrigkeit zu tun haben, oder ihr die Wörter aus dem Mund galoppierten, bevor ein Gedanke sie zähmte, konnte Reiser nicht sagen.

Jedenfalls kam ihm die Geschichte, mit der sie begann, sobald sie ohne Gruß und Vorrede eingetreten war und die Tür hinter sich ins Schloss gezogen hatte, reichlich durcheinander vor. Sie habe auf dem Friedhof einen Toten gefunden, der dort nicht hingehörte. Wohin um alles in der Welt, fragte er sich, gehörten Tote denn sonst?

Am liebsten hätte er einen Wachmann gerufen und mit der Frau fortgeschickt, damit sie dem die ganze Affäre am Ort des Geschehens vortrug. Nur war keiner der Wachleute da. Widerwillig erhob er sich, hielt der Alten die Tür auf und trat auf die Straße. Beim Abschließen zögerte er einen Moment, überlegte, den Mantel gegen die Uniformjacke zu tauschen, ließ es aber. Sie wusste ja, dass er Polizist war.

2

»Na wie nu, könn'n wa?«
Die Frau war schon einige Schritte vorausgegangen, hatte ihm die ungeduldige Frage über die Schulter zugeworfen und schritt energisch aus. Reiser eilte hinter ihr her, die Linienstraße entlang. Er musste sich sputen, um nicht abgehängt zu werden. Zu Fuß war sie fast so schnell wie mit dem Mund. Mit einigen Laufschritten holte er sie ein.
»Erzählen Sie mir doch bitte etwas genauer, wie Sie den Mann gefunden haben.«
Die Antwort kam schnell und knapp.
»Doot.«
Reiser räusperte sich.
»Können Sie nicht einfach sagen, was Sie auf dem Kirchhof gemacht haben?«
»Ick hab Alois besucht.«
Sie schwieg. Reiser wartete einen Moment, hakte nach.
»Sie haben Alois besucht.«
»Wollnse jetz allet, watt ick sare, wiederholen, damit Si't besser vastehn oder damit Si't nich vajessen?«
»Wer ist denn Alois?«
»Mein Vablichener.«
»Ihr verstorbener Mann?«
»Er war nich mein Mann. Aber wir ham uns sehr nahe jestanden, bis zu sein Tode.«
»Aha.«
»Wie jeden Tach.«

»Wie bitte?«
»Ick besuche Alois jeden Tach.«
»Gestern war er nicht dort?«
»Na sicher doch, watt jloobense denn.«
»Sie sagten doch, er lag erst heute da.«
»Watt redn Sie denn fürn krauset Zeuch? Dett macht een ja janz meschugge. Jestern wart wie immer. Ick bin zu mein Alois und hab niemand jesehn. Heut lach er plötzlich da.«
»Ich verstehe!«
»Wissense, ick jeh immer mein Weech. Nich hier vonne Straße durchn Einjang sondern übern Flur, durch die Küche und den Jartn von Koppe. Da wohn ick, und solang er noch jelebt hat, meen Alois ooch. Jedn Tag drei Stufen runter, links übert Jras, an de Kiefer längs. Ick kenn jedn Strauch und jedn Halm. Wenn ooch nur eene winzje Blume fehlt, merk ick dett sofort. Die zwee Beene, die heut ausm Busch kiekten, hätt ooch eener jesehn, der da zum ersten Mal längs jeht.«
»Ich frage mich schon, warum ihn sonst niemand hat liegen sehen.«
»Wennse mich fragn, weil da sonst keena hinkommt. Wozu soll eener da längs latschen, wenn er da nüscht zu suchen hat?«
Sie blieb vor einer Reihe verwilderter Maulbeerbäume stehen. Dahinter lag der Kirchhof, links und rechts eingerahmt von Gärten, die zu den Häusern der Kleinen Hamburger Straße und der Kleinen Gasse gehörten. Auf der gegenüberliegenden Seite, am entfernten Ende des Friedhofs, bildeten Gärten und Häuser der Hospitalstraße den Abschluss. Im Dunst waren sie kaum zu erkennen. Das mittlere der aneinandergebauten Gebäude war das Koppensche Armenhaus. Wer dort lebte, hatte es nicht weit auf dem Weg zur letzten Ruhe.

Nur ein paar Schritte entfernt umrahmten Linienstraße, Totengasse, Mulackgasse und Wüste Gasse den Kirchhof der Garnison. Säuberlich getrennt durch einen breiten Kiesweg lagen dort die Offiziere im einen, die Gemeinen im anderen Teil. Ewigen Frieden fand an seiner letzten Ruhestätte keiner von ihnen. Regelmäßig kamen die Trommler der Regimenter hierher, um Wirbel, Stakkatos und monotone Schläge zu üben, die beim Parademarsch die Zivilen erfreuten und beim Vormarsch die Soldaten antrieben.

Wie tapfer sie auch immer gekämpft haben mochten, ihre Grabmale erinnerten nicht gerade an einen Heldenfriedhof. Immerhin machten sie einen soliden Eindruck. Zwischen den Gräbern hatte man Bäume gepflanzt und Beete angelegt und dabei die Reverenz an die Toten mit dem Dienst an den Lebenden verbunden. In der Stadt wurde der Boden knapp. Jedes noch so kleine Fleckchen Erde wurde genutzt, um etwas anzubauen, das den Speiseplan der armen Kriegerwitwen und -waisen bereichern konnte.

Nebenan bei Koppe, wo die Niedersten der Zivilen ihre letzte Ruhestätte fanden, war es öd und leer. Von einem Gottesacker konnte keine Rede sein, bestenfalls ging das Gelände für ein Stück grindiger märkischer Heide durch. An vielen Stellen schimmerte heller Sand aus einem ungewissen Grünbraun. Vereinzelt ragten vertrocknete Weinstöcke aus dem Boden, die vom großen Frost im Winter 1740 übrig geblieben waren und seit Jahrzehnten irgendwie den winterlichen Holzsammelkampagnen entgingen. Vielleicht hatte man sie auch in der Hoffnung geschont, auf der geweihten Erde könne ein Wunder geschehen und sie neu ausschlagen und reiche Ernte tragen lassen.

Schmucklose Kreuze standen willkürlich über das Areal verstreut. Ihr verwittertes Holz hob sich kaum vom Grau des

Nebels ab. Manche waren zur Seite geneigt, als seien sie eingenickt und würden jeden Moment zu Boden sinken. Einige hatten sich bereits niedergelegt. Mittendrin fiel eine kleine Gruppe Grabmale auf, von denen man meinen konnte, sie seien zusammengerückt, um sich ein wenig Gesellschaft zu leisten.

Das meiste von dem, was in ausgebleichter Farbe auf den Latten der Kreuze geschrieben stand, war mehr zu ahnen als zu lesen. Deutlich zu erkennen war dagegen das schwärzliche Braun christlicher Symbole. Offensichtlich stammten sie von Brenneisen. Ihre Brandmale hatten sich tief ins Holz gefressen und überdauerten die Inschriften auf dessen Oberfläche, womit sie auf ihre Weise die Vergänglichkeit allen irdischen Strebens angesichts der himmlischen Ewigkeit belegten.

Ungemein praktisch, diese Methode, ging es Reiser durch den Kopf, wenn auch reichlich knauserig für den Anlass: Eisen im Feuer erhitzen und glühend aufs Holz pressen, fertig ist das Grabmal. Über den Querlatten mit Namen und Lebensdaten des Toten prangten jeweils die Buchstaben RIP. Die Abkürzung musste reichen, mehr Aufwand wäre wohl zu viel der Ehre für die armen Sünder gewesen. Was die Besucher des Friedhofs betraf, würden die meisten von ihnen den Wortlaut der ausgeschriebenen Formel ohnehin nicht verstehen.

An den Menschen, der dort lag, erinnerte häufig genug nur sein Vorname. Reiser fragte sich, ob dies der letzte Wunsch des Verstorbenen war oder die Überlebenden den vollen Namen nicht kannten. Rechts vom Namen stand mit einem Kreuz versehen das Sterbedatum – Tag, Monat, Jahr. Hinter dem Stern auf der linken Seite fehlten oft genaue Angaben bis auf die Jahreszahl. Bisweilen zog ein angehängtes Fragezeichen sogar deren Korrektheit in Zweifel.

Über seine Betrachtungen hatte Reiser die Frau aus den Augen verloren. Sie stand vor einer Gruppe von Haselsträuchern im hinteren Teil des Kirchhofs. Einige Schritte weiter hoben zwei Männer eine Grube aus. Ihre schwarzen Kutten hingen über der Deichsel eines zweirädrigen Handkarrens. Er trat neben die Frau. Sie murmelte vor sich hin, die Arme in die Seiten gestemmt, den Blick unter zusammengezogenen Augenbrauen auf den Boden gerichtet.

»Wo soll er denn liegen?«

»Hier.«

»Ich sehe nichts.«

»Keene Angst, an Ihre Oogen liecht's nich.«

Reiser schnaubte, aber bevor er sie bitten konnte, ihm jetzt nicht noch mit Scherzen zu kommen, er brauche seine Zeit für dringendere Geschäfte, legte sie los.

»Exaktemang an diese Stelle ha'ck ihn jefunden. Ick bin vorhin jleich los, ohne mir im jeringsten zu vasäumen. Uff jeradem Weje zu Ihnen. Wie viel Zeit wa seitdem hinter uns jebracht ham, wissense selber.«

»Schön, jetzt bitte ich Sie, mir einmal von vorne, eins nach dem anderen, zu erzählen, was Sie mir mitteilen wollen.«

»Der Alois is vorjes Jahr jestorben. Da vorne, dett is seine letzte Ruhestätte. Ick besuch ihn jeden Tach, eenmal morjens, eenmal zur Nacht. Nu wo's so früh dunkel und jar nich mehr richtich hell wer'n will, jeh ick erst, wenn bei Koppe die Mittagssuppe abjeräumt is', sonst gruselt ein' ja. Dieses Jahr hat der Hasel hier voller Nüsse jehangen, eene eenzije Pracht, sar ick Ihnen, und seitdem se reif sind, hol ick ma hier jedn Tach meen Nachtisch. Wissense, wie jut die munden, wenn se frisch sind? Ja? Denn muss ick ett Ihnen ja jar nich erst erzähln. Den kleen'n Umweg mach ick nu schon een Monat jeden Tach und hol ma ne Handvoll. Heut wärn

de letzten dran jewesn. Sehnse, den Zweich da hatt ick noch übrich jelassen. Hat sonst keena von jewusst.
Wie ick heut Mittag komm, seh ick zwee Schuhe unterm Strauch rauskieken. Erst denk ick, jemand stöbert nach runterjefallnen Nüssen. Ick hab ihm jesagt, an meenem Boom hat niemand watt valorn. Aber der hat keen Mucks von sich jejeben, und denn ist ma uffjefalln, datt die Schuhspitzen nach oben zeijen. Da ha'ck ma jedacht, wer lecht sich denn uffn Rücken, wenn er was uffm Boden sucht? Ick hab ihm jejen den Fuß jetreten, aber der hat sich nich jerührt, und als ick so an sei'm Bein rüttele, war ett stocksteif. Da wurd ma janz unheimlich und ick bin zum Revier und habse jeholt. Aber dett wissense ja.«
»Mehr haben Sie nicht gesehen?«
»Mir hat's jelangt.«
»Aber Sie wissen, dass es ein Mann war?«
»So schlecht, dett wa uns abjetragene Beenkleider von Mannsbildern anziehen, jeht es uns Frauen Jott sei dank noch nich. Und Se hättn ma die Mauken sehn solln. Ner Ische, der die jehören, möcht ick bejeechnen.«
»Können Sie beschreiben, wie er aussah?«
»Watt'n noch? Hätt ick zu ihm untern Strauch kriechen solln und kieken, ob mir seine Visage behaacht? Eener, der rücklinks uffm Friedhof unterm Hasel liecht!«
»Wieso sind Sie eigentlich so sicher, dass die Person tot war?«
»Dett ha'ck mir erst ooch jefracht. Aber so, wie der da lach, keen Ton von sich jejeben, nich mal jezuckt, wie ick ihm vor't Been trete. Wenn der knülle war, müsster immer noch hier liejen, aber ooch mehr doot als lebendich.«
»Und wieso ist er nicht mehr hier?«
»Jetzt machense aber'n Punkt. Woher soll ick dett wissen? Für watt ha' ck Sie eijentlich jeholt?«

Sie drehte sich unwirsch um und stapfte auf die beiden Totengräber zu. Die hatten immer wieder Blicke herübergeworfen, taten aber, als kümmerten sie sich nur um ihre Arbeit. Die Frau redete auf die Männer ein, die sie mit ausdrucksloser Miene anstarrten.

Mit einer wegwerfenden Handbewegung ließ sie die beiden stehen, trat an den Karren, schaute hinein und winkte Reiser aufgeregt, er solle näher kommen. Missmutig setzte er sich in Bewegung, überlegte noch, ob er sie nicht einfach stehen lassen und zurück ins Quartier gehen sollte. Aber auf die paar Schritte kam es nun auch nicht mehr an. Sie wedelte mit den Händen in der Luft herum, mahnte ihn zur Eile.

»Nu kommense schon, ick hab'n jefunden, hier, dett isser.«

Reiser schaute in die Karre. Neben einem einfach gezimmerten Sarg lag der leblose Körper eines Mannes.

Den Saum der grobwollenen, fleckigen Hosenbeine zierte eine Reihe Fransen. An den Knien wirkte der Stoff fadenscheinig und warf Beulen. Die Ecke der rechten Hosentasche war ausgerissen, der Hosenbund wurde von einem groben Strick gehalten. Das verwaschene, löchrige Hemd hing halb aus der Hose. Seine Weste glänzte in einem unbestimmbaren Farbton, der einmal gelb gewesen sein mochte. Ihr Leder war steif wie ein Brett, das Innenfutter verschlissen. Der Kleidung nach zu urteilen hatte ein bedauernswerter Hungerleider sein trauriges Leben ausgehaucht.

Der Mann mochte um die sechzig gewesen sein. Vielleicht einer von denen, die Zeit ihres Lebens rank und schlank blieben, egal, wie viel sie aßen, und dabei jünger wirkten, als sie in Wirklichkeit waren. Oder einer, den ein aufzehrendes Leben früh hatte altern lassen. Falbe Haare, die den Eindruck erweckten, als habe man sie mit grober Schere zurechtgestutzt, klebten am Schädel. Stirn und Wangen bedeckte

eine dünne, schmierige Kruste, die nicht zum abgeklärten Ausdruck des hageren Gesichts passen wollte.
Reiser hob den Blick. Die Frau schaute ihn erwartungsvoll an. Er nickte einige Male nachdenklich, bevor er ihr in die Augen sah.
»Sind Sie sicher, dass es sich bei dieser Person um dieselbe handelt, die Sie unter dem Haselstrauch gefunden zu haben glauben?«
»Jetz rednse nich wieder so jeschraubt. Meense, ick bin blind? Sehnse die Schuhe? Ziemliche Latschen, wa? Am een is die Sohle durchjeloofen und beim andern kiekt anner Seite die nackte Haut durch. Und de Kleeder erst. Damit könntste jeder Vogelscheuche ne Freude bereiten. Kommse her, hier dett Schienbein, sehnse die Schramme?«
Sie trat an den Karren, griff mit der Hand nach dem Hosenbein, schob es hoch, deutete auf ein fingerbreites Wundmal und strahlte ihn triumphierend an. Er nickte. Die Frau hatte den Vermissten wiedergefunden.
Die beiden Totengräber hatten ihre Arbeit mittlerweile eingestellt. Der eine reckte den Hals über den Rand der Grube und beobachtete mit offen stehendem Mund, was über ihm vorging. Der andere verfolgte die Szene, das Kinn auf den Knauf seiner Schaufel gestützt. Die Frage der Frau, was der Tote auf ihrem Karren zu suchen habe, erweckte sie zu neuem Leben. Der in der Grube schippte eifrig Erde nach oben. Sein Kumpel schubste mit den Fußspitzen Brocken beiseite, die zurückzukullern drohten.
Reiser wandte sich an ihn.
»Haben Sie den Leichnam von der Haselnuss da drüben hierher getragen?«
»Erst haben wir gerufen, aber von alleine wollte er nicht kommen.«

Reiser warf ihm einen abschätzigen Blick zu.
»Wussten Sie, dass er dort lag?«
»Ich von ihm gewusst? Wie kommen Sie denn da drauf?«
»Wo haben Sie denn sonst den Sarg so schnell hergehabt?«
»Also, jetzt mal der Reihe nach, damit keine falschen Irrtümer entstehen. Wir sind mit unserer Holzkiste hergekommen. Der hat da drüben gelegen.«
»Sie bringen einen Sarg zum Kirchhof und finden ohne Weiteres den passenden Inhalt? Das nenn ich Glück.«
Der andere kam aus der Grube gestiegen. Er war fast zwei Köpfe kleiner als sein Kollege; kein Wunder, dass man ihn da unten kaum sah. Lauernd musterte er den Fremden, der seinen Partner ausfragte.
»Passender Inhalt? Da lach ich aber. Der hier muss sich leider mit einer einfachen Bestattung in Mutter Erde begnügen.«
»Wie soll ich das verstehen?«
»Na, so schwer zu kapieren ist das ja wohl nicht. Wer verpackt unter die Erde will, muss rechtzeitig einen Sarg bestellen. Der unter dem Busch lag, kommt in die Grube, wie wir ihn gefunden haben. Hatte nichts dabei, wo wir ihn reinlegen können. Der andere in seiner Truhe kommt oben drauf. Die beiden werden da unten schon nichts Unschickliches veranstalten. Aber zur Sicherheit können wir den Deckel zunageln. Am Ende spricht der Pfarrer einen doppelten Segen, und alle sind zufrieden.«
»In dem Sarg liegt schon eine Leiche?«
»Was denn sonst?«
»Wieso haben Sie dann überhaupt unter dem Haselstrauch gesucht?«
»Nun mal halblang, nicht gesucht, gefunden.«
»Und den Gefundenen wollen Sie einfach ins Grab legen, ohne dass er freigegeben wurde?«

»Freigegeben? Sie haben doch selber gesagt, er ist tot. Wer ordnungsgemäß ablebt, soll auch sein verdientes Plätzchen in der Grube bekommen.«

»Hat der Leichenkommissar ihn schon gesehen?«

»Was heißt hier Leichenkommissar? Der kommt nur vorbei, wirft einen Blick auf den Toten und hält die Hand auf für seine Gebühren.«

»Es verstößt gegen das Gesetz, Tote zu beerdigen, ohne den Leichenkommissar zu benachrichtigen.«

»Kommen Sie mir bloß noch auf die Art. Wissen Sie, was das hier ist? Ein Armenfriedhof! Wissen Sie, was da drüben steht? Das Armenhaus, zu dem dieser Friedhof gehört. Bei denen reicht das Geld, das die Wohlhabenden großzügig für die Bedürftigen spenden, gerade mal für eine dünne Suppe am Tag. Wissen Sie, was es für die bedeutet, die dort leben, wenn jedes Mal der Toteninspektor seine Hand aufhält, sobald einer von ihnen den Löffel abgibt? Dann wird die Suppe verlängert, bis man damit das Wasser in der Panke verdünnen kann. Wieso lässt man den Leuten nicht einfach ihre Ruhe, zumindest die letzte?«

»Haben Sie wenigstens die Papiere und persönlichen Effekten gesichert, um seine Identität festzustellen?«

»Wie das denn?«

»Aus seinen Taschen oder was er sonst bei sich trug.«

»Hören Sie, der hatte nichts, reineweg gar nichts. Das Hemd, das er trägt, ist wohl sein einziges, in jedem Fall aber sein letztes, und Taschen hat es nicht. Die Hose hat dafür zwei. Aber die sind so leer, wie es nur geht.«

»Sie meinen, es gibt überhaupt keinen Hinweis, wer er sein könnte?«

»Bedienen Sie sich doch selbst, wenn Sie es nicht glauben. Er ist ganz ruhig und geduldig.«

»Sie haben also nichts gefunden und, sagen wir mal, beiseitegelegt?«
Der Kleinere der beiden war dem Gespräch bisher wortlos gefolgt. Jetzt hielt er sich erst das eine, dann das andere Nasenloch zu, schnäuzte beide Male geräuschvoll, trat mit geballten Fäusten zwei Schritte vor und blies Reiser einen schweren Dunst von billigem Fusel ins Gesicht.
»Jetz ha'ck die Faxen aber satt. Wennde hier noch lange den dicken Wilhelm markierst, wer ick dir mal zeijen, wozu sone Schaufel allet jut is. Bestimmt verrät er dir sein'n Namen, wenn ihr da unten erst ma lang jenuch beisammen liecht. Sejenswünsche sprechen is dem hochlöblichen Herrn Jeistlichen sein Liebstes. Kanner jar nich jenuch von kriegn. Drei uff een Rutsch, sonne Jelejenheit jibt's nich alle Tage. Spart ihm ja ooch een Haufen Zeit, uffs Janze jesehn.«
»Verjeh dir ma nich an'n veritablen Polizeioff'zier. Dett könnte dir böse uffstoßen.«
Die Frau hatte sich eingemischt und den richtigen Ton getroffen. Die beiden glotzten Reiser blöde an, der Giftzwerg drehte sich um, sprang in die Grube zurück und begann, Wände und Boden zu glätten, als gelte es, dort unten einen Salon herzurichten.
Da lag also ein Unbekannter, der nichts bei sich trug, was einen Hinweis auf seine Person gab. Außer, dass er nicht von Koppe kam. Gehörte der Tote überhaupt auf einen Armenfriedhof? Wie mochte er hierhergekommen sein? Suchte in aller Ruhe ein nettes Plätzchen zum Sterben und wählt die Haselnuss? Oder ging es ganz schnell mit ihm zu Ende und er war nur zufällig gerade in der Nähe? Räumte vorher aber noch die Taschen leer, um unerkannt zu bleiben?
Hatten ihn Angehörige, denen Geld für eine ordentliche Beerdigung fehlte, bei Nacht und Nebel abgelegt? Die glaubten,

wo die Armen Unterkunft fanden, solange sie lebten, würde man sie ihnen im Tod erst recht nicht verwehren? Wozu dann heimlich? Wieso das Anliegen nicht einfach vorbringen? Vorausgesetzt, sie waren bedürftig.
Waren sie es nicht, hätten sie für ihren geschätzten Verblichenen doch wohl eine Bestattung an einem würdigeren Ort vorgesehen. Es sei denn, sie waren geizig. War es vorstellbar, dass die Hinterbliebenen einen Verstorbenen unter einem Busch versteckten, um die Kosten der Beerdigung zu sparen? Das würde schnell herauskommen. Jeder Berliner war registriert. Mir nichts, dir nichts eines Tages einfach fehlen, ging nicht.
Was passte hier eigentlich zusammen?
Reiser betrachtete den Toten. Nichts deutete auf ein gewaltsames Ende hin, keine Messerstiche, Würgemale, Platzwunden oder sonstige Anzeichen grober äußerer Gewalteinwirkung, nicht die geringste Blutspur. Das sah er selber. Vergiftung war allein durch äußere Inaugenscheinnahme natürlich nicht auszuschließen. Das festzustellen brauchte es einen Arzt oder Apotheker. Wozu dann erst den Leichenkommissar rufen?
Also gut, der Tote musste untersucht werden. Von jemandem, der sein Fach beherrschte und über die notwendige Ausrüstung verfügte. Jemand, der genau hinsah und am Ende sagen konnte, ob an seinem, Reisers, Gefühl was dran war, dass etwas nicht zusammenpasste.
»Ich weiß, wohin er kommt.«
Der Kleine unterbrach sein Graben und schaute von unten aus der Grube. Der Große zog eine Augenbraue hoch, die Frau blickte Reiser erwartungsvoll an.
»Zur Pépinière.«
»Zur watt?«

Der Kurze schien die vor zwei Jahren gegründete Schule für Militärärzte nicht zu kennen. Sein Kollege half ihm auf die Sprünge.
»Zu den Pfeifhähnen.«
»Ach ja? Denn soll er'n sich man uffpackn und gleich losmarschiern. Jedenfalls ohne mir. Dett is Militär. Da jeh ick nich hin.«
»Die werden bestimmt dankbar sein. Von den Lebenden mag niemand ihre Feldscher an sich ranlassen.«
Reiser schluckte. Militärchirurgen hatten bei den Berlinern einen zweifelhaften Ruf. Angeblich war die Knochensäge ihr wichtigstes Instrument. Ihr Wahlspruch lautete: »Was weg ist, wird nicht krank.« Aber wem konnte er dort überhaupt den Auftrag geben, herauszufinden, woran der Mann gestorben war? Militärärzte hielten sich meist nicht lange damit auf, Todesursachen zu bestimmen.
Blieb wohl nur die Charité mit ihren in die Jahre gekommenen Gebäuden, die ständig umgebaut und erweitert wurden. Aber ihr Ruf galt noch etwas. Schließlich wurden dort alle Chirurgen des Königreichs ausgebildet, bevor sie praktizieren durften.
»Wir bringen ihn zur Charité.«
»Damit sie ihn ganz und gar auseinanderschnibbeln wie die armen Seelen, die da krepieren? Später die sehenswerten Teile ausstellen und den Rest in einer Schachtel vergraben? Da ist er hier besser aufgehoben, auch ohne Sarg.«
Der Große hatte für alles eine passende Antwort. Aber Reiser bestand auf seinem Entschluss.
»Auf die Weise wird er der Medizin und seinen Mitmenschen dienen.«
»Schade, dass er von dieser Ehre nicht mehr persönlich erfährt.«

Langsam wurde Reiser das Geplänkel mit den bockbeinigen Grubengräbern zu viel.
»Jetzt langt's mit den Witzen. Bringen Sie ihn zur Charité.«
»Und wer zahlt uns ditt?«
»Für die paar Schritte?«
»Denn bringensen doch selber hin.«
Reiser packte die Wut. Er blaffte den Giftzwerg an.
»Ich kann Sie beide auch wegen des Versuchs nicht ordnungsgemäßer Bestattung einer Leiche, verbunden mit Unterschleif erforderlicher Papiere und Behinderung zwingender Untersuchungen zur Stadtvogtei bringen lassen. Dort wartet ein Raum der stillen Einkehr auf uneinsichtige Besucher. In dem können Sie so lange in Ruhe über ihr Tun nachdenken, bis sich vielleicht irgendwann einmal jemand daran erinnert, zwei oberkluge Schaufelträger eingelocht zu haben.«
»Jetzt mal halblang. Wir machen doch gar nichts.«
»Eben.«
Der Große stieß wütend die Schaufel in den Sandhaufen vor der Grube. Der Kleine stieg zeternd aus ihr heraus und plusterte sich auf.
»Wieso ausjerechnet wir? Watt ham wir mit dett Janze überhaupt zu schaffn? Sie ham uns jar nüscht zu saren.«
Reiser schaute ihn von oben herab an.
»Aufmüpfigkeit kommt noch dazu.«
»Na schön, dann wollen wir den Herrn mal zur weiteren Behandlung in die Charité bringen.«
Der Große gab sich gnädig, ging zum Karren, packte die Arme des Toten und forderte seinen Kumpan mit einer Kopfbewegung auf, die Beine zu übernehmen.
»Watt denn, tragn? Man wees ja jar nich, watt für 'ne Malaise zu sein Ablebn jeführt hat. Soll ick mir etwa die Seuche an' Hals holn? Nee, nich mit meine Wenichkeit.«

»Gut, dann bleibt er eben auf der Karre liegen.«
»Und den andern immer mit, wa?«
»Den können wir ja hierlassen.«
»Damit'n wer mitjehn lässt?«
»Hier klaut doch niemand einen Toten.«
»Aber den Sarch.«
Reiser hatte genug. Ob sie den Leichnam mit oder ohne Karren und den Karren mit oder ohne Sarg zur Charité brachten, sei ihm völlig wurst, schnauzte er. Wenn sie nicht sofort in Bewegung kämen, würde er zwei Wachtmeister schicken, um sie holen zu lassen, und in der Zwischenzeit schon mal die Zelle aufschließen.
Maulend schob das ungleiche Paar mit dem Karren zur Linienstraße ab. Reiser wandte sich der Frau zu.
»Sie wohnen also bei Koppe?«
»So kann man ditt nich saren.«
»Sondern?«
»Da schlaf ick. Inne Stube mit sechzig Weibsleut drin. Is dett wohnen?«
»Aber Sie haben ein Dach über dem Kopf.«
»Jenau. Und zwee Betten.«
»Jedenfalls finde ich Sie dort, falls ich noch einmal vorbeikomme.«
»Oder hier, wennse sich damit zu viel Zeit lassen.«
Reiser nickte einen Abschiedsgruß und folgte in einigem Abstand den Totengräbern, die unablässig nörgelnd vor ihm herzockelten.

3

Als die drei die Friedrichstraße erreichten, war es vor den Stallungen der reitenden Artillerie wieder ruhig geworden. Ein alter Mann kehrte mit dem Besen Pferdeäpfel auf ein Blech und kippte sie in einen Handwagen. Er zeigte auf seine Ernte, zwinkerte Reiser zu und verriet ihm streng vertraulich, die seien für den Garten die besten. Weil die Gäule so gut genährt würden, viel besser als die Schindmähren der Droschken, die oft nicht mal einen richtigen Stall hätten und jeden Dreck zu fressen kriegten, sogar Blätter und Schilf. Dabei könne doch kein manierlicher Mist herauskommen.

Vor dem Oranienburger Tor patrouillierten Soldaten. Sobald das seltsame Trio näher kam, alarmierten sie ihre Kameraden. Bald hing ein gutes Dutzend von ihnen in den Fenstern der Wache und übertrumpfte sich gegenseitig mit Hänseleien. Ob dem Passagier die holprige Fahrt der Karosse nicht bekommen sei? Oder das ewige Rumpeln? Oder waren sie schon so lange unterwegs, dass er darüber verstarb? Zum Friedhof ginge es aber in die andere Richtung. Die Kiste ließe sich viel bequemer tragen, wenn Griffe dran wären. Einfach an den Seiten Löcher reinsägen und Arme und Beine durchstecken.

Die beiden ließen sich nichts anmerken, Reiser tat unbeteiligt. Die Scherzbolde wollten sich schier ausschütten vor Lachen, und ihr Johlen verfolgte sie noch, als sie schon in die Charitéstraße eingebogen waren.

Hier wurde der Gestank der Artillerieställe, von der feuchtkalten Luft noch verstärkt, atembeklemmend. Pferdepisse lief in den Rinnstein, schwappte träge darin herum, versickerte im Boden. Die ätzenden Ausdünstungen machten den Gebäuden zu schaffen, drangen in den Putz der Wände und die Balken der Decken. Die Fassaden bröckelten vor sich hin. Um nicht von Brocken getroffen zu werden, die bisweilen herabstürzten, gingen die Passanten so nah wie möglich an der Akzisemauer. Hinter ihr, schon außerhalb der Stadt, lag der riesige Garten der Charité. Jeder Patient des Krankenhauses musste dort tatkräftig seinen Beitrag zur Versorgung mit frischem Obst und Gemüse leisten, ausgenommen er lag gerade unter dem Messer eines Chirurgen.

Bei der Panke endete die Bebauung. Die sowieso recht schmale und schlechte Straße ging in den Patrouillenweg entlang der Palisaden über, wenig gepflegt und voller Löcher. Als der Sarg auf dem schwankenden Karren zu poltern begann, ermahnte Reiser die beiden, mehr achtzugeben, damit dem Toten nicht nachträglich noch alle Knochen gebrochen würden.

»Dett wird den nich mehr jucken, der is fern von alle weltlichen Freuden und Leiden.«

Reiser erwiderte nichts und ging neben dem Karren her, um Sarg und Leichnam zu sichern, falls sie zu rutschen begannen. Linker Hand lagen die Weiden der Tierarzneischule. Rinder, Pferde, Schafe hoben gelangweilt ihre Köpfe und folgten den drei Männern und ihrem Karren mit großen Augen, ohne die malmenden Bewegungen ihrer Kiefer zu unterbrechen.

Im Hintergrund erhob sich eine imposante Kuppel. Das Gebäude darunter wurde von Sträuchern und Bäumen verdeckt. Von Nahem hatte Reiser es noch nie gesehen.

Sie bogen in eine schmale Allee ein, die an der rückwärtigen Seite des Hauptgebäudes der Charité verlief. Hecken begrenzten bescheidene Grünflächen, auf denen Patienten Laub zusammenharkten und innehielten, als sie den Karren mit

seiner Fracht erblickten. Reiser fragte einen von ihnen, wo er den Chirurgen finden könne. Der Mann wies, ohne ein Wort zu sagen, auf den Querriegel des ursprünglichen Pesthauses. Mit seinem durchhängenden Dach glich es mehr einer abbruchreifen Ruine als einer berühmten Krankenanstalt.
Aus der Nähe wurde erst richtig deutlich, wie heruntergekommen der ganze Bau war. Die Ständer des Fachwerks begannen zu verrotten, überall bröselte der nackte Lehm aus den Fächern. An Türen und Fenstern platzte die Farbe in langen Rissen auf und blätterte ab.
Reiser bedeutete seinen beiden Helfern, auf dem Hof zu warten, während er den Doktor suchte. Sie hatten aufgegeben, irgendetwas zu erwidern, und kehrten ihm wortlos den Rücken zu.
Drinnen erinnerte nichts mehr an ein ehemals vorbildliches Hospital für Arme und Bedürftige. Eingebrochene Bodendielen zeigten splittrige Kanten, Schimmel hatte die Ecken der Wände dunkel gefärbt, von den Decken hing der Putz in Fetzen herab. Das nur spärlich einfallende Tageslicht brach sich in einem geisterhaften Schleier, der alles verhüllte, was weiter als eine Armeslänge entfernt war. Dennoch herrschte in den vormaligen Krankensälen rege Betriebsamkeit. Hämmer trafen dröhnend auf Wände, die im Nachschwingen tiefe auf- und abschwellende Töne von sich gaben. Herausgehauene Brocken krachten dumpf zu Boden, Sägeblätter japsten asthmatische Quarten, Glasscherben knirschten schrill, wenn man auf sie trat. Jeder Schritt wirbelte dicken Staub auf, der Reiser im Nu über und über bepuderte. Seine Hände fühlten sich rau und trocken an, als hätte er in einem Aschekasten gewühlt. Mief von modrigem Holz, altem Mörtel und frisch zertretenen Tausendfüßern drang in die Nase. Auf dem Gaumen breitete sich ein fauliger Geschmack aus. Konnte man

die Baufälligkeit des Gebäudes sehen und seinen Abriss hören und fühlen, so war sein schon lang anhaltender Verfall zu riechen und zu schmecken.
Reiser wartete unschlüssig eine Weile, dass jemand vorbeikam, den er nach dem Weg fragen konnte. Schließlich wandte er sich, vorsichtig mit den Füßen tastend, in die Richtung, aus der Fetzen eines Gesprächs zu hören waren. Drei Männer standen vor einem zugestaubten Fenster, klagten sich gegenseitig ihr Leid und schimpften gemeinsam auf die Zustände im Hospital. Auf die Frage, wo er den Chirurgen finde, sahen sie ihn mitleidig an, bevor sie ihm schweigend mit den Daumen die Richtung wiesen.
Am Ende eines langen Ganges stieß er auf eine halb geöffnete Tür. Dahinter lag ein Raum, der ziemlich groß sein musste, da die gegenüberliegende Wand nur undeutlich, die entfernte Seitenwand gar nicht zu sehen war. In der Mitte standen zwei rechteckige, von einer Staubschicht bedeckte Tische. Reiser trat an den nächststehenden und klopfte mit dem Knöchel auf die Platte. Es klang blechern. Die Oberfläche bestand aus Metall. Ein daumendicker Wulst lief um den Rand des Tisches. Er war noch nie in einem Sektionsraum gewesen, war aber sicher, ihn gefunden zu haben.
Er versuchte, den Staub von seiner Jacke zu klopfen, um auf den Chirurgen einen manierlichen Eindruck zu machen, wenn er denn hoffentlich bald kam. Anstelle einer gleichmäßig gräulich-weißen Schicht bedeckte anschließend ein Muster von Abdrücken seiner Hände den Stoff. Räuspern ließ ihn in seinen Bemühungen innehalten.
»Ist dort jemand?«, fragte er unsicher und bekam etwas zur Antwort, das wie »Guten Tag« klang. Gleichzeitig trat eine Gestalt aus der Staubwolke. Der Mann trug einen Kittel, der im obskuren Licht aussah, als sei sein ursprüngliches Weiß

entweder von zu häufigem Waschen ganz grau geworden oder warte dringend darauf, mittels Seife und Wasser von einer Patina zu häufigen Gebrauchs befreit zu werden.
Reiser stellte sich als Polizeisergeant des Reviers Linienstraße vor und fügte hinzu, er suche den hier zuständigen Chirurgen.
Sein Gesprächspartner gab sich wortkarg.
»Aha.«
Reiser druckste herum.
»Ich benötige Hilfe.«
»Da sind wir schon zu zweit.«
Er sah den Mann fragend an.
»Sind Sie Arzt?«
»Sozusagen.«
»Wozu brauchen Sie dann Hilfe?«
»Bevor wir uns diesem umfassenden Thema zuwenden, möchte ich zunächst wissen, wie ich Ihnen beistehen kann.«
»Es geht nicht um mich.«
»Sondern?«
»Um einen Unbekannten.«
»Ich bin Doktor der Medizin, kein Wunderheiler.«
»Lassen Sie es mich erklären. Auf dem Koppenschen Armenfriedhof wurde ein Toter gefunden.«
»Wie auch nicht, den Kirchhof gibt es seit Jahren.«
»Verstehen Sie mich bitte richtig. Dieser lag heute Mittag unter einem Haselstrauch. Niemand kann sagen, wie der Tote auf den Friedhof gelangte, und nichts weist auf seine Identität hin.«
»Aha, und die soll ich nun feststellen? Ich muss Ihnen sagen, dass ich insgeheim davon träume, eine Methode zu besitzen, mittels derer ich eindeutig herausfinden kann, wen ich vor mir habe und woher einer stammt. Insbesondere, um den Va-

ter jenes Kindes festnageln zu können, das eine der vielen sitzengelassenen jungen Mütter an die Brust drückt, die hier tagein, tagaus entbinden. Allerdings versagt dabei bis zum heutigen Tag jede medizinische Kunst, und ich befürchte, diese geniale Lösung zu finden, rührt an die Grenzen des menschlichen Geistes.«

Reiser deutete mit den Händen eine beschwichtigende Geste an.

»Für den Anfang würde es mir genügen, die Ursache zu erfahren, die zum Tod des Mannes geführt hat. Nach meiner laienhaften Einschätzung deutet nichts auf ein gewaltsames Ende hin. Andererseits habe ich nicht den Eindruck, dass seine Zeit schon gekommen war.«

»Weder sanft entschlafen noch brutal aus unserer Mitte gerissen. Das klingt nach einem unbekannten dritten Weg. Interessanter Fall, nicht nur aus medizinischer Sicht. Der Sache lohnt es, nachzugehen. Nur ist das hier in diesem Raum unmöglich, wie ich wohl nicht näher erläutern muss.«

Reiser atmete erleichtert auf.

»Und was kann ich für Sie tun?«

»Meine Instrumentenkiste. Die kann hier nicht länger bleiben. Außerdem brauche ich sie für die Sektion.«

»Das sollte zu schaffen sein.«

»Meinen Sie? Die Kiste hat ein ziemliches Gewicht.«

»Ich denke da weniger an mich. In meiner Begleitung befinden sich zwei Herren, die über großes Talent verfügen, was das Hantieren mit Kisten angeht. Allerdings bedarf es überzeugender Argumente, bevor sie es unter Beweis stellen.«

Hatte der Arzt bis dahin reserviert und ein wenig griesgrämig geklungen, so trat er nun einen Schritt vor und streckte Reiser mit strahlendem Gesicht seine Hand entgegen.

»Die gehören zu Ihnen? Das trifft sich gut. Aber ich habe mich noch gar nicht vorgestellt. Walther, mit h, ohne zweites R und alles in einem Wort, der zuständige Prosektor.«
Reiser runzelte die Stirn. Seinem Einwand, er suche eigentlich den Leichendoktor, kam der andere zuvor.
»Ordentlicher Professor der Anatomie und Physik am Collegium medico chirurgicum. Wenn Sie so wollen, der Leichenpräparator des anatomischen Museums. Die Rede ist doch von den beiden Herren, die vor der Tür warten? Die machen einen recht anstelligen Eindruck.«
»Was veranlasst Sie zu dieser Meinung?«
»Sie haben keine Zeit versäumt und die Leiche bereits aus dem Sarg geholt.«
»Tatsächlich? Ich frage mich, wieso.«
Der Professor schaute verdutzt.
»Aber die wissen doch, dass er hierbleibt.«
»Der auf dem Karren liegt schon.«
Der Doktor stutzte einen Moment, hielt einen Finger an die Schläfe und zog mit einem Ausdruck freudigen Erkennens die Augenbrauen hoch.
»Moment, einer liegt neben dem Sarg und einer drin? Vorzüglich, wenn ich Sie richtig verstehe, bringen Sie gleich zwei Exemplare.«
Es bedurfte einiger umständlicher Ausführungen, bis Reiser das Missverständnis aufgeklärt hatte.
»Sei's drum. Und womit, glauben Sie, sind die Herren zu überzeugen?«
»Mit einem Fläschchen.«
»Hier gibt es nur reinen Alkohol. Eigentlich benutzen wir ihn zu hygienischen Zwecken.«
»Ersteres wird den Herren entgegenkommen, Letzteres nicht schaden.«

Walther schaute Reiser amüsiert an und nickte zustimmend.
»Da könnten Sie recht haben.«
Er machte schwungvoll kehrt und schritt zum Ausgang. Reiser eilte ihm hinterher.
Die beiden Totengräber hatten es sich auf den Stufen vor der Pforte bequem gemacht. Der Große saß vornübergebeugt mit auf die Brust gesunkenem Kopf und zwischen den Beinen hängenden Armen, wie Kutscher es zu tun pflegen, wenn sie ein Nickerchen machen. Der Kleinere lehnte mit Schulter und Kopf an der Hauswand und wandte sich gelangweilt um, als hinter ihm die Tür aufging. Mit einem Seufzer rückte er ein wenig zur Seite, um Platz zu machen.
Reiser ging voraus und blieb neben dem Karren stehen. Der Doktor warf einen Blick auf den Toten, hob dessen rechten Arm etwas an und ließ ihn fallen, öffnete beide Augenlider, schaute in die Pupillen.
»Zweifelsfrei tot. Wann, sagen Sie, wurde er gefunden?«
»Heute Mittag.«
»Dann wird er dort schon ein, zwei Tage gelegen haben.«
»Die Person, die ihn fand, war sicher, dass er gestern noch nicht da war.«
»Soso, wie auch immer, hier im Hof kann ich ihn jedenfalls nicht untersuchen. Wir sollten ihn ins Waschhaus bringen. Dort gibt es wenigstens Wasser und einen Ausguss.«
Der Kleine stand von der Treppe auf und trat neben sie.
»Na, denn nehmsen man runter, wir ham schon jenuch Zeit vaplempert und müss'n weiter. Unser Kunde hier in der Kiste hat's ja nicht janz so eilig. Der Pfarrer mit sei'm Segen dafür umso mehr.«
Der Chirurg lächelte ihm freundlich zu.
»Als treues Mitglied der Kirche liegt mir nichts ferner, als den verehrten Herrn Pfarrer auf seine Schäfchen warten zu

lassen, die von uns gegangen sind. Als praktizierender Arzt indessen versuche ich, sie ihm so lange wie möglich vorzuenthalten. Er kennt das Spiel und wird mir einige Augenblicke nachsehen. Bei der Gelegenheit können wir gleich meine Instrumentenkiste mitnehmen.«

»Watt denn, 'n Umzug ooch noch? Kommt jar nich in die Tüte.«

Ohne auf das Keifen einzugehen, trug der Professor in allerfreundlichstem Tonfall sein Angebot vor.

»Das ist bedauerlich. Für Ihre freundliche Hilfe wollte ich Ihnen ein Fläschchen erstklassigen Klaren von bester Qualität und höchster Reinheit überlassen. Kenner veredeln ihn mit einigen Tropfen kühlen Quellwassers. Damen bevorzugen einen Schuss Apfelsaft.«

Der Große rappelte sich auf, gähnte ausgiebig und reckte umständlich die Arme.

»Na, dann mal nichts wie ran an den Speck. Wenn Sie die Freundlichkeit hätten, uns vorauszugehen.«

Der Arzt machte kehrt, öffnete die Tür und forderte die beiden auf, ihm zu folgen. Kurze Zeit später war er zurück. In einer Hand trug er eine dunkelbraune, runde Flasche. Mit der anderen hielt er die Tür auf. Die Totengräber schleppten heftig schnaufend eine klobige Kiste an. Sie passte nicht durch die Türöffnung.

Der Kleine wollte sie kurzerhand kippen, was der Arzt unter Hinweis auf seine empfindlichen Gerätschaften energisch untersagte und seinerseits vorschlug, sie auszupacken, die leere Kiste wie auch immer durch die Tür zu bringen und danach die Instrumente fein säuberlich wieder zu verstauen.

Während der Kleine den Vorschlag noch lauthals weit von sich wies, hob der Große den Türflügel aus den Angeln und stellte ihn beiseite. Ächzend versuchte er, die Kiste durch den

Türrahmen zu schieben, der sich als einen Fingerbreit zu eng erwies. Er ging zum Karren, griff hinein und kam mit einem Spaten in der Hand zurück, den er zwischen Hauswand und Türrahmen ansetzte und solange daran hebelte, bis das Holz nachgab und krachend zerbrach. Reiser staunte über den plötzlichen Ausbruch von Einfallsreichtum und Tatkraft. Schließlich zerrten beide die Kiste nach draußen und hievten sie unter Stöhnen auf den Karren.

Mit wehendem Kittel eilte Professor Walther voraus, warnte aufgeregt gestikulierend vor Schlaglöchern, stieß herumliegende Äste mit dem Fuß aus dem Weg, bedeutete Reiser, zwei Bohlen mitzunehmen, die an einer Wand lehnten, und wandte sich in die Platanenallee, wo er die Gruppe der gärtnernden Patienten huldvoll winkend grüßte. Er folgte einer scharfen Biegung des Weges nach links, ging auf ein düsteres Gebäude zu und blieb vor einem breiten Tor stehen.

Die ehemals mittelgraue Farbe der beiden Türblätter war nur noch an einigen Placken zu erkennen. Durch das Holz zogen sich etliche Spalten, in die untere Kante hatte Fäulnis Zacken und Lücken gefressen. Der Chirurg drückte die Klinke, rüttelte daran und stemmte schließlich einen Flügel mit der Schulter auf.

Die Innenwände des Raumes waren mannshoch mit gelben Kacheln verkleidet, die mit der Zeit stumpf geworden waren. Der Tür gegenüber gab es eine Reihe gemauerter Waschbecken. Die Ecke daneben füllte ein riesiger Herd, dem die Kesselringe fehlten; offensichtlich hatte sie jemand mitgehen lassen. Der Boden wies Löcher und Risse auf. Es roch nach scharfer Seife, kalter Asche und abgestandenem Wasser. Der Schmutz auf und die Spinnweben vor den Fenstern ließen kaum Licht durch. Reiser fragte sich, wie der Prosektor hier eine Untersuchung durchführen wollte.

Der Chirurg bedeutete den beiden Totengräbern, einen der herumstehenden Bottiche vor die Tür zu schieben, damit von draußen Licht darauf fiel. Er half Reiser, die Bohlen daraufzulegen, rückte sie hin und her, kontrollierte mit zugekniffenem Auge den Abstand, prüfte, ob sie wackelten, richtete sich auf und betrachtete sichtlich zufrieden sein Werk.
Die Träger warteten indessen beim Karren, dass man ihnen endlich sagte, wohin mit dem Toten. Der Chirurg gab genaue Anweisungen, wie sie ihn zu fassen und aufzuheben hatten. Dann wurde der Leichnam unter seinen strengen Augen auf dem behelfsmäßigen Seziertisch abgelegt, wobei die sorgsam ausgerichteten Bretter wieder verrutschten und neu ausgerichtet werden mussten. Nach dieser umständlichen Prozedur schob der Chirurg einen Kübel näher, drehte ihn um und wies die Totengräber an, seine Instrumentenkiste zu holen und darauf abzustellen. Reiser bat er, den anderen Türflügel aufzuhalten. Endlich war das wertvolle Stück unter beständigen strengen Ermahnungen zu vorsichtigem Umgang an Ort und Stelle geschafft. Walther dankte den Männern und überreichte dem Großen die Flasche.
»Dann wünschen wir dem Herrn bei seiner wissenschaftlichen Karriere noch viel Glück«, sagte der Große feixend.
Der Arzt schaute erst ihn, dann Reiser verdattert an. Der zuckte die Schultern.
»Es gehört zwar nicht zu den eigentlichen Aufgaben ihres Berufs, die Herren verstehen sich aber auch als Komiker.«
Der Kleine wollte noch etwas erwidern, aber der Große schob ihn, zum Abschied mit der Flasche winkend, zur Tür, und bald war in dem zum Sektionssaal erhobenen Waschhaus nur noch das leiser werdende Knirschen der Karrenräder auf dem Kiesweg zu hören.

Reiser fragte den Professor, wie es weiterginge.
»Die neue Sektion soll in drei Tagen fertig sein. Dort werden diejenigen, die vergeblich hofften, die Künste der Medizin mögen sich bei ihnen als erfolgreich erweisen, hoffnungsvollen Studiosi dazu dienen, ebendiese Künste erfolgreich zu erlernen. Unserem Mann hier wird die Ehre zuteil, als Erster an die Reihe zu kommen.«
»Geht es nicht eher?«
»Haben Sie bemerkt, was in unserem schönen großen Hospital passiert? Es gibt keinen einzigen Raum, in dem nicht nacktes Chaos herrscht! Hier wird aufgebaut, dort abgerissen, manchmal beides in einem. Wie soll ein Chirurg dabei arbeiten? Hinzu kommt, niemand ist hier, um mir zu assistieren. Dabei fällt mir ein, wo ist eigentlich der junge Mann geblieben, dem Niere und Magen fehlen?«
»Das klingt fatal … Meinen Sie, er schafft es?«
»Ich habe nicht den geringsten Zweifel.«
Reiser schaute den Arzt von der Seite an.
»Auf Dauer?«
Der Chirurg runzelte die Stirn.
»Ich sehe für ihn eine große Zukunft.«
»Sie sagten doch – –«
»Dass ihm Niere und Magen fehlen. Gut, aber dafür kann er nichts. Er musste für ein paar Wochen dringend nach Hause, um seinem schwer kranken Vater beizustehen. In dieser Zeit konnte er nicht am Sezierkurs teilnehmen, aber der unerwartet vor uns Liegende erlaubt ihm freundlicherweise, die noch fehlenden Organe nachzuholen. Ich untersuche den Rest. Eine erste Examination wird nur wenige Stunden dauern. Vorausgesetzt, ich finde den Kandidaten. So, dann wollen wir mal einen Blick auf Ihren Unbekannten werfen.«
Der Chirurg trat neben den Leichnam.

»Der Tote lag also auf Koppes Friedhof, gehört aber nicht zum Armenhaus?«
»Sagt zumindest die Frau, die ihn gefunden hat. Sie wohnt schon lange dort und beteuert, ihn nicht zu kennen.«
»Glauben Sie ihr?«
»Warum sollte sie lügen?«
»Aber einen rechten Sinn macht es nicht?«
»So, wie er ausschaut, würde er Koppe jedenfalls zur Ehre gereichen.«
»Meinen Sie?«
Der Chirurg kreuzte die Arme auf dem Rücken und schritt einmal um den Leichnam herum. Er hob erst einen, dann den anderen Arm des Toten an, inspizierte dessen Hände, fuhr mit einem Spatel, den er aus der Tasche seines Kittels holte, durch das Haar des Toten, zog ihm die Schuhe aus und beugte sich vor, um die Fußsohlen zu betrachten.
Reiser beschlichen langsam Zweifel, ob er hier nicht seine Zeit vertat. Ohne Gehilfen würde der Chirurg sowieso nichts Großartiges unternehmen. Wenn nicht erst einmal die Fenster geputzt und Kerzen und Leuchter gebracht wurden, damit mehr Licht in diese Höhle gelangte, könnte selbst ein ganzes Kollegium nicht viel ausrichten. Dieses Umkreisen der Leiche glich eher einem skurrilen Ritual als einer medizinischen Augenscheinnahme … Wie der Chirurg den Kopf ruckartig hin und her und auf und ab wendete … wie ein Huhn, das nach Futter sucht. Oder wie er die Arme hinter dem Rücken kreuzte oder eine Hand an die Schläfe legte.
»Schauen Sie mal.«
Reiser schreckte aus seinen Gedanken hoch. Der Arzt sah ihn auffordernd an. Er hatte das Hemd des Toten bis zur Brust hochgeschoben, Hosenbeine und Hemdsärmel umgeschlagen.

»Fällt Ihnen etwas auf?«
Reiser ärgerte sich. Wieso rückte der werte Herr Mediziner nicht einfach mit seiner Weisheit heraus, anstatt ihm seine Unwissenheit unter die Nase zu reiben? Er ließ einen kurzen Blick über Bauch und Arme des auf den Bohlen Liegenden gleiten und antwortete widerwillig.
»Was soll einem da auffallen, die Haut ist makellos.«
»Genau.«
»Ja, und?«
Im selben Moment, in dem ihm die Bemerkung herausgerutscht war, ging Reiser ein Licht auf. Zu spät, um der leicht näselnd vorgetragenen Belehrung Walthers zuvorzukommen.
»Dass unsere Armen in abgeschabte und löchrige Kleider gehüllt sind, mag man beklagen. Viel bedauernswerter ist jedoch, dass die Haut, in der sie stecken, meist in noch miserablerem Zustand ist. Ich spreche nicht von Flohstichen und Wanzenbissen, von denen bei unserem Kandidaten nicht ein einziger zu finden ist. Ich meine Pusteln, Krätzbeulen, eiternde Schwären, nasse oder trockene Ekzeme, Schorf und Grind. Aber nichts von alledem bei unserem Mann. Die Füße ziert keine schrundige Hornhaut, die Hände tragen keine Schwielen, in den Ohren ist kein Dreck zu finden, im Haar weder Nisse noch Laus. Auf Wangen und Stirn erkennen wir indes verschmierte Schmutzstreifen unter einer Schicht Staub. Als hätte er sich vor seinem Abgang für einen Lumpenball zurechtgemacht. Geschminkt und gepudert und die passenden Kleider angelegt. Was immer dieser Mann einmal war – in keinem Fall ein verwahrloster Bettler.«
Genau das war es, was ihn von Anfang an stutzig gemacht hatte. Reiser ließ den Chirurgen seinen blumigen Vortrag

zelebrieren, ohne sich anmerken zu lassen, wie sehr der Groll über die Blasiertheit des anderen seinen Ärger über die eigene Borniertheit steigerte.
»Kleider machen Leute, wie im Leben so im Tode.«
Reiser überhörte die Bemerkung und fragte den Professor, ob es sonst noch irgendetwas mitzuteilen gäbe, was für den Bericht an den Polizeipräsidenten wichtig sei. Der Arzt erwiderte, was es im Moment zu konstatieren gäbe, habe er dargelegt. Sobald die Untersuchungen abgeschlossen seien, werde er einen schriftlichen Bericht anfertigen, der alles Weitere dokumentiere.
Wann denn mit dem Ergebnis zu rechnen sei, hakte Reiser nach.
Wenn die Lebenden ihm Zeit für die Toten ließen, lautete die sybillinische Antwort. Der Sergeant möge einfach vorbeikommen und nach dem Stand der Dinge fragen, sooft es ihn danach dränge.
Walther brachte mit einer forschen Drehung seinen Kittel zum Schwingen und wandte sich zum Gehen. Reiser hielt ihn zurück.
»Einen Moment bitte noch, ich muss eine Personenbeschreibung anfertigen und bräuchte dazu noch einige Angaben.«
»Das linke Auge ist braun, das rechte grün. Alles andere liegt hier offen vor Ihnen. Bitte bedienen Sie sich.«
Er nickte knapp und war schon aus der Tür.
Reiser schaute verzweifelt auf den Toten. Wenn er daran dachte, dass er ihm Gesicht und Haare säubern musste, um beides genau betrachten zu können, ihn hin und her wenden, um die Körpermaße aufzunehmen, und ganz und gar entkleiden, um nach besonderen Merkmalen zu suchen, hob sich sein Magen. Mit spitzen Fingern knöpfte er ihm das Hemd auf, konnte darunter jedoch nichts Neues entdecken. Er ließ

seine Arme sinken, atmete mit einem Seufzer tief aus, warf einen letzten Blick auf den Toten und ging.
Draußen war niemand zu sehen. Er zog erst einen, dann den anderen Türflügel heran. Die Tür ließ sich nur schließen, indem er die Flügel aneinanderlehnte und sie zusammen mit Schwung schloss. Bis die Falle endlich zuschnappte, musste er etliche Male kräftig am Griff ruckeln und rütteln. Ein Schlüssel war nicht zu entdecken, wozu auch. In der Charité gab es nichts zu holen. Das wusste jeder.
Nachdenklich schlenderte Reiser zurück zur Allee. Einen Leichnam auf derart befremdliche Weise zu kostümieren kam ihm geschmacklos vor. Wer stirbt, den putzt man heraus und steckt ihn in seine besten Kleider. Der Unbekannte dagegen trug Lumpen und war nicht einmal gewaschen worden. Gerade so, als wünsche man, der Betrachter solle möglichst schnell seinen Blick von ihm abwenden, statt ihn ein letztes Mal zu betrachten, um sich seiner noch lange zu erinnern.
Wozu die erbärmliche Maskerade? Sie schien einem der Schauerromane entnommen, mit denen die Dichter Albions neuerdings die Leser beglückten. Hatte sich jemand einen makabren Scherz erlauben wollen? Viel Publikum konnte er auf Koppes Friedhof nicht erwarten. Und die dorthin kamen, hatten für derlei Jux bestimmt wenig übrig.
Ihm fiel ein, dass er selber auch nicht gerade ordentlich aussah, bedeckt mit all dem Staub der Charité. Er fuhr sich mit den Händen durch die Haare, schlug den Mantel aus, so gut es ging, schüttelte die Hosenbeine, bis sie einen passablen Eindruck machten.
Zurück in der Linienstraße, fand er die Revierstube leer. Er hatte den Kommissar mündlich informieren wollen und den ausführlichen Bericht am nächsten Tag anfertigen. Ausgerechnet jetzt war Rosenow nicht da. Missmutig knallte er einen

Bogen Papier auf das Pult, kaute auf dem Stift herum und überlegte, wie er die Sache in aller Kürze darlegen konnte. Wenn er Umstände des Fundes, Beschreibung der Person, Meinung des Arztes und alle möglichen weiteren Einzelheiten in breiter Ausführlichkeit beschreiben wollte, bliebe er noch lange hier. Dabei war er schon spät dran. Kurzerhand hinterließ er Rosenow eine Notiz über den Fund des Leichnams eines unbekannten Mannes von etwa sechzig Jahren auf dem Koppenschen Armenfriedhof, gefolgt von dem Hinweis, die Leiche sei zwecks Untersuchung zur Charité gebracht worden. Ausführlichen Bericht würde er am morgigen Tag erstatten.

Als er die Tür schloss, verklang im dunklen Hausflur gerade ein feiner an- und abschwellender Ton. Nach kurzer Pause hing ein etwas tieferer Ton in der Luft, der in eintönigen Schwingungen winselte, worauf die Oberstimme wieder einsetzte.

Reiser kannte das Gejaule und seine Verursacher. In Gedanken sah er die beiden Bewohner der ersten Etage in ihren Zimmern allein und tapfer vor sich hin trinken, bis einer von ihnen begann, mit dem angefeuchteten Finger um den Rand seines Glases zu streichen, es in Schwingung versetzte und die nervtötenden Klänge hervorbrachte. Ob der zweite mit seinem Einsatz in ein Duett einstimmen oder das Solo des anderen übertönen wollte, konnte niemand sagen.

Heute begannen die zwei Virtuosen zeitig. Reiser rief die Drohung nach oben, sie für den Rest des Tages und die ganze Nacht in die Zelle zu sperren, und zwar ohne ihre Klangkörper und deren Inhalt, wenn sie nicht auf der Stelle das Katzenkonzert einstellten, lauschte einen Moment in die eintretende Stille, trat ins Freie, überquerte den Fahrweg und bog in die Oranienburger Straße ein.

Beim Posthof herrschte reger Betrieb. Eine lange Reihe Kutschen, die von ihren Fahrten zurückkehrten, drängte durch das Tor zu Abspannhof und Stallungen. Immer wenn die zähe Bewegung ins Stocken geriet, schwollen die schroffen Zurufe der Fuhrknechte zu einem allgemeinen Krakeelen an. Peitschen wurden halb scherzhaft, halb drohend gegen den erhoben, der die lästige Wartezeit noch zusätzlich in die Länge zog.

Reiser wich dem Gewühl auf die andere Straßenseite aus. Vor der Großen Landesloge war es ruhig, auch drinnen regte sich nichts, jedenfalls lagen die Fenster im Dunkeln. Ein paar Schritte weiter wurde in Schloss Monbijou Licht gemacht. Die Kerze, mit der ein Lakai von Leuchter zu Leuchter ging, um sie anzustecken, schaukelte durch die Dämmerung wie ein Irrlicht, das durch ein verwunschenes Schloss in einem verzauberten Park schwebt.

Er wechselte wieder zur anderen Seite. An der Ecke der Großen Hamburger Straße wehte von der Sophienkirche für einen kurzen Augenblick Orgelmusik und Gesang über den Friedhof der jüdischen Gemeinde. Dessen Grabsteine versteckten sich vor den Blicken der Passanten hinter Büschen und Bäumen eines kleinen Parks.

Reiser legte einen Schritt zu. Er hatte es eilig. Vor drei Tagen war Friederike aus Spandau gekommen. Die Nichte seiner Wirtin besuchte ihre Tante in Berlin in letzter Zeit regelmäßig. Bisher war es zwischen ihnen über Gespräche an Witwe Straßbergs Tisch nicht hinausgegangen, aber gestern hatte er gefragt, ob er sie heute Abend ausführen dürfe. Friederike war gleich Feuer und Flamme gewesen, und die Tante hatte so schnell eingewilligt, dass es ihm vorkam, als hätten beide Frauen nur auf die Frage gewartet.

4

In der Rosenstraße legte er die kurze Strecke bis Hausnummer 8 im Eilschritt zurück und nahm auf der Treppe drei Stufen auf einmal. Vor der Wohnungstür holte er einige Male tief Luft und öffnete sie leise. Gegenüber lag der Salon. So nannte Frau Straßberg den größten Raum der Wohnung, in dem sie morgens und abends ihren Logisgästen das Essen servierte und selber wohnte und schlief. Wenn Friederike sie besuchte, teilten ihn sich die beiden Frauen, und die Nichte schlief auf dem Sofa neben dem Fenster. Leutnant von Künow, der andere Untermieter, titulierte das Zimmer deshalb auch als die Kemenate.

Das Bett der Witwe stand hinter einem Paravent und war so den Blicken von Besuchern entzogen. Wer vom Flur aus ins Zimmer schaute, dem versperrte das geöffnete Türblatt den Blick auf die Schlafstatt. Dank dieses ausgeklügelten Arrangements schien es, als blicke man in das Speisezimmer eines weitläufigen Domizils und nicht in den Allzweckraum einer mit drei Parteien belegten Dreizimmerwohnung.

Die Wirtin hatte Reiser kommen hören, sie öffnete ihre Tür einen Spalt, forderte ihn zum Eintreten auf, indem sie mit dem Zeigefinger unsichtbare Löcher in die Luft kratzte, formte mit dem Mund einen stummen Gruß und bedeutete ihm gleichzeitig, still zu bleiben.

Er trat ein und stutzte, als ihn statt der erwarteten wohligen Wärme frische Kühle empfing. Eine Kerze flackerte auf der Anrichte. Das Fenster stand weit offen. Friederike stützte die

Hände auf das Fensterbrett und reckte den Kopf ein wenig vor, als lausche sie andächtig in den Abend. Im Raum schwangen ungewöhnliche, ätherische Klänge, die aus den entferntesten Sphären des Universums zu kommen schienen. Reiser trat leise ans Fenster, blieb einen Schritt hinter Friederike stehen.

Er hatte vermutet, in der Synagoge sei irgendein Konzert oder Ritus im Gange. Aber der »Judentempel«, wie er im Volksmund hieß, oder die »Schul«, wie jene sie nannten, die sie besuchten, war dunkel. Nur aus einigen Fenstern der Häuser, die den riesigen Innenhof wie hohe Mauern einen Burgplatz umschlossen, fiel Licht.

Ein getragener Akkord beendete das Stück. Reiser überlegte, woran ihn die Töne erinnerten. Die Stille hielt an, ohne dass es ihm einfiel. Scheiben klirrten. Rundherum wurden Fenster zugemacht.

»Schade, nun ist es vorbei. So etwas Schönes!«

Friederike seufzte und lehnte den Kopf an den Fensterrahmen. Dann richtete sie sich auf, straffte ihren Körper und drehte sich um. Als sie Reiser so unerwartet vor sich sah, schreckte sie kurz zurück. Dann reichte sie ihm mit strahlendem Lächeln die Hand.

»Guten Abend, Herr Reiser, schön, dass Sie da sind.«

Leichte Röte huschte ihm über die Wangen, als sie sich in die Augen schauten und er ihre warme Hand in seiner spürte.

»Guten Abend, Fräulein Friederike.«

Schweigend standen sie sich gegenüber. Frau Straßberg erlöste sie aus ihrer Erstarrung mit der Bitte, Friederike möge den Tisch für das Abendessen richten.

Die Wirtin hatte inzwischen ein Öllicht angezündet und forderte Reiser auf, Platz zu nehmen. Sie selber wuselte zwischen Herd und Tisch hin und her. Ihr fünfzehn Jahre älterer

Mann war im letzten Winter bei Stralau im Eis der Spree eingebrochen und ertrunken. Kurz vor seinem sechsundvierzigsten Geburtstag, wie sie jedes Mal betonte, wenn sie davon erzählte. Seitdem trug sie Schwarz.
Reiser wurde sich nie so recht klar darüber, ob sie nach dem Tod ihres Mannes Kummerspeck angesetzt hatte oder ihre beiden identischen Kleider, andere trug sie nicht, von vornherein zu eng ausgefallen waren. Jedenfalls wirkte sie darin unvorteilhaft pummelig, was sicherlich auch mit ihrer Größe zu tun hatte. Sie reichte ihrer Nichte, die fast so groß war wie er selber, gerade bis zur Schulter.
Friederike setzte sich Reiser gegenüber und schnipste eine dunkelbraune Locke aus der Stirn. Das Regal an der Wand hinter ihr trug eine kuriose Kollektion von Exponaten. Ein Dutzend Bücher, angeordnet nach den Motiven ihres Rückenschmucks, zwei enorm große, reichlich verzierte Kerzen, die zu vergilben begannen, ein Krippenspiel, dessen Esel ein Ohr fehlte, sowie eine grün und blau schimmernde Vase aus venezianischem Glas.
Reiser lächelte Friederike an. Sie schien darauf zu warten, dass er etwas sagte, aber ihm wollten nicht die richtigen Worte einfallen. Frau Straßberg unterbrach das Schweigen.
»Ich hoffe, Herr von Künow kommt bald, sonst wird ja alles kalt.«
Sicher gab es bei von Künow wieder irgendein unaufschiebbares Dienstgeschäft, das niemand anderem als ihm hatte anvertraut werden können. Jedes Mal war es etwas Neues. Unglaublich, was dieser junge Offizier alles fertigbrachte.
»Sie haben wohl ein Schweigegelübde abgelegt«, sagte Frau Straßberg munter. »So hatte ich das vorhin nicht gemeint. Zur Feier des Tages trinken wir eine gute Flasche Mosel.«
Sie holte vier Gläser aus der Anrichte und bat Friederike, ihr

Buch vom Tisch zu räumen. Reiser fragte, was sie denn lese.
»*Der Geisterseher*, von Friedrich Schiller. Kennen Sie das Buch?«
Reiser ließ nur ein vages »Hm« hören.
»Mir kann es mit dem Lesen gar nicht schnell genug gehen, so gespannt bin ich, was als Nächstes passiert. Dabei ist es so anschaulich, als ginge man selber durch Venedig und erlebe alles mit eigenen Augen. Dieser arme Prinz, ein gefährliches Abenteuer nach dem anderen wartet auf ihn. Bei stockdunkler Nacht fährt er mit der Gondel durch schaurige Kanäle zu so einem gruseligen Gewölbe. Und dann wird da jemandem auch noch der Kopf abgehauen. Überhaupt, diese zwielichtige Gesellschaft, die dauernd um ihn herum auftaucht, Armenier, Sizilianer, Inquisitoren, Magier. Sogar mit Gespenstern kriegt er es zu tun. Manchmal mag ich gar nicht vom Buch aufschauen, aus lauter Furcht, eine der Gestalten stünde plötzlich im Zimmer.«
Frau Straßberg räusperte sich.
»Von Venedig weiß ich nichts. Aber wie es hier in Berlin unserer verehrten Königin ergeht, davon hat jeder gehört, und mancher hat es mit eigenen Augen gesehen. Ihr Schloss hat sie schon verlassen und zieht von einem Palais zum nächsten. Nirgendwo findet sie Ruhe vor den Geistern. Schläft bei Tag und wacht in der Nacht. Immer wieder erscheint ihr die Weiße Frau –«
Mitten im Satz brach sie ab. Die Tür wurde mit einem Schwung geöffnet. Ebenso schwungvoll trat Leutnant von Künow drei Schritte in den Raum und grüßte jeden mit angedeuteter Verbeugung, zuerst die Damen, nach Vorrang ihres Alters, dann den Herrn.
»Leutnant von Künow! Dann sind wir ja vollzählig. Nehmen Sie Platz! Ein Glas Wein?«

»Sehr freundlich, werte Frau Straßberg. Ja, trinken wir ein Glas – auf den Besuch Ihres Fräulein Nichte. Wie ich hörte, war gerade die Rede von der Weißen Frau. Wenn ich um äußerste Diskretion ersuchen darf, kann ich dazu einen Vorfall beitragen, mit dessen unverzüglicher Klärung die Generalität mich beauftragt hat.«

»Wir bitten darum. Nur einen Moment noch, bis ich die Gläser gefüllt habe.«

Die Wirtin goss ein. Reiser nutzte die Gelegenheit, um Friederike das Buch, in dem er geblättert hatte, hinüberzuschieben. Sie bemerkte es nicht, musterte halb amüsiert, halb fasziniert den jungen Offizier. Der beugte sich über den Tisch, forderte seine Zuhörer auf, es ihm nachzutun, und senkte die Stimme.

»Die Angelegenheit ist äußerst delikat und besitzt einige Brisanz. Daher darf nichts von dem, was ich Ihnen mitteile, über unseren Kreis hinaus bekannt werden. Letzte Nacht hat die Weiße Frau einem Soldaten unseres Regiments übel mitgespielt. Der Bursche litt unter unglaublicher Ängstlichkeit, was er eine Zeit lang verbergen konnte, indem er freiwillig jede noch so üble Drecksarbeit übernahm, nur um nicht beim Schloss Wache schieben zu müssen. Er hatte von einem Gespenst gehört, das dort sein Unwesen treiben soll, und fürchtete, ihm über den Weg zu laufen. Schließlich kam sein Vorgesetzter dahinter und wollte einen richtigen Soldaten aus ihm machen. Einen, der weder Tod noch Teufel fürchtet. Alle Ausflüchte nutzten dem Rekruten nun nichts mehr. Er wurde zur Nachtwache abkommandiert. Der Feldwebel teilte ihn für den Schlosshof ein, wo er einsam und allein Posten bezog.

Heute, am frühen Morgen, fand ihn die Wachablösung unter dem Portal des Schlosses liegen, barfuß, schlotternd vor Angst und derart verwirrt, dass er nicht einmal mehr seinen Namen wusste. Der Korporal fragte ihn, warum er nicht ordnungsgemäß Streife laufe. Darauf glotzte er blöde und stotterte, ein Dämon habe ihn aus einem Zimmer des Schlosses zu Boden geschleudert.

Auf die Frage, warum seine Stiefel an der nächsten Laterne hingen, stierte er fassungslos erst seine nackten Füße, dann das Schuhwerk hoch über ihm an. Schließlich stieß er hervor, er müsse die Stiefel von sich geworfen haben, um das Bett nicht zu beschmutzen. Der Wachhabende drang in ihn, was er da von einem Bett fasele. Ob er etwa seinen Posten verlassen habe. Der Rekrut schwor, er habe seinen Dienst nach besten Kräften absolviert. Dass diese ihn verließen, sei nicht seine Schuld. Es lag an dem Teufelszeug, das zu trinken ihm aufgetragen worden war.

Daraufhin wurde er wegen des Verdachts gröbster Verletzung soldatischer Pflichten abgeführt. Die Aufklärung der Angelegenheit wurde mir übertragen und ist noch nicht abgeschlossen. Bisher habe ich Folgendes aus der Kanaille herausbekommen: Als es Mitternacht schlug, erschien an einem der Fenster des Schlosses eine zierliche, ganz in Weiß gekleidete Frau, die ihm zuwinkte. Er hatte den Eindruck, sie begehre seine Hilfe, ging zur Pforte, die er offen fand, betrat die Halle, stieg die Treppen zur zweiten Etage hinauf und tastete seinen Weg den langen, schummrigen Gang entlang.

Die Tür des Zimmers, an dessen Fenster die bleiche Gestalt gestanden hatte, war nur angelehnt. Drinnen schien der Mond auf ein Bett in der Mitte des Raumes. Die Konturen eines weiblichen Körpers zeichneten sich unter der Bettdecke ab, deren einer Zipfel weit aufgeschlagen war. Der Muschkote schaute unsicher zur Seite und bemerkte eine Flasche, die entkorkt auf dem Nachtschrank stand, daneben ein Becher.

Wie aus dem Nichts befahl ihm eine donnernde Stimme, den Becher bis an den Rand zu füllen und in einem Zug zu leeren. Er gehorchte. Im selben Moment begann sich alles vor seinen Augen zu drehen und er hatte das Gefühl, jeden Moment vornüberzustürzen. Eine innere Stimme gebot ihm, auf das schöne, frische Betttuch zu achten.
Was weiter geschah, weiß er angeblich nicht. Er kann sich nur noch an das Gefühl erinnern, zu fliegen. Darauf folgte tiefe Bewusstlosigkeit, aus der ihn ein brutaler Sturz weckte, von dem ihm immer noch sämtliche Knochen schmerzen.«
Künow machte eine Pause, reichte Frau Straßberg sein Glas zum Nachfüllen und nahm zwei Schlucke.
»Verstehen Sie nun, warum die Sache heikel ist? Die Disziplinarordnung der königlichen Armee enthält keinerlei Vorschrift zur Ahndung von Dienstvergehen, die auf Besessenheit beruhen. Vergleichbare Präzedenzfälle können nicht herangezogen werden.«
Friederike war weniger an den Regularien der Militärgerichtsbarkeit als am Schicksal des Menschen gelegen.
»Und wie geht es dem Ärmsten?«
»Ich habe Ihnen seine Einlassungen mit meinen eigenen Worten geschildert. Er selber brachte bei der Vernehmung keinen einzigen gescheiten Satz hervor. Nur mit viel Mühe und unendlicher Geduld gelang es mir, Sinn in sein Gestammel zu bringen und ein Protokoll anzufertigen. Mehrmals las ich es ihm vor und bat um Ergänzungen, Korrekturen, Erläuterungen. Aber am Ende blieb es bei dem, was ich gerade vorgetragen habe.«
Der Leutnant griff nach dem Glas, schüttete den Rest des Weines hinunter, stand auf und machte Anstalten zu gehen. Frau Straßberg wollte ihn aufhalten.

»Aber Herr Leutnant, Sie müssen doch etwas essen. Warten Sie, ich fülle Ihnen auf.«
Der entschuldigte sich mit dem Hinweis dringender dienstlicher Verpflichtungen, wünschte einen guten Abend, verneigte sich knapp, und schon war er fort. Leutnant von Künow, wie Reiser ihn kannte. Flüchtig, nannte er es, was so viel heißen sollte wie: Man kriegte ihn niemals richtig zu fassen. Kaum gegrüßt, hatte er sich schon wieder verabschiedet. Und was man am häufigsten von ihm sah, waren seine Hacken.
Die beiden Frauen mutmaßten, dass dem armen Soldaten in seiner Bewusstlosigkeit Schreckliches zugestoßen sein musste, so wie er mit zerschundenem Leib auf dem Boden liegend aufgefunden worden war. Reiser schwieg, bis Friederike ihn aufforderte, er solle auch etwas zu dieser äußerst mysteriösen Angelegenheit sagen. Schließlich sei er doch Polizist. Er überlegte kurz und richtete sich auf.
»Der Leutnant sagt, man habe den Rekruten am Morgen vor Angst schlotternd gefunden. Wovor sollte er Angst haben? Die Nacht war vorüber, der Spuk vorbei. Das war es also nicht. Eher Angst vor Strafe, weil er im Dienst getrunken hat.«
»Auf Befehl, sagt er.«
»Nennen wir es vorauseilenden Gehorsam.«
Friederike schaute ihn erstaunt an.
»Wie, bitte sehr, geht das nun wieder?«
»Ich vermute, er verbarg eine Flasche Breslauer im Mantel und nahm regelmäßig einen tiefen Schluck, um der Angst vorzubeugen, falls die gespenstische Dame ihm plötzlich gegenüberstünde.«
»Sie meinen, er bildet sich das alles nur ein?«
»Erst hat der Schnaps seine Angst überwunden, dann ihn selber.«

»Und wie kommen die Stiefel an die Laterne?«
»Bestimmt hat er sie nicht beim Sturz in ein Bett aus dem Fenster geworfen. Ebenso wenig wie ein Dämon anschließend ihn. Irgendwann war er wohl hinüber und hat in einer Ecke etwas ruhen wollen. Dort fand ihn jemand, zog ihm die Stiefel aus, band sie mit einem Stück Kordel an den Schlaufen zusammen und warf sie über die Laterne. Vielleicht wusste derjenige nicht einmal, dass sein Schabernack den armen Burschen Kopf und Kragen kosten kann.
Auf Trinken beim Wachdienst steht Spießrutenlaufen. Wenn überhaupt rettet ihn davor nur der Umstand, dass er verrückt ist. Ob er es in der Nacht aus Angst vor dem Gespenst wurde oder am Morgen aus Angst vor dem Militärgericht, spielt keine Rolle. Hauptsache, die Richter halten ihn für verrückt.«
Friederike griff das Stichwort auf.
»Glauben Sie, man wird verrückt, wenn einem ein Geist begegnet?«
»Unmöglich.«
»Nein?«
»Es gibt keine Geister.«
»Woher wissen Sie das?«
»Für alle diese Erscheinungen, die auf rätselhafte Weise durch die Lüfte schweben, gibt es natürliche Erklärungen.«
»Das sagen Sie nur so.«
»Soll ich es Ihnen beweisen?«
»Bitte sehr, Herr Reiser, da bin ich aber gespannt.«
Frau Straßberg schnappte nach Luft, als raube ihr die Keckheit der Nichte den Atem. Mehr als ein heiseres »Friederike« brachte sie aber nicht heraus. Reiser räusperte sich.
»Sehr gerne. Es trifft sich gut, dass wir heute Abend gemeinsam ausgehen. Ich lade Sie zu Enslen ein.«

»Enslen? Der Name ist mir nicht geläufig.«
»Er führt physikalische Experimente in der Art von Lichtenberg vor, allerdings noch spektakulärer.«
»Haben Sie schon von Philidor gehört? Der zeigt magische Experimente.«
»Magische Experimente, das ist ein Widerspruch in sich!«
»Ach ja, der eine darf es so nennen, der andere nicht. Können Sie mir erklären, wieso?«
»Enslen wendet strikt wissenschaftliche Erkenntnisse an.«
»Und zwar?«
»Zum Beispiel hat er Androiden gebaut.«
»Was soll das denn sein?«
»Künstliche Menschen.«
»Unsinn, so etwas gibt es doch gar nicht.«
»Natürlich nicht aus Fleisch und Blut wie wir, sondern aus Draht und Blech.«
»Und Sie glauben, die sind echt?«
»Man sieht ihnen doch zu.«
»Bestimmt sitzen da in Wirklichkeit Zwerge drin und machen ulkige Verrenkungen.«
»Nein, wer will, kann die Mechanik besichtigen.«
»Wie langweilig, lauter Räder, Stangen und Drähte.«
»Er zeigt auch aerostatische Figuren.«
»Aerostatische Figuren, wie sich das schon wieder anhört.«
»Dann eben optisches Ballett, Wolkenreiter, Luftkämpfer, wenn Ihnen das besser gefällt.«
»Die zaubert er vor aller Augen in die Luft?«
»Das sind keine Zauberkunststücke.«
»Sie meinen, es ginge mit rechten Dingen zu, wenn Leute über der Erde schweben und sich dabei auch noch Degen um die Ohren hauen?«
»Nicht richtig … aerostatische Figuren eben.«

»So eine Art Phantome?«
»Genial konstruierte Gebilde aus feinstem Papier, die von heißer Luft getragen werden.«
»Pffff, heiße Luft! Sie tun erst so, als ginge es um etwas völlig Ungewöhnliches, geradezu Außerirdisches. In Wirklichkeit ist es aber ganz etwas anderes, irgendwie Banales. Ich will mich doch nicht nasführen lassen. Da möchte ich lieber richtige Gespenster sehen.«
»Gespenster gibt es nicht!«
»Künstliche Menschen auch nicht.«
»Aber das ist doch etwas ganz anderes.«
»Wieso?«
»Enslen lässt optische Gebilde erscheinen, die wie Wolkenreiter aussehen.«
»Da lob ich mir Philidor. Der lässt Gespenster erscheinen, die wie Gespenster aussehen.«
»Aber er täuscht doch seine Zuschauer nur.«
»Und was macht dieser Enslen, von dem Sie die ganze Zeit erzählen? Es hat wohl wenig Zweck, sich mit Ihnen weiter darüber zu unterhalten, wer wen hinters Licht führt. Ich jedenfalls möchte unbedingt Philidor erleben. Ganz Berlin spricht über seine Beschwörungen. Unser König hat ihm zusammen mit seiner Familie schon zweimal die Ehre gegeben.«
Frau Straßberg hatte ihre Nichte immer strenger angesehen, aber die schien das nicht zu bemerken. Mit einem Räuspern griff die Witwe nun in das Gespräch ein und fragte, wo denn das physikalische Spektakel des Herrn Enslen stattfände.
»Im Döbbelinschen Theater in der Behrenstraße.«
»Das kenne ich. Da ist doch der Pinetti jahrelang mit seinen bombastischen Illusionen aufgetreten. Hat immer behauptet,

er sei größer als Cagliostro. Bis der ganze Zauber aufgedeckt und er von einem Tag auf den anderen aus der Stadt gejagt wurde.«
Die Wirtin brach abrupt ab, schluckte, wich Reisers strafendem Blick aus. Sie hatte ihm wohl beispringen wollen, mit ihrer leichtfertigen Bemerkung aber das Gegenteil bewirkt. Friederike lehnte sich mit vor der Brust gekreuzten Armen zurück, schaute Reiser mit einem triumphierenden Lächeln in die Augen und flötete mit spitzen Lippen: »Soso.«
Reiser versuchte umständlich zu erklären, dass der meisterhafte Erfinder Enslen schließlich nicht dafür könne, wenn im Augenblick nur dieses Theater mit einer ausreichend großen Bühne zur Verfügung stehe, auf der die aufwendige Szenerie Platz finde, und ein Saal, der Raum biete für ein Publikum, das regelmäßig in großer Zahl zu den Vorführungen dränge.
Diese Argumente fruchteten allerdings nicht im Geringsten. Friederike entgegnete nur, ohne einmal dabei gewesen zu sein, werde sie niemals verstehen können, von welchen magischen Phänomenen im *Geisterseher* überhaupt die Rede sei.
Reiser ließ den Kopf sinken. Wenn er sie ausführen wollte, blieb ihm wohl nur eine Möglichkeit.
»Dann gehen wir eben zu Philidor.«

5

Draußen dämpfte leichter Nebel die Lichter der Straßenlaternen. Obwohl Friederike nur wusste, dass der Magier irgendwo am Gendarmenmarkt auftrat, fanden sie das Haus auf Anhieb. Ein Plakat an der Hauswand pries den großen Philidor und seine magischen Experimente in fetten Lettern auf grellen Farben.

Mehrarmige Leuchter tauchten ein Zimmer im Parterre in helles Licht. Durch die Fenster war eine Gruppe Männer zu sehen, die sich angeregt unterhielten. Ihre Kleidung ließ auf bessere Kreise schließen.

Die Haustür war verschlossen. Am Türklopfer hing ein dünnes Brett, darauf stand der Hinweis, diesen Abend fände eine geschlossene Veranstaltung statt.

Reiser atmete erleichtert auf und wollte schon gehen, als ein Riegel zur Seite geschoben und die Tür geöffnet wurde. Ein großer, starkknochiger Mann trat auf die Straße und schaute sich suchend um. Er durfte die sechzig überschritten haben. Graue, gepuderte Haare waren über einer hohen Stirn straff nach hinten gekämmt und zu einem Zopf gebunden. Ließ seine blassgraue Gesichtsfarbe vermuten, er arbeite selten an der frischen Luft, so verliehen ihm die etwas plump erscheinende Nase und das starke Kinn einen eher bäuerlichen Ausdruck.

Friederike lächelte ihn an, wünschte einen guten Abend und fragte, ob man ihr und ihrem Begleiter Einlass gewähre. Darüber habe er nicht zu entscheiden, erwiderte der Mann, aber

der Patron lasse bestimmt jeden ein, der subskribiert habe und pro Kopf einen Friedrich-d'or entrichte.
»Zwei Friedrich-d'or!«, entfuhr es Reiser erschrocken. Friederike sah ihn vorwurfsvoll von der Seite an. Der Mann lächelte amüsiert.
»Der Meister selber bietet zwar nur Erscheinungen, die keinerlei materielle Substanz besitzen. Das hält ihn jedoch nicht ab, von seinen Besuchern Gegenleistung in harter Münze zu verlangen.«
Er musterte Friederike.
»Mein Fräulein, hätten Sie denn keine Bedenken, sich an einen solchen Ort zu begeben?«
»Wie meinen Sie das?«
»In einen finsteren Raum, umgeben von lauter Männern und Gespenstern.«
Friederike ließ nur ein leises »Pöh« hören und zuckte schnippisch mit der Schulter. Reiser schüttelte den Kopf.
»Aber wir sind ja gar nicht subskribiert.«
»Gestatten Sie, Ihnen meine Hilfe anzubieten. Ich befürchte, zwei Freunde, deren Billets ich bei mir trage, sind unerwartet verhindert. Begleiten Sie mich statt ihrer zu dem einmaligen Schauspiel. Der Meister will heute Abend nachgerade über sich hinauswachsen und nicht nur irgendwelche Spukgestalten bemühen, sondern vor aller Augen ausgesuchte Persönlichkeiten erscheinen lassen.«
Friederike schob den Arm unter Reisers. Ihr Gönner machte eine einladende Handbewegung, ließ die beiden ins Haus, folgte ihnen in das hell erleuchtete Zimmer und stellte sie den dort Versammelten als Fräulein Friederike Polley und Herrn Gustav Reiser vor, nachdem die beiden ihm auf seinen fragenden Blick ihre Namen genannt hatten. Die Umstehenden nickten zur Begrüßung und nahmen ihre unterbrochene

Unterhaltung wieder auf. Friederike und Reiser hielten sich ein wenig abseits.
Einer der Herren berichtete, der Meister habe ihm, als er vor zwei Tagen die Billets erstand, angeboten, einen verstorbenen Verwandten herbeizuzitieren. Eigentlich wollte er ja keinen seiner Lieben für derlei Hokuspokus missbrauchen, aus einer plötzlichen Laune heraus habe er dann aber doch seinen Onkel Eduard genannt, an den er sich kaum erinnern könne, da er von hinnen gegangen sei, als er selber noch ein kleiner Junge war.
Prompt wurde er um ein möglichst genaues Bild des Verstorbenen gebeten, woraufhin er Philidor ausführlich seinen ihm lebhaft vor Augen schwebenden und putzmunteren Nachbarn beschrieben habe. Nun sei er ganz gespannt, ob auf Geheiß des Meisters ein toter Lebender oder ein lebender Toter erscheinen werde. Alle stimmten in sein meckerndes Lachen ein. Wer einen Gehstock trug, klopfte damit auf den Boden. Das dröhnende Pochen verlieh der aufgekratzten Heiterkeit einen bedrohlichen Unterton.
Reiser blickte in die Runde. Es waren wohl ein Dutzend Honoratioren versammelt, die meisten im gleichen Alter wie ihr Gönner. Der die Anekdote erzählt hatte, feixte in die Runde. Reiser schaute ihn an. Die Haut über der Stirn glänzte und ähnelte hauchdünnem Pergament, Altersflecken zeichneten sich auf ihr ab. Die Falten in seinem Gesicht stammten gewiss nicht von jahrelangen drückenden Sorgen. Der Greis dürfte in seinem langen Leben viel gelacht haben.
Eine Tapetentür, die bis dahin niemand bemerkt hatte, öffnete sich lautlos. Das Gespräch erstarb, alle schauten erstaunt zu der dunklen Öffnung, die sich so unversehens in der Wand auftat. Eine weibliche Gestalt glitt in den Raum. Ihr dunkel glänzendes Kleid reichte bis auf den Boden und

raschelte bei jeder Bewegung, als führe Wind durch Röhricht. Der breite, hochgestellte Kragen warf geheimnisvolle Schatten auf ihr bleiches Gesicht. Das schwarze Haar, das es umrahmte, steigerte die Blässe.
Die Königin der Nacht, wie einer der Männer sie flüsternd titulierte, stellte sich als Gattin des hochgerühmten Meister Philidor vor. Einen um zwei Köpfe kleineren, rundlichen Mann, der ihr folgte, hieß sie, ohne seinen Namen zu verraten, einen berühmten Professor aus Turin, der ihrem Mann bei seinen Experimenten assistiere. Sie rauschte zur Tür, die aus der Eingangshalle führte, und wies mit einladender Handbewegung den Weg die Treppe hinauf. Dort erwarte der Herr des Hauses seine verehrten Gäste.
Das Treppenhaus war enger, als die geräumige Empfangshalle vermuten ließ; jemand vermutete, es sei die Hintertreppe. Die Besucher mussten einzeln hinaufsteigen. Die Herren nötigten sich gegenseitig, einander den Vortritt zu lassen, und erst nach reichlich Bitten und Komplimentieren kam Bewegung in die Gesellschaft. Mit jeder Stufe wurde es dunkler. Als stiege man nicht dem Licht des Himmels, sondern der Dunkelheit der Unterwelt entgegen, meinte einer der Herren. Friederike, die als Letzte vor Reiser die Treppe hinaufging, lief ein Schauder über den Rücken.
Auf dem Podest des dritten Stockwerks begrüßte sie der Magier. Hier war es so finster, dass sein wallender Umhang mit dem Hintergrund eins zu werden schien. Nur das Anch-Kreuz der alten Ägypter prangte hell auf dem schwarzen Stoff, in den er ganz und gar gehüllt war. Er begrüßte seine verehrten Gäste ausschweifend und schlug ihnen vor, um der Bequemlichkeit willen Mäntel und Hüte abzulegen. Vor allem aber ersuchte er sie, ihm Stöcke und Degen auszuhändigen, was lautstarken Protest hervorrief. Die Männer wei-

gerten sich rundheraus, auf die unentbehrlichen Requisiten zu verzichten – mit dem Hinweis, dass man schließlich nicht wisse, ob man sie nicht alsbald benötige.

Nach einigem Geplänkel wurde die Gesellschaft endlich in einen düsteren Raum geführt. Auf den Boden war mit Kreide ein Ring magischer Symbole gemalt. In dessen Mitte lag ein schwarzes Tuch. Drei Schritte daneben stand ein eisernes Becken, in dem Kohlen glommen, die einen blassen Schimmer verbreiteten. Eine dünne Rauchsäule stieg zur Decke auf. Tuschelnd nahm die Gesellschaft Aufstellung. Friederike zog Reiser am Arm in die hinterste Ecke des Raumes.

Der Professor schloss die Tür. Zwei Gestalten huschten noch an ihm vorbei und drückten sich etwas abseits an die Wand. In ihren dunklen Paletots waren sie kaum auszumachen, die Krempen ihrer Zylinderhüte verdeckten die Gesichter. Reiser hatte die beiden bis dahin nirgendwo bemerkt. Entweder waren sie erst gekommen, als man schon die Treppen hinaufstieg, oder sie hatten hier oben im Verborgenen gewartet. Aber warum? Er fragte sich, was die Heimlichtuerei sollte, und musterte sie angestrengt. Mehr als dass sie auffallend groß waren, konnte er nicht erkennen. Es war zu dämmrig.

Der Professor zündete ein Grablicht an und stellte es mit absurd theatralischer Geste neben das Tuch auf den Boden. Während er mit vor der Brust gekreuzten Armen zurücktrat, schritt der Magier in seinem schwarzen Umhang gravitätisch aus dem Dunkel und nahm vor dem magischen Altar Aufstellung. Auf dem Kopf trug er nun eine Kapuze, aus der nur Kinn und Nase hervortraten.

Der fahle Schein des Grablichts verkehrte Stirn und Wangen in bleiche Knochen, die Augenhöhlen lagen schwarz und leer. Sein Gesicht glich einer Totenfratze. Jedes Mal, wenn der Hexer die Arme beschwörend hob, warfen die weit geschnittenen Ärmel des Umhangs einen bedrohlichen Schatten unter die Decke des Raums, als schwebe dort eine riesige Fledermaus. Zu allerlei mysteriösen Verrenkungen begann Philidor pathetisch auf Französisch zu parlieren. Friederike fragte Reiser flüsternd, worum es ging. Bevor er ihr erwidern konnte, er habe dem Redeschwall selber nicht recht folgen können, erhob sich lautstarker Protest.

»Der Meister geruht also, uns mitzuteilen, wir möchten seinen Befehlen unbedingt Folge leisten, ansonsten er für nichts garantieren könne. Für wen hält er sich, uns kujonieren zu wollen?«, platzte einer der vor ihnen stehenden Herren heraus.

Der Beschimpfte bat mit beschwörend erhobenen Armen mehrere Male um Ruhe.

»Chers amis, dank meiner magischen Künste gelingt es mir, Geister aus aller Welt in unseren Kreis zu bitten. Ihnen zu gebieten vermag ich jedoch nicht. Alles was am heutigen Abend geschieht, kann große Gefahren heraufbeschwören. Daher bitte ich Sie zu unser aller Wohl, meinen Anweisungen Folge zu leisten.«

Aus dem Publikum erhob sich eine kräftige Stimme. Reiser erkannte sie als die des Spenders ihrer Billets.

»Werter Meister der Geister, jeder von uns weiß, dass Diplomaten aus aller Welt sich des Französischen befleißigen, um untereinander Botschaften auszutauschen. Das mag auch Geister betreffen, die in entferntesten Sphären des Universums residieren. Ich möchte Sie dennoch bitten, fürs Erste nur solche zu bemühen, die der deutschen Sprache mächtig sind und sich des allen Anwesenden geläufigen Idioms bedienen!«

Philidor war keine Regung anzumerken. Ohne auf die Einwände einzugehen, hob der Magier unter ständigem Mur-

meln exotisch klingender Beschwörungsformeln das Tuch vom Boden auf, hängte es den Zuschauern gegenüber in die Luft, vollführte mit einem Zauberstab, den er mit einem Mal in der Hand hielt, verschiedene schwungvolle Gesten – und löste sich in Nichts auf. Lediglich seine Stimme mäanderte weiter durch den Raum und ließ vermuten, dass er noch anwesend war.
Das Grablicht verlosch.
Friederike stieß einen spitzen Schrei aus.
Reiser starrte auf die Stelle, wo Philidor das schwarze Tuch aufgehängt hatte, und versuchte angestrengt zu erkennen, ob es tatsächlich dort schwebte oder an einer bis dahin unentdeckt gebliebenen dunklen Stellwand hing, oder ob Tuch wie Wand Einbildung waren und er stattdessen in die gähnende Leere des unendlichen Alls blickte.
Niemand sagte mehr etwas, es war totenstill. Nur seltsame, kaum zu vernehmende Töne taumelten wie Nachtfalter durch die Luft. Reiser lauschte ins Dunkel. War das die Musik, von der die Leute sagten, sie werde von weit entfernten Sternen ausgesendet? Musik, die so fein sei, dass sie mühelos alles durchdrang und vom einen Ende des Universums bis ans andere trug? Dünne Akkorde schwangen wie das auf- und abschwellende Heulen eines Sturms, der in unendlich weiter Ferne blies. Schrille Disharmonien erklangen wie herzzerreißendes Klagen verlorener Seelen, das aus einem tiefen Orkus aufstieg.
Plötzlich war der Hexer wieder sichtbar. Er trat in den dünnen Widerschein der Glut, die im Kohlebecken vor sich hin glomm, und fuchtelte mit dem Zauberstab herum, als versuche er, eine unsichtbare Schrift in die dünne Rauchsäule zu gravieren. Zischend und knisternd schoss plötzlich eine gleißende Stichflamme aus der Asche empor. Ein scharfer

Knall folgte. Schmauch stieg auf, formte eine weiße Kuppel. Darunter wuchs aus dem Kohlebecken eine Säule empor. Es sah aus wie ein riesiger Pilz, der bedrohlich in die Höhe stieg.

Friederike zuckte erschrocken zusammen und griff nach Reisers Hand. Er drückte sie sacht und rückte näher an sie heran.

Langsam zerfiel der kompakte Qualm zu dünnem Gewaber, das im Schein des verlöschenden Feuers opak leuchtete. Darin wurde ein Schatten sichtbar. Zunächst war kaum mehr zu erkennen als ein Kreis, der ein verschlungenes Gebilde umschloss, dem seltsame Auswüchse anhafteten. Dann wurden die Konturen allmählich deutlicher. Bevor zu erkennen war, was hier wohl dargestellt sein mochte, überboten sich einige Witzbolde mit Vorschlägen, das geisterhafte Bild zu deuten.

»Fledermaus mit Krücken.«

»Phönix im Schlafrock.«

»Harpye schlägt Purzelbaum.«

»Drache würgt Glucke.«

Im Rauch des Feuers schwebte schließlich ein Monster, das den gewundenen Schwanz einer Echse, die starken Klauen eines Greifs und den Kopf eines Hahnes trug. Philidor erläuterte die Erscheinung.

»Sie wurden soeben Zeugen, wie ich kraft der Magie vor Ihrer aller Augen aus dem Nichts das Abbild eines Amuletts geschaffen habe, auf dessen Zauber ich mich bei allem, was ich tue, berufe. Wie sicherlich jeder erkannt hat, handelt es sich um einen Basilisk.«

Jemand fragte kichernd, ob der auch Eier lege und man gelegentlich eines davon erwerben könne. Die Stimme des Magiers bebte.

»Man darf die Mächte der Finsternis nicht leichtfertig provozieren. Die Gefahren, die das heraufbeschwört, fallen auf uns alle hernieder«, mahnte er.
Darauf reckte er beide Arme in die Höhe und bat um absolute Ruhe, wenn er nunmehr zu einem Geist Kontakt aufnehme und ihn bitte, zu erscheinen.
Kaum vernehmbar schwebten wieder die fremdartigen Klänge in der Luft. Zaghaft irrlichterte ein schwacher Schein durch das Dunkel des Raums, bis er den dünnen Schleier des Rauchs erreichte. Dort gewann er Kontur und formte sich zu einer Gestalt. Bevor irgendein Scherzbold seine Witzchen machen konnte, ob es sich um das Abbild eines menschlichen oder überirdischen Wesens handelte, stellte der Meister mit salbungsvoller Stimme den Besucher vor.
»Voilà, Monsieur Voltaire!«
Kaum nannte er den Namen, nahm die Erscheinung klarere Züge an, und es traten gewisse Ähnlichkeiten mit dem Herbeizitierten hervor, den Reiser allerdings nur von Bildern kannte. Friederike klammerte sich an seinen Arm. Ihm wurde heiß. Er hätte gern den Arm schützend um sie gelegt, konnte ihn jedoch nicht aus ihrem Griff lösen.
Einer der Herren, gänzlich unbeeindruckt von der Erscheinung des berühmten Denkers, mokierte sich lauthals über »diese plumpe Ausführung eines Transparents«, was ihm von allen Seiten Zustimmung eintrug.
Als nächsten Geist wollte der Magier Friedrich II., verblichener König von Preußen, herbeizitieren. »Der Große«, wurde gerufen, und eine leisere Stimme fügte hinzu: »Der Einzige«. Seufzer waren zu vernehmen, und jemand brachte wie ein Stoßgebet die Bitte vor, er möge doch in Wirklichkeit kommen und hier in Preußen nach dem Rechten sehen. Tatsächlich schwebte kurz darauf der gestrenge Herrscher mit Or-

den auf der Brust, Degen an der Seite und Gehstock in der Hand im Rauch des Kohlebeckens.

Friederike stöhnte: »Mir schwindelt.« Reiser fühlte sie wanken. Eine Stimme flüsterte ihm zu, er solle auf das Fräulein achtgeben, bevor sie noch einen Schock bekäme.

Jemand mäkelte, schon der berühmt-berüchtigte Schrepfer habe derlei Hokuspokus veranstaltet und allerlei Verstorbene erscheinen lassen. Wer wirklich über die Geister gebiete, müsse schon mehr bieten. Philidor gab sich entgegenkommend.

»Denken Sie an eine bestimmte Person?«

»An den Teufel!«

Friederike krallte ihre Fingernägel in Reisers Arm.

Der Hexer wies das weit von sich und brachte allerlei Argumente vor, die es nicht ratsam erscheinen ließen, Beelzebub zu rufen. Er stockte, bevor er den Namen so leise flüsterte, dass Rufe laut wurden, man habe nichts verstanden und der werte Herr Zauberer möge doch laut und deutlich sprechen. Mit eindringlichen Worten trug Philidor nun die Gefahren vor, die mit einem Erscheinen desjenigen verbunden seien, dessen Namen er kaum auszusprechen wage.

Mit Engelszungen und in den schönsten Farben malte er nun aus, welch bedeutende Gestalten der Geschichte er noch vor dem werten Publikum erscheinen lassen könne. Nero etwa, den zündelnden Kaiser der alten Römer, oder Attila, wer wolle ihn nicht sehen, den blutrünstigen Anführer der Hunnenhorden, sogar Alexander VI., den giftmordenden Spross der Borghese auf dem Heiligen Stuhl. Das Publikum lehnte alle ab.

Darauf bot der Magier an, Heinrich VIII. herbeizuzitieren. Der Vorschlag löste eine Diskussion aus, ob ein Häretiker und notorisch Gattinnen mordender Herrscher auf dem englischen Thron als hinreichender Ersatz für den Fürsten der Hölle akzeptabel sei. Man einigte sich darauf, was auch immer dieser schlimmste aller königlichen Bösewichter veranstaltet haben mochte, er könne dennoch bei Weitem nicht neben Satan bestehen. Den wolle man sehen und sonst niemanden.

Philidor begann, unter fortwährendem Aufsagen fantastisch klingender Formeln das Kohlebecken zu umkreisen, wobei er vielerlei Verbeugungen in alle Richtungen ausführte und mit dem Zauberstab imaginäre Zeichen in die Luft malte. Auf die bereits bekannte Weise erschien nach und nach eine Gestalt, deren Umhang im Rauch wehte, als schreite sie durch die Luft.

Friederike versteckte sich hinter Reiser.

Der Magier hielt in seinem Gehabe inne.

»Chers amis, wie sie sogleich erkennen werden, habe ich jemand in unsere Mitte gerufen, der über grenzenloses Wissen und ungeheure Macht verfügt.«

Darauf schwieg er bedeutsam. Obwohl sein Gesicht nicht zu sehen war, konnte man die selbstzufriedene Miene des Magiers förmlich spüren.

Ein allgemeines Rätselraten begann, wer es wohl sein mochte, der vor ihnen im Raum schwebte. Philidor verwarf alle Vorschläge und gab keinen Hinweis, ob die jeweilige Vermutung der Wahrheit nahekam oder völlig danebenlag. Die Zurufe erstarben. Als niemand mehr etwas sagte, verkündete der Meister großspurig: »Theophrastus Bombastus, auch Paracelsus genannt!«

Nach einigen Augenblicken, in denen die Anwesenden offenbar das vor ihrem geistigen Auge entstehende Bild des großen Hohenheimers mit der sich real im Rauch des Feuers konkretisierenden Erscheinung verglichen, erhob sich ein lautstarkes Stimmengewirr. Schließlich fasste jemand die herrschende Meinung zusammen.

»Immerhin haben wir es mit einem bedeutenden Mann zu tun, den unser unübertrefflicher Zaubermeister zu uns bemüht haben will. Nach allgemeiner Auffassung war Paracelsus indes kein Anhänger magischer Künste, sondern ein Verfechter der strengen Wissenschaften. Insofern wird selbst sein Geist im Jenseits keiner Stimme Folge leisten, die ihn mittels eben dieser Künste aus ferner Vergangenheit zu uns ruft. Derlei Schabernack ist unser Eintrittsgeld nicht wert, das wir zurückfordern, wenn nicht umgehend unserem Wunsch entsprochen wird. Wir ersuchen Maître Philidor also dringend, endlich den einzigen, wahren und wirklichen Repräsentanten der Unterwelt erscheinen zu lassen.«

Friederike begann leise zu wimmern. Reiser wusste nicht, was er tun sollte. Wäre es besser, zu gehen? Oder war Friederike in allzu gespannter Erwartung gefangen?

Vom Magier war nichts zu hören, womöglich hatte ihm die Drohung die Sprache verschlagen. Einer der Herren fragte lauthals, warum zum Teufel die Wünsche des Publikums ignoriert würden. Ein anderer pflichtete ihm bei, ein weiterer stimmte beiden zu. In kürzester Zeit riefen alle durcheinander, und es entstand eine Kakophonie, in der bald skandierte Rufe nach Beelzebub, Luzifer, dem Leibhaftigen, Gehörnten, Pferdefüßigen, Antichrist den Raum erfüllten. Endlich bat Philidor verzweifelt um Gehör.

»Wissen Sie wirklich nicht, wie gefährlich es ist, den Herrn der Finsternis zu beschwören und mitten unter uns erscheinen zu lassen? Bestehen Sie tatsächlich auf Ihrer Bitte?«

Friederike hielt Reiser wie einen Schutzschild vor sich und presste ein »Ja« hervor, um es sofort mit einem »Nein« zu korrigieren.

Meister Philidor wies in dramatischem Tonfall die verehrten Herrschaften darauf hin, dass man nunmehr eine kritische Phase erreicht habe. Damit jeder der Anwesenheit seines Nachbarn sicher sein könne, forderte er die Gäste auf, sich bei den Händen zu fassen und diese Kette nur ja nicht zu unterbrechen.

Jemand lachte laut auf.

»Ha, das wird auf gar keinen Fall geschehen. Von solch einem alten Trick lassen wir uns nicht übertölpeln. Irgendwo ist hier ein Draht verborgen. Sobald wir miteinander verbunden sind, will der gloriose Magus uns einen elektrischen Schlag versetzen, den ich verspreche mit reichlich materiellen Schlägen zu kompensieren, sollte unser freundlicher Gastgeber solch derben Streich an uns verüben. Wir wissen Physik von Gaukelei zu unterscheiden und haben von den elektrischen Spielereien gehört, die schon der große Franklin am Hofe zu Paris veranstaltete, allerdings ohne magischen Firlefanz.«

Philidor schnaubte.

»Sie beleidigen mich.«

»Sie beleidigen? Wenn einer mit seinem Hokuspokus nicht nur den Scharfsinn der hier Anwesenden, sondern den kritischen Verstand überhaupt und damit das menschliche Geschlecht insgesamt beleidigt, dann Sie!«

Einige Anwesende begannen vernehmlich einzuatmen, als schnupperten sie in der stickigen Luft nach etwas. Tatsächlich hatte sich kaum merklich ein sonderbarer Geruch im Raum ausgebreitet.

»Welche Unverschämtheit hat der große Zauberer nun wieder auf Lager? Soll der Schwefelgestank der Hölle uns etwa deren Fürsten ersetzen?«

Friederikes Atem rasselte. Ihr Griff löste sich. Reiser bekam seinen Arm frei und legte ihn um sie.

»Meister, wenn Sie gedenken, uns mit irgendwelchen Essenzen unserer Sinne zu berauben, dann passen Sie nur auf, dass der Schuss nicht nach hinten losgeht.«
Jemand rief, das heikle Bukett steige ihm bereits zu Kopf, andere stimmten ein, man sei nicht mehr Herr seiner selbst, das Temperament ginge einem durch, man sähe rot, könne die Wut kaum noch bändigen, spüre die Raserei in sich rumoren, das Blut rausche im Kopf, die Hand zucke schon. Einer der Männer trat vor und fuchtelte mit gezücktem Degen in der Luft herum, als suche er nach seinem Gegner. Die Tür wurde aufgestoßen. Ein schwacher Lichtschein fiel in den Raum und Madame Philidor trat ein. An der Hand führte sie einen zarten, blond gelockten Knaben. Der Degen hielt in seinen wilden Bewegungen inne.
»Was soll der Auftritt? Die beiden sind aus Fleisch und Blut. Die Bekanntschaft der Dame haben wir bereits gemacht, und der Knabe hat mit dem Gottseibeiuns nichts gemein.«
Madame Philidor bewahrte die Ruhe.
»Wir hörten Lärm und wollten nach dem Rechten schauen.«
»Das Kind hat in diesem Raum nichts verloren, bringen Sie es fort. Hier kann jeden Moment die Hölle losgehen.«
Die Königin der Nacht blieb kühl.
»Meine Herren, ich bitte um Mäßigung.«
»Mäßigung? Sobald Ihr Herr Gemahl mehr Eifer an den Tag legt, können Sie von uns Mäßigung erwarten, Madame.«
»Ich bitte Sie, nicht im Beisein eines Kindes.«
»Sag ich doch, raus mit dem Knaben.«
Der Mann hatte seinen Degen sinken lassen und machte einen Schritt auf die beiden zu. Etwas schepperte und fiel polternd zu Boden. Der Junge brach in lautes Heulen aus. Offenbar hatte er das Kohlebecken umgestoßen, als er erschrocken zurückgewichen war, und sich dabei verbrannt.

Glimmende Kohlen prasselten auf den Boden. Funken stoben, Schlacke knirschte unter den Sohlen. Brenzliger Geruch stieg auf, was im allgemeinen Durcheinander zunächst niemand wahrnahm. Als die Ersten zu husten begannen, fragte jemand erbost, wann der Meister seinem Zaubergehilfen endlich zu befehlen gedenke, die Glut wieder in das Becken zu schippen. Oder ob er den Saal abfackeln wolle? Die Stimme schwoll bedrohlich an.

»Diese unwürdige Inszenierung verfolgt nur den Zweck, dem Meister aus seiner Verlegenheit zu helfen.«

Madame Philidor versuchte, den Lärm zu übertönen.

»Ich fordere alle auf, sofort den Saal zu verlassen.«

»Frauen und Kinder zuerst!«

»Seien Sie still, hier hat mein Mann das Hausrecht.«

Friederike hatte den Mund geöffnet und atmete flach, ihr Kopf begann nach vorn zu sinken. Unbeholfen tätschelte Reiser ihre Wange und rief sie beim Namen. Sie antwortete nicht, sackte kraftlos in sich zusammen. Er legte ihr den Arm um die Hüfte, hielt sie aufrecht, so gut es ging, und verschaffte sich Gehör.

»Bitte hören Sie. Hier spricht Sergeant Reiser von der königlichen Polizei. Es gibt einen Notfall. Lassen Sie mich durch!«

Philidor frohlockte.

»Die Ordnungsmacht kommt gerade rechtzeitig, bevor diese aufgedrehten Herren, die weder davor zurückschrecken, Gewalt gegen Kinder anzuwenden noch Feuersbrünste zu verursachen, ernsthaftes Unheil anrichten. Ich ersuche den Herrn Sergeant, sie umgehend hinauszuexpedieren.«

Sofort wurde der Redner vielstimmig der Unverschämtheit geziehen und der Hüter der Ordnung aufgefordert, den Schwindler zu verhaften. Keine der prahlerischen Ankündi-

gungen habe er eingehalten und als Höhepunkt statt des erwünschten schwarz gehörnten Alten einen ungebetenen blond gelockten Jungen erscheinen lassen.
Aus dem Dunkel fragte eine Stimme, weshalb in dieser vermaledeiten Kammer eigentlich nie etwas zu sehen sei. Jemand forderte: »Mehr Licht.« Ein elektrisches Feuerzeug wurde angezündet. Alle schauten auf Friederike, die leichenblass und mit geschlossenen Augen in Reisers Armen lag.
»Freunde, macht Platz für den Herrn Sergeanten. Dem Fräulein ist bei dem erbärmlichen Schauspiel unwohl geworden.«
Man bildete für die beiden eine Gasse. Reiser legte sich Friederikes schlaffen Arm über die Schulter, seinen um ihre Taille. Aus den Augenwinkeln nahm er wahr, dass die beiden finsteren Gestalten, von denen man während der Vorstellung weder etwas gehört noch gesehen hatte, das Durcheinander nutzten, um nach draußen zu schlüpfen.
Im Hausflur setzte er Friederike auf dem Zwischenpodest ab und lehnte sie an das Treppengeländer.
Unter Getuschel stiegen die Zuschauer, einer nach dem anderen, an den beiden vorbei die Treppe hinunter, nicht ohne ihre Hilfe anzubieten und auf den abschlägigen Dank Reisers hin ihm einen guten Abend und dem Fräulein Braut baldige Erholung zu wünschen.
Als alle gegangen waren, scharwenzelte Philidor um sie herum, entschuldigte umständlich seine Frau, die von der Sorge um das Kind ganz in Anspruch genommen sei und daher dem jungen Fräulein leider keinen Beistand leisten könne. Ein ums andere Mal beteuerte er, wie leid es ihm täte, dass die beiden seine Aufführung nicht bis zum Schluss erleben konnten.
»Es wäre mir eine Freude und Ehre, für den Herrn Sergeant und seine Braut die magischen Experimente fortzusetzen, so-

bald das Fräulein sich erholt hat. Ohne die Störenfriede und ihr unseliges Verlangen werde ich einige Geister zitieren, die mir wohlgesonnen sind und entschieden freundlicher als jener, dessen Erscheinen diese Unruhestifter starrköpfig forderten.«
Reiser hörte kaum hin. Er tätschelte Friederikes Wangen und fächelte ihr Luft zu. Endlich schlug sie die Augen auf, hob den Kopf und atmete einige Male tief durch.
»Na sehen Sie, dem Fräulein Braut geht es schon wieder besser. Also, bitte sehr!«
Mit einladender Geste deutete Phildor auf die offen stehende Tür. In ihrem Rahmen glich das Dunkel des magischen Kabinetts einem eintönigen, finsteren Gemälde. Doch plötzlich kam Leben in die schwarze Fläche. Eine Gestalt nahm auf unheimliche Weise Form an. Ihr Körper war bis zum Kinn in einen Umhang aus rabenschwarzem Samt gehüllt, die Hände steckten in ebensolchen Handschuhen. Vom ganz und gar schwarz geschminkten Gesicht hob sich im fahlen Licht des Treppenhauses nur das Weiß der Augäpfel ab. An der untersetzten Figur meinte Reiser den Professor zu erkennen.
Friederike stieß einen gellenden Schrei aus. Im Nu war sie auf den Beinen und stürzte die Treppen hinunter. Reiser schaute verdutzt und brauchte einen Moment, ehe er ihr hinterher eilte.
Als er auf die Straße trat, war sie wie vom Erdboden verschluckt. Nach einigen ziellosen Schritten in der diesigen Novembernacht blieb er still stehen, um in die Dunkelheit zu lauschen. Ein leises Schluchzen führte ihn schließlich zum Portal des Französischen Doms. Auf den Stufen saß Friederike.
Er redete beruhigend auf sie ein, bis sie seinem Drängen folgte, gemeinsam nach Hause zu gehen.

Schweigend überquerten sie den Platz am Opernhaus. Im stockdunklen Lustgarten schob Friederike ihren Arm unter seinen und begann darüber zu lästern, wie stutzerhaft doch einige Herren am Abend gekleidet waren. Von der Neuen Packhofbrücke schauten beide zur Spree hinunter, auf deren Wellen die Lichter der Häuser tanzten, die entlang der Burgstraße das Ufer säumten. Je näher die Rosenstraße kam, desto munterer wurde Friederike, und als Reiser die Tür zum Haus aufsperrte, konnte sie es nicht mehr erwarten, der Tante von den unglaublichen Ereignissen des Abends zu berichten.

6

Über Nacht war der Nebel dichter geworden. Winzige Tröpfchen schwebten in der Luft und benetzten auf seinem Weg zum Revier Reisers Gesicht und Haare. Er nahm es kaum wahr. Frau Straßberg hatte beim Frühstück erzählt, Friederike habe keine Ruhe gegeben, bevor sie nicht jede Einzelheit über die magische Vorführung losgeworden war, wobei sie Herrn Reiser ein übers andere Mal lobend erwähnte. Friederike tat pikiert, dass brühwarm weiter erzählt wurde, was nicht für seine Ohren gedacht war. Die Tante wiederum hatte ihren Einwand mit einem kurzen »Ist doch wahr« zur Seite gewischt.

Heute war sein offizieller Streifentag. Dafür durfte Sergeant Lemke in der Stube hocken. Sie hatten abwechselnd Innen- und Außendienst, aber unterschiedliche Vorlieben. Lemke war der Ältere von ihnen, ein Veteran der Armee, der sein Gnadenbrot bei der Polizei verdiente. Er mochte den Schreibdienst und konnte ganze Tage mit Journalen, Berichten, Meldezetteln, Dienstanweisungen, Notizen und was sonst noch verbringen.

Was auch immer seine Aufgabe war, Lemke erledigte sie mit der stoischen Ruhe des altgedienten Soldaten, den nichts erschüttert. So zog sich sein Weg zum Dienst immer reichlich in die Länge. Er nannte es »Sondierung der Lage«. In Wirklichkeit war es nichts anderes als ein morgendlicher Spaziergang.

Kommissar Rosenow war ständig unterwegs, tauchte im Laufe des Tages irgendwann auf, aber selten vor Mittag, nur

um kurze Zeit später wieder zu verschwinden. Es wurde gemunkelt, er scharwenzele den ganzen Tag im Präsidium herum.
Reiser legte sich seinen Tagesplan zurecht. Als Erstes wollte er zur Charité. Der Doktor hatte hoffentlich den Leichnam schon untersucht. Wenn dabei herauskam, dass beim Tod des Unbekannten nicht alles mit rechten Dingen zugegangen war, hatte der Kommissar es seiner, Reisers, Hartnäckigkeit zu verdanken. Kein schlechter Anfang für einen jungen Sergeanten!
Wider Erwarten fand er die Tür unverschlossen. Kommissar Rosenow saß am Tisch und starrte, den Kopf in beide Hände gestützt, ein Papier an, das vor ihm lag. Reiser wünschte »Guten Morgen«. Der Kommissar warf ihm schweigend einen herablassenden Blick zu und lehnte sich, seine Lektüre jetzt in der Hand haltend, zurück.
Reiser blieb unschlüssig stehen. Am liebsten hätte er auf dem Absatz kehrtgemacht. Aber wenn Rosenow schon da war, musste er ihm auch rapportieren.
»Herr Commissär, ich möchte Bericht erstatten über den Fund eines Toten am gestrigen Tag.«
»Geht es um diesen hier?«
Rosenow ließ das Schriftstück auf den Tisch fallen und klopfte mit dem Zeigefinger darauf. Dann schob er es mit einer unwirschen Handbewegung beiseite. Reiser reckte den Hals und erkannte die Notiz, die er am Tag zuvor hinterlassen hatte.
»Erklären Sie mir doch bitte einmal, was unseren Herrn Sergeanten dazu gebracht hat, einem Toten, der schon halbwegs unter der Erde ist, seine verdiente Ruhe in der vorgesehenen Grube zu versagen und ihn stattdessen durch die halbe Stadt zu karren, um ihn bei einer Anstalt zu hinterlegen, in

der irgendwelche Mediziner mit ihm machen, was sie wollen?«
»Ich wurde von einer Zeugin an den Tatort gerufen.«
»Tatort? Davon steht hier nichts.«
»Also, Tatort ist vielleicht nicht der richtige Ausdruck. Es geht darum, dass zu befürchten stand, die Feststellung eines möglichen Verbrechens könne durch ein beabsichtigtes Vergehen verhindert werden.«
»Geht es vielleicht ein wenig exakter?«
»Zwei Totengräber wollten den Leichnam verscharren, ohne dass der Leichenkommissar ihn vorher gesehen hatte.«
»Und deshalb zog man zur Charité?«
»Nach dem Gesetz muss ...«
»Wollen Sie mir das Gesetz erklären? Ich bin Ihr Gesetz, meines ist der Polizeidirektor, seines der Minister, und über allen thront der König. So einfach ist das. Das sollten selbst Sie kapieren können. Mein lieber Sergeant Reiser, Sie sind mit ihren dreiundzwanzig Jahren noch recht jung und erst seit einigen Wochen bei uns, deshalb will ich Ihnen etwas sagen. Das oberste Gebot im Königreich lautet, dass die Polizei davon Kenntnis hat, was in ihrem Quartier geschieht, und zwar lückenlos! Das heißt, die Polizei weiß über jeden Einzelnen Bescheid, von der ersten bis zur letzten Stunde. Wenn auch die Polizei von der Zeit des Menschen vor seiner Geburt nichts weiß, so doch, was nach seinem Tod mit ihm geschieht. Zumindest, was die sterbliche Hülle betrifft.
Dieses hier ist unser Quartier. Wie ich schon sagte, wir müssen über alles auf dem Laufenden sein. Wie kann es da passieren, dass plötzlich aus dem Nichts eine Leiche auf einem Friedhof erscheint? Hat jemand bei den regelmäßigen Observationen geschludert? Akten verschlampt? Einen Rapport retardiert?

Wissen Sie, was unserem Leichnam widerfahren wird? Ich meine damit nicht, was die wackeren Chirurgen in der Charité mit ihm anstellen. Das überlasse ich Ihrer Fantasie. Ich meine damit das Phantom des Toten, das sie mit ihren gedankenlosen Worten geschaffen haben. Ich meine die unzähligen Spuren, die es hinterlässt. Tintenfässer, aus denen es auftaucht. Gänsekiele, denen es entrinnt. Berichte, durch die es geistert. Journale, zwischen deren Seiten es sich verbirgt. Aktenstapel, durch die es fröhliche Schnitzeljagden legt. Und schließlich Schreibpulte, auf denen in nicht enden wollender Kleinarbeit versucht wird, herauszufinden, mit wem wir es zu tun haben.
All das also treten Sie los mit einem Unbekannten, den eine verschrobene Alte in der letzten Ecke ihres heruntergekommenen Armenfriedhofs gefunden hat. Ist das Ignoranz oder Borniertheit? Darf ich Sie mal etwas fragen? Was meinen Sie, wer die Ehre haben wird, all die unzähligen Seiten endloser Schreibarbeit zu erledigen? Nun?
Ich verrate es Ihnen. Das wird dem Revier aufgeladen, in dem der Tote gefunden wurde. Daran schließt sich unmittelbar die Frage an, wer all dem seine ganze Kraft und Zeit weihen wird. Müsste es nicht derjenige sein, der den Unbekannten gehindert hat, so unauffällig zu verschwinden, wie er aufgetaucht ist? Der alles darangesetzt hat, ihn nur ja nicht in Vergessenheit geraten zu lassen? Der offenbar vor Tatendrang überquillt?«
Rosenow machte eine Pause, während er Reiser unverwandt musterte.
»Sergeant, haben Sie irgendetwas zu sagen?«
Reiser schwieg. So hatte er seinen Commissarius noch nie erlebt. Mehr als einen knappen Gruß und ein paar kurze Fragen gab es von ihm sonst nicht zu hören. Aber wozu die

Aufregung? Warum sollte der Tote nicht untersucht werden? Der Doktor präsentierte einen Bericht, den man prüfen würde, und man machte Meldung an das Gericht, wenn der Verdacht auf ein Verbrechen bestand. Ein ganz normaler Vorgang, so ging es immer. Warum sollten diesmal die regulären Vorgehensweisen außer Kraft gesetzt werden?

»Haben Sie nicht geschrieben, es gab keinerlei Anzeichen für einen unnatürlichen Tod?«

Reiser schreckte auf und sah den Kommissar an.

»So ist es.«

»Und was hat dieser arme Schlucker verbrochen, dass man ihn hindert, schleunigst unter die Erde zu kommen?«

»So arm scheint er gar nicht gewesen zu sein.«

»Ach nein? Woher kennen wir plötzlich die wirtschaftlichen Verhältnisse des ansonsten Unbekannten?«

»Das nicht, nur seine Haut …«

»Seine Haut? Was ist daran so wertvoll? War er tätowiert wie ein Südsee-Insulaner?«

»Nein, aber …«

»Behaart wie ein Zobel?«

»Nein …«

»Vergoldet wie ein Wetterhahn?«

Reiser schwieg.

»Beantwortet man jetzt nicht einmal mehr meine Fragen? Ist man beleidigt, wenn versucht wird, den feinsinnigen Überlegungen des Herrn Sergeanten auf den Grund zu kommen?«

»Der Doktor …«

»Der Herr Doktor! Nun, was hatte der Interessantes beizutragen?«

»Der Doktor hat den Körper in Augenschein genommen und dabei festgestellt, dass die Verfassung des Toten nicht zum äußeren Erscheinungsbild eines Armen passt.«

»Soso, dann hat man ihm also nicht das Fell über die Ohren gezogen?«
»Vielleicht sollte sein ungepflegtes Äußeres nur den Eindruck erwecken, der Mann sei arm gewesen.«
»Kann nicht jeder in die Kiste steigen, wie er will? Ein wenig Staub an einer Leibeshülle, die bald ganz und gar zu Staub wird. Es soll Leute geben, die mit schmutzigen Füßen zu Bett gehen. Das finde ich viel schlimmer. Aber wo wir gerade davon reden: Darf ich erfahren, wohin genau unser toter Unbekannter gebracht und welchem der zahlreichen Doctores er anvertraut wurde?«
Reiser schilderte sein Herumirren und die Suche in der Charité ausführlich, er beschrieb das Waschhaus und wie er Doktor Walther gefunden hatte, bis der Kommissar begann, nervös mit den Fingern auf die Tischplatte zu trommeln. Die Ergebnisse der ersten Augenscheinnahme des Toten durch den Doktor hörte er sich gelangweilt an. Als Reiser die Fragen erwähnte, denen er mithilfe des Arztes nachgehen wollte, fiel ihm Rosenow barsch ins Wort.
»Nichts dergleichen werden Sie tun!«
Er riss Reisers Notiz in kleine Fetzen, rollte sie zu einem Knäuel und warf es in den Ofen.
»Wenn Ihr wertvoller Bericht gelegentlich zum Feuermachen dient, haben wir wenigstens kein Papier verschwendet.«
Reisers Frage, wie er bei diesem Fall nun weiter vorgehen sollte, fegte der Vorgesetzte unwirsch beiseite. Von welchem Fall denn die Rede sei? Es gäbe keinen, nicht einmal einen Vorgang. Der schriftliche Bericht sei in den Kamin geschrieben, und nun wolle er nichts mehr davon hören. Im Übrigen gäbe es durchaus Wichtigeres zu tun.
»Ich bin über einen bemerkenswerten Vorfall unterrichtet worden. Bemerkenswert weniger, als darin ein Herr ver-

wickelt ist, dessen kritische Äußerungen und illoyales Verhalten die Behörden schon vor einiger Zeit zum Einschreiten zwang. Bemerkenswert auch nicht, weil besagter Herr Nicolai und seine Clique eine angemeldete, genehmigte Vorstellung störten, dabei randalierten und in aller Öffentlichkeit beleidigende Äußerungen tätigten. Wirklich bemerkenswert ist, dass ein Sergeant der königlichen Polizei all dem in Ruhe zuschaute und so lange nichts unternahm, bis seiner weiblichen Begleitung angesichts der Ungeheuerlichkeit der Ereignisse die Sinne schwanden. Der Handgreiflichkeiten untätig zusah, bei denen fremdes Eigentum zu Schaden kam. Der selbst dann nicht eingriff, als die feine Gesellschaft gegen ein Kind tätlich wurde. Wenn der Vorfall bislang intern geblieben ist, so deshalb, weil der ehrenwerte Herr Philidor ihn nicht zur Anzeige gebracht hat. Das zuständige Revier in der Friedrichstraße hat von der Angelegenheit noch keine formelle Kenntnis. Andernfalls sähe es schlecht aus für den Herrn Sergeanten.
Wie aber kam unser Mann überhaupt in die Vorstellung? Davon, dass er in dienstlicher Mission zugegen war, ist nichts bekannt.
Bleibt also noch eine Kleinigkeit zu klären. Wie jeder weiß, sind die Billets des Herrn Philidor recht teuer, genauer gesagt für einen Sergeanten geradezu unerschwinglich. Zudem werden sie ausschließlich per Subskription verkauft. Nun liegen den Behörden die Aufstellungen der Abonnierten vor. Auf der Liste des gestrigen Abends ist der Name Reiser nicht zu finden. Schließen wir einmal aus, er sei mitsamt seiner Begleitung durch Zauberei in den Raum gelangt, dann muss ihm jemand Billets zugesteckt haben, die auf anderen Namen gekauft wurden. Was mag hinter dieser Intrige wohl stecken?«

Bevor Reiser etwas sagen konnte, schnitt ihm der Kommissar mit einer herrischen Geste das Wort ab.

»Lassen wir diese Frage einstweilen links liegen und sehen zu, dass die Sache wieder einigermaßen eingerenkt wird. Zuallererst ist festzustellen, welcher Schaden Herrn Philidor entstanden ist und ob er gedenkt, von dem oder den Schuldigen Wiedergutmachung zu verlangen. Unabhängig davon sind die Verantwortlichen des Krawalls aufzusuchen und strengstens zu ermahnen, künftig derlei Streiche zu unterlassen. Namentlich von Herrn Nicolai, Brüderstraße 13, Inhaber eines königlichen Privilegs zum Vertrieb von Büchern, erwarten wir eine Entschuldigung bei Meister Philidor. Derlei Dienstgeschäfte gehören zwar nicht zu den Obliegenheiten der Polizei und im vorliegenden Fall schon gar nicht unseres Reviers. Ich kenne aber niemanden, der eher dazu berufen wäre als besagter Sergeant, der diesen monströsen Schändlichkeiten seelenruhig beiwohnte, statt ihnen entschieden entgegenzutreten.

Um, Sergeant Reiser, Sie wieder ganz auf den Boden solider Polizeiarbeit zurückzubringen, habe ich noch ein paar Aufträge. Vom königlichen Holzmarkt am Unterbaum wurde ein Diebstahl gemeldet. Kontrollieren Sie alle Lager und Werften am Schiffbauerdamm, ob dort verdächtige Lieferungen eingegangen sind. Und zwar schnell, bevor die Konterbande verschwindet. Wer für sein Holz keine Belege hat, wird arretiert und dem Marktinspektor gemeldet.

Dann gehen Sie gleich weiter in die Ziegelstraße und investigieren, wer von den Wirten seinen Schnaps nicht nur illegal, sondern auch noch mit gestohlenem Holz brennt. Des Weiteren gibt es eine Beschwerde, in der Wassergasse Nummer 26 habe ein Weibsbild Logis genommen, deren Betragen gegen die guten Sitten verstößt. Es gibt also reichlich zu tun.

Was den unbekannten Toten angeht, der von Ihnen auf so umsichtige Weise in die Charité verbracht wurde, so bitten Sie doch angelegentlich Ihres Besuchs bei Herrn Philidor, er möge dessen Geist herbeizitieren. Sollten sich dabei interessante Neuigkeiten ergeben, wünsche ich entsprechenden Bericht. Ansonsten will ich kein Wort mehr über ihn hören oder lesen.«
Reiser hob den Blick, ohne seinem Vorgesetzten in die Augen zu sehen, murmelte einen Gruß und verließ das Revierzimmer. Er hatte nicht einmal seinen Mantel abgelegt.

7

Auf der Friedrichstraße kamen ihm in langer Kolonne Kanonen und Haubitzen des 2. Artillerieregiments entgegen, das zum Oranienburger Tor zog. Heute waren also die schweren Geschütze dran. Bevor die schnaufenden Mannschaften und ihre schnauzenden Vorgesetzten ihn erreichten, verließ Reiser die Friedrichstraße und folgte einem Fußweg, der an Wiesen und umgebrochenen Feldern vorbeiführte.
Das war ja wohl alles maßlos übertrieben – Randalieren, Sachbeschädigung, Körperverletzung. Die Besucher am gestrigen Abend hatten den großen Meister beschimpft, weil er sie an der Nase herumführen wollte. Ein eisernes Kohlebecken war umgekippt. Dabei hatte sich ein Knabe die Hand verbrannt, wenn es denn so war. Niemand hatte gesehen, was genau passierte. Hatte der Junge nur vor Schreck geschrien? Oder war das Ganze gar nur ein einstudiertes Schauspiel? Ihm zu unterstellen, er habe sich mit irgendwelchen Billets bestechen lassen! Wenn es nach ihm gegangen wäre, hätten sie die Vorstellung gar nicht besucht.
Woher wusste Rosenow überhaupt von der Groteske? Philidor hatte doch angeblich keine Meldung gemacht und von den Besuchern sicher erst recht niemand. Blieben eigentlich nur diese beiden Gestalten in ihren Paletots und den unter Zylindern verborgenen Gesichtern. Kamen heimlich als Letzte und schlichen als Erste davon. Sprachen mit niemandem und hielten sich von allen fern. Mieden das Licht wie Vampire. Erschienen aus dem Nichts und verschwanden wieder darin.

Waren es Geheime? Was hatten die bei Philidor zu suchen? Sollten sie den Magier beschützen? Wieso hatten sie dann nicht eingegriffen? Standen nur rum und verdünnisierten sich, sobald es brenzlig wurde … Beschatteten sie jemanden? Wobei beschatten kaum der richtige Ausdruck war für Leute, die das Licht mieden und sich in die dunkelsten Ecken drückten. Allerdings würde es erklären, weshalb Rosenow so schnell erfahren hatte, dass er dort gewesen war. Er hatte sich als Polizist zu erkennen gegeben und seinen Namen genannt. Damit war es nicht schwer, sein Revier herauszubekommen.
Viel schlimmer aber war, Rosenow ignorierte alles, was mit dem unbekannten Toten zusammenhing. Er zerriss seine Notiz, wollte nichts von einer Untersuchung in der Charité wissen und untersagte ihm jegliche weitere Nachforschung. Sonst wurde jede Kleinigkeit beobachtet, erfasst und gemeldet. Aber über eine Leiche, die unter sonderbaren Umständen auftauchte und deren Todesursache nicht festgestellt worden war, sollte kein Wort fallen?
Mittlerweile hatte er die Panke überquert. Vor ihm lagen exakt abgesteckte und tadellos gepflegte Gärten, dahinter die Werften am Schiffbauerdamm. Von hier aus konnte er sich an die rückwärtige Seite der Werkstätten heranpirschen und unangemeldet einen Blick in die Höfe mit den Holzvorräten werfen, bevor er die Besitzer mit Fragen überfiel. Über der sumpfigen Wiese im Spreebogen hing immer noch der Nebel und erleichterte sein Vorhaben.
Was er herausfand, war bescheiden. Das wenige unter freiem Himmel gestapelte Holz lag dort schon seit geraumer Weile, wie ihm seine graugrüne Farbe und die grobfaserige Oberfläche verrieten. Seine Befragungen ergaben, dass in den Auftragsbüchern Flaute herrschte. Auf den Höfen und in den Werkstätten lagen fertige und halb fertige Kähne, die ab-

bestellt oder einfach nicht geholt und bezahlt worden waren. Bücher und Belege einer genaueren Prüfung zu unterziehen, würde kaum lohnen. Besser, er ging dem angeblichen Diebstahl am Ort der vermeintlichen Tat nach.

Der Zollinspektor am Unterbaum kannte ihn noch nicht und fragte nach Auftrag und Legitimation. Reisers Auskunft, er wolle auf dem Holzmarkt Erkundigungen einholen, erntete Schmunzeln und die hämische Bemerkung, dann müsse er sich sputen. Bei welchem der drei Lager er denn beginnen wolle und auf welcher Seite der Spree? Mit dem Finger wies er ihm den Weg zum Marktmeister. Dessen Bude stand nur einige Schritte entfernt am Kai, wo die Kähne ausgeladen wurden.

Die grob gezimmerte Holzhütte war leer. Reiser blickte sich auf dem weiträumigen Gelände um und entdeckte einen Mann, der lautstark Holzknechte anwies, zu welchem Stapel sie ihre Last schleppen sollten, und dabei seine Pfeife paffte. Gleichzeitig schrieb er unentwegt mit einem Stift in einer dicken Kladde. Reiser vermutete, den richtigen Mann gefunden zu haben, ging zu ihm und trug sein Anliegen vor.

Der Marktmeister brummte missmutig, man solle ihn doch in Frieden lassen, er käme hier schon allein zurecht. Reiser insistierte, der Anzeige müsse nachgegangen werden, bis eine zufriedenstellende Erklärung gefunden und ordnungsgemäß in einem Bericht niedergelegt sei. Sein Gegenüber ließ gereizt die Kladde auf einen Holzstapel fallen, stopfte die Pfeife nach und setzte sie aufs Neue in Gang.

Mit einer ausladenden Armbewegung forderte er Reiser auf, sich auf dem Lagerplatz umzusehen und auch einen Blick auf die andere Seite der Spree zu werfen. Hier wie dort würde das nach Art und Qualität vorsortierte Derbholz angeliefert, gelagert und später zu einem der Brettermagazine oder Holzplätze in der Stadt gebracht. Verdorbenes Stammholz oder nicht brauchbares Astholz wolle niemand kaufen, und so werde es auf einen Haufen geworfen, bis es ein Schacherer hole und unter die Leute bringe. Das mache man seit Jahren so.

Dann hob er seine Stimme.

»Gestern kam der neue Kontrolleur. Wollte den Lagerbestand inspizieren. Hat jeden Stamm einzeln gezählt und mit dem Lagerbuch verglichen. Ist die Stapel rauf- und runtergeklettert. Hat gezetert, wenn an einem der Hölzer mal ein Stempel fehlte oder ihre Stärke voneinander abwich. Hat gesucht und gesucht und gesucht, aber einen Schwund konnte er nicht finden. Dann entdeckt er den Haufen mit dem Restholz. Gleich geht es los, wieso alles so unordentlich aufeinandergeschmissen ist. Wie soll man da die korrekte Menge erfassen? Ist noch mal alle Lieferungen durchgegangen. Hat geschätzt, gemessen, gerechnet. Am Ende fehlte ein halber Ster.

Sofort fängt er an, lauthals von Schlamperei zu schwätzen und allem möglichen Unterschleif, dem er schon auf die Schliche kommen werde. Zetert so lange, bis auch die Holzknechte es hören. In einem fort verdächtigt er alle und jeden und merkt gar nicht, wie die Männer zu kochen anfangen und ihm langsam auf die Pelle rücken. Zum Glück entdecke ich im Zaun eine lose Latte und zeige sie ihm.

Jetzt legt er erst richtig los. So etwas sei ihm noch nie unter gekommen. Diejenigen, die für eine derartige Schlamperei auf einem königlichen Holzplatz verantwortlich seien, müssten sofort arretiert werden. Darauf sage ich ihm, wir sind hier schließlich vor den Palisaden und nicht in der Stadt. Polizisten und Nachtwächter lassen sich nie blicken, und die Feldjäger haben Besseres zu tun, als Kleinholz zu bewachen.«

Reiser unterbrach den Mann in seinem galligen Vortrag und fragte, welche Menge er denn nun für seinen Bericht notieren solle.
»Schwer zu sagen. Nach meiner Meinung nichts, was über natürlichen Schwund hinausgeht. Aber wenn der gewiefte Herr Kontrolleur nun schon mal eine Anzeige gemacht hat, tun wir ihm den Gefallen. Schreiben Sie ein halber Ster, Bruchholz und Reste wohlgemerkt. Kostenpunkt ein paar Kreuzer, abzüglich der Transportkosten.«
Sie standen noch eine Weile schweigend nebeneinander, schauten den Kähnen beim An- und Ablegen zu und genossen den Geruch frisch geschlagenen Holzes. Es begann zu nieseln, ein unangenehmer Wind aus Nordwest zog auf. Reiser fragte sich, was er jetzt noch in der Ziegelstraße sollte? Da war nichts zu holen. Mit Bruchholz, das nicht genügend Hitze gab, um einen Kessel zu befeuern, konnte keiner der Wirte beim Brennen etwas anfangen; sie würden ihn auslachen, wenn er danach fragte. Außerdem war es ein ziemlicher Weg, und bei diesem Wetter konnte es an der Spree ekelhaft ziehen. Reiser gab dem Holzmeister die Hand und ging.
Hinter dem Zollhaus am Unterbaum bog er in die Charitéstraße ein, die hier ein Stück neben dem Schönhauser Graben verlief. Friedrich I. hatte ihn bauen lassen, weil die Kutschfahrten über staubige und holprige Straßen dem Herrscher zu unbequem waren; er wollte in einer wohlig schaukelnden Barke von seinen an der Spree gelegenen Schlössern über die kanalisierte Panke bis nach Schönhausen schippern. Was er gelegentlich auch tat, als der Kanal nach fünf Jahren Bauzeit endlich fertig wurde.
Je weiter Reiser den Holzplatz hinter sich ließ, desto unwichtiger erschienen ihm die Aufträge des Kommissars, und je näher die Charité kam, desto mehr beschäftigte ihn die

Frage, wer der unbekannte Tote im Waschhaus sein mochte. Er würde dahinterkommen. Rosenow durfte ihm nur keinen Strick daraus drehen können, dass er nicht machte, was er sollte, sondern tat, was er wollte.

Die Tür zum Waschhaus stand weit offen. Der Leichnam lag auf den Planken über dem Zuber, so wie er gestern dort hingelegt worden war. Ein Mann in knielangem Kittel, die Hände auf dem Rücken gekreuzt, beugte sich tief über den Toten. Der Prosektor war offenbar schon bei der Arbeit.

Reiser wünschte einen guten Tag, trat ein und stutzte.

»Sind Sie Anatom?«

»So ist es. Und wer sind Sie?«

»Sergeant Reiser. Sie vertreten Doktor Walther?«

»Ich bin Doktor Walther.«

»Das kann nicht sein.«

»Sie erlauben, dass ich widerspreche.«

»Ich traf gestern einen Doktor Walther. Der sind Sie nicht.«

»Da gebe ich Ihnen recht.«

»Was soll das! Zwei verschiedene Leute können nicht ein und dieselbe Person sein.«

»Exakt.«

»Dann sagt einer von Ihnen beiden die Unwahrheit.«

»Ich widerspreche Ihnen erneut. Gestern sprachen Sie mit Doktor Walther senior.«

»Wie denn, der Vater weiht den Sohn in die Geheimnisse des Berufs ein, damit er sich nach seinem Ableben in guten Händen weiß?«

»So haben wir es noch nicht betrachtet.«

»Dann führen Sie die Sektion in Erbpacht?«

»Gute Idee. Eine für viele Generationen gesicherte Basis.«

Ein junger Mann trat ein und grüßte einsilbig. Auf Reisers fragenden Blick stellte der Doktor ihn vor.

»Ein Studiosus medicinae. Er wird mit der Sektion beginnen.«
»Etwa der ohne Magen und Niere?«
»Davon weiß ich ja gar nichts.«
»Macht nichts, Ihr Vater meint, er kommt durch.«
Der Arzt schaute ihn abschätzig von der Seite an.
»Soso.«
»Können Sie schon etwas zur Todesursache sagen?«
»Nein. Wir haben es mit einem ungewöhnlichen Fall zu tun. Die gründliche äußerliche Inaugenscheinnahme hat weder Hieb- noch Stichverletzungen, Würgemale oder irgendwelche Hinweise auf Anwendung grober Gewalt ergeben. Unter Vorbehalt der genauen Analyse von Organen und Körperflüssigkeiten sehe ich auch keine Anzeichen von Reaktionen auf eines der gängigen Gifte. Der Mann scheint sich Zeit seines Lebens bester körperlicher Verfassung erfreut zu haben. Sie fragen, woran er starb. Man könnte ebenso gut fragen, warum er es überhaupt tat. Wir dürfen wirklich gespannt sein, was die Sektion ergibt. Mich müssen Sie jetzt entschuldigen, nach mir wird andernorts gerufen. Unser Kandidat wird derweil schon beginnen, den Magen zu öffnen. Anschließend dringen wir gemeinsam weiter vor.«
»Werden Sie etwas herausfinden?«
»Mit Sicherheit! In jedem von uns steckt eine Überraschung.«
Damit nickte der Doktor dem Studenten aufmunternd zu und eilte davon. Der junge Mann fragte, ob der Herr Sergeant ihm zusehen wolle? Reiser warf einen Blick auf den Toten und zuckte mit den Schultern. Der Student setzte das Skalpell am Brustbein an und führte es mit beherztem Schwung bis zum Nabel. Als er für den nächsten Schnitt Maß nahm, machte Reiser kehrt mit dem Hinweis, er habe

das Gefühl, seine mangelnde Erfahrung mit Sektionen könne sich als störend erweisen.
Unschlüssig, ob er ein baldiges Ergebnis abwarten oder besser keine weitere Zeit vertrödeln sollte, begann er, vor dem Gebäude auf und ab zu gehen. Dabei zählt er seine Schritte. Mit jeder Runde wurden sie kürzer und die Pausen zwischen ihnen länger. Wenn er an der Tür der Waschküche vorbeikam, schaute er hinein und meinte, den jungen Mann mit immer neuen Werkzeugen hantieren zu sehen.
Bei der siebzehnten Runde rief der Student nach ihm.
»Herr Sergeant, kommen Sie doch bitte. Ich habe etwas Ungewöhnliches gefunden, das ich Ihnen zeigen möchte.«
»Wenn es hier draußen ginge? Da drinnen ist das Licht so schlecht.«
»Wollen Sie tatsächlich, dass ich Ihnen den Magen des Toten mitsamt seinem Inhalt bringe?«
»Den Magen?! Was soll ich damit? Ich bin doch kein Arzt.«
»Es geht nicht um ein medizinisches Phänomen.«
»Sondern?«
»Besser, Sie schauen es mit eigenen Augen an.«
Widerwillig betrat Reiser den Waschraum und vermied es, zum geöffneten Leib des Leichnams hinüberzusehen.
»Schauen Sie, hier.«
Der junge Mann wies auf eine metallische Schale, die zwischen den Beinen des Toten stand. Darin schimmerte ein Brei unbestimmter Farbe und unregelmäßiger Form.
»Was ist das?«
»Sein Mageninhalt, ich habe ihn ausgeschöpft.«
Nur mit Mühe konnte Reiser den Impuls unterdrücken, seinen eigenen Mageninhalt zur Untersuchung beizusteuern. Er spürte säuerlichen Speichel aus den Mundwinkeln kriechen.
Der Student nahm die Schale und stellte sie auf die Fenster-

bank, damit die Einzelheiten im Licht besser zu erkennen waren. Reiser blickte angestrengt durch die matten Fensterscheiben nach draußen und entdeckte in der Dachrinne des gegenüberliegenden Gebäudes Moospolster, Gräser und kleine Sträucher.

»Nanu, wo ist es denn geblieben?«

Der Student machte mit dem Instrument in seiner Hand ein Geräusch, das Reiser bekannt vorkam. Bei der Vorstellung, er rühre mit einem Löffel einen Topf um, zog sich sein Magen erneut zusammen.

»Aaah, hier muss es sein. Gleich haben wir es. Schauen Sie.«

Reiser wandte widerwillig den Kopf. Der angehende Mediziner balancierte die Schale auf der linken Hand. Die rechte hielt einen Spatel, mit dem er im Brei herumangelte. Als er den Spatel anhob, kam eine dünne Kette zum Vorschein. Zähe Tropfen liefen an ihr hinab.

»War da nicht eben noch was anderes?«

Vorsichtig zog er das mysteriöse Ding weiter hervor. Ein leise schabendes Geräusch war zu hören. Was auch immer er im Magenbrei des Toten gefunden hatte, es musste aus Metall sein.

An der Kette hing ein runder, flacher Gegenstand. Reiser hielt den Atem an. Sein schwummeriges Gefühl war mit einem Mal verflogen. Er nahm dem Famulus den Spatel ab.

»Kann man das sauber machen?«

»Dort drüben steht ein Eimer mit Wasser. Aber nicht eintauchen, wir brauchen es noch.«

Reiser hielt das Fundstück, während der andere mit einer Kelle Wasser aus dem Eimer schöpfte und über die Kette schüttete. Sie war aus ovalen goldenen Gliedern gefertigt. Der Anhänger hatte die Größe eines preußischen Talers. Als

er endlich frei gespült war, wurde ein fünfstrahliger, in sich verwobenen Stern sichtbar, den ein Ring umschloss.
»Wie kommt eine Halskette in den Magen eines Toten?«
Reiser erhielt keine Antwort und unternahm einen erneuten Anlauf.
»Kann man daran sterben?«
»Sollte der Gegenstand tatsächlich aus Gold sein, wie ich vermute, wohl kaum. Das Material ist weder giftig noch sonst irgendwie schädlich. Was die Form anbetrifft, ist er nicht allzu groß und ohne scharfe Kanten. Irgendwann in den nächsten drei Tagen hätte das schöne Stück unseren Mann ein wenig schmerzhaft daran erinnert, dass es seinen Körper verlässt. Im Übrigen auf ebenso natürliche Weise, wie es in ihn hineingelangte.«
»Natürlich? Wie soll ich das verstehen? Seit wann gehören Halsketten zum Speiseplan?«
»Speisen ist nicht der passende Ausdruck. Als es im Magen ankam, lag das letzte Essen schon einige Zeit zurück.«
»Und was denken Sie darüber?«
»Ein verspäteter Nachtisch? Ein kleiner Leckerbissen zwischendurch?«
»Sie scherzen.«
»Kennen Sie eine bessere Erklärung? Sie werden wohl kaum glauben, es ist auf magische Weise in den Körper gelangt. Auch wenn wir es mit einem Pentagramm zu tun haben.«
»Und wieso nimmt jemand ein Amulett zu sich?«
»Diese Frage geht über das Gebiet unserer Wissenschaft hinaus. Der Mediziner versucht, jemanden am Leben zu halten, solange er rechtzeitig gerufen wird. Kommt er zu spät, möchte er gern wissen, wieso diesen Menschen der Tod ereilte. Das Thema, warum ein Mensch dieses tut oder jenes lässt, gehört nicht zu unserer Fakultät.«

»Noch einmal, Sie sind sicher, er hat es bewusst verschluckt?«
»Haben Sie eine bessere Erklärung?«
»Brauchen Sie das Ding für Ihre weiteren Untersuchungen?«
»Ich glaube nicht, aber das endgültige Urteil wird der Prosektor fällen.«
»Dann kann ich es derweil mitnehmen?«
»Vorausgesetzt, es steht Doktor Walther zur Verfügung, wenn er es braucht.«
Reiser wog das Halsband in der Hand und steckte es in die Tasche. Der unbekannte Tote war schon für einige Überraschungen gut.
Was tun? Zum Kommissar gehen und ihm das Amulett unter die Nase halten? Mal sachte! Erst die Aufträge abarbeiten. Am besten mit der unsittlichen Dame beim Posthof beginnen. Dann zu Philidor am Gendarmenmarkt, anschließend Nicolai in der Brüderstraße aufsuchen. Bis dahin war später Nachmittag und der Kommissar nicht mehr anzutreffen. Dann konnte er ohne Umwege zur Rosenstraße. Dort wartete der Feierabend. Und Friederike – hoffentlich.

8

Die neue Mieterin mit dem unmoralischen Lebenswandel wohnte schräg gegenüber vom Posthof in einem Haus, das lang gestreckt in den dahinter liegenden Garten gebaut war. Zur Wassergasse hin zeigte es eine schmalbrüstige und irgendwie schwindsüchtig wirkende Front. Im Hausflur war es ruhig. Ein strenger Geruch nach Kohl hing in der Luft und verriet die Diät der Bewohner. Vermutlich wurde sie vom Hunger bestimmt und vom Geldbeutel diktiert.
Reiser stieg die Treppe zur ersten Etage hinauf. Aus dem hintersten Zimmer drang ausgelassene Unterhaltung, in die sich immer wieder Gelächter mischte. Auf sein Klopfen hin wurde es schlagartig still. Leise Schritte näherten sich. Die Tür blieb verschlossen. Reiser klopfte lauter.
»Aufmachen, Polizei!«
Eine weibliche Stimme antwortete.
»Ja, ja, ist ja gut, ich komme schon.«
Die Tür wurde vorsichtig geöffnet. Durch den schmalen Spalt lugte ein Auge.
»Guten Tag, ich suche eine Frau, die kürzlich in dieses Haus gezogen ist.«
Reiser wurde eingelassen und betrat einen Raum, der von einem roh gezimmerten Tisch in seiner Mitte und einem ungemachten Bett an der dem Fenster gegenüberliegenden Wand fast völlig ausgefüllt wurde. Am Tisch saßen zwei ziemlich beleibte Frauen mit feisten, geröteten Wangen und grinsten ihm entgegen. Beide trugen ihre Haare hochgesteckt und

knallbunte Schürzenkleider. Sie schienen es darauf anzulegen, sich möglichst ähnlich zu sehen.
Mit unsicherer Handbewegung lud eine der beiden Reiser ein, Platz zu nehmen, während die andere aufgekratzt die Einladung in Worte fasste.
»Kommen Sie, Herr Sergeant, trinken Sie ein Gläschen mit uns.«
Sie griff nach einer Flasche Likör, die geöffnet auf dem Tisch stand.
»Nein danke. Wer von Ihnen ist erst vor Kurzem hierher gezogen?«
»Ick hab mir ordentlich anjemeldet, vor zwee Wochen, gleich wie ick jekomm'n bin.«
Reiser drehte sich um. Die Frau stand hinter ihm, hielt den Türgriff noch in der Hand. Sie kam ihm um einiges jünger vor als die beiden anderen, ohne dass er sich auf das Alter einer der drei Frauen hätte festlegen wollen. Über ein weißes Kleid mit tiefem Ausschnitt hatte sie einen Schal geworfen, den sie mit der anderen Hand zusammenhielt. Sie schaute Reiser herausfordernd an.
»Um Ihre Anmeldung geht es nicht.«
»Na watt'n noch?«
»Über Sie ist schriftliche Beschwerde eingegangen, sie hätten häufigen Männerbesuch.«
»Männerbesuch? Ick seh hier nur Fraun, außer Ihre Person.«
»Von Fuhrknechten des Posthofs.«
»Wer sacht denn so watt?«
»Die Meldung trug keine Namen. Wir wissen nur, dass sie von zwei ehrbaren Bewohnerinnen des Hauses stammt.«
»Ach nee! Da werd ick mia doch mal umhörn müssen, wer von die Weiber hier im Haus überhaupt imstande is, Beschwerdebriefe an die Polizei zu vafassn.«

Die Stimmung war schlagartig frostig geworden. Reiser nutzte die Gelegenheit für den üblichen Verweis.
»Das Lusthaus-Reglement ist allgemein bekannt. Bei Zuwiderhandlung droht Zuchthaus. Das war's auch schon, auf Wiedersehen.«
Noch bevor er die Tür geschlossen hatte, war es mit dem betretenen Schweigen vorbei.
»Na, so watt ha'ck ja noch nie erlebt. Hier in meene Bude schön Wetter machn, meen Uffjesetztten saufn und mir hintenrum die Polente uff'n Hals hetzen? Nich mit mir, meine Liebn. Nu mal husch, husch in eure Stuben. Ihr werdet mir noch kennlern.«
Das darauf einsetzende Gezeter klang Reiser in den Ohren, bis er die Oranienburger Straße erreichte. Dort fuhr ihm beinahe eine Postkutsche über die Füße, während er in Gedanken vor sich hin trottete und auf nichts achtgab. In der wie ausgestorben liegenden Ziegelstraße verlangsamte er die Schritte und warf im Vorbeigehen einen strengen Blick auf die Destillen. Sollte niemand sagen können, er hätte keinen Kontrollgang unternommen.
Vor dem Haus am Gendarmenmarkt blieb er stehen, griff nach dem Türklopfer und ließ ihn fallen. Einen Augenblick später stand der kleine, rundliche Professor in der Tür. Offensichtlich assistierte er seinem Meister nicht nur beim Herbeizitieren von Gespenstern. Er war auch der gute Geist des Hauses.
Nach seinem Anliegen befragt, antwortete Reiser, er sei wegen einer Beschwerde gekommen. Sein Gegenüber gab sich verschlossen. Das passe gerade überhaupt nicht, der Herr sei sehr beschäftigt.
»Hören Sie, es geht um den gestrigen Tumult und dadurch hervorgerufene Schäden.«

Die Miene des Mannes hellte sich auf, und er bat Reiser in die Empfangshalle.
»Wenn Sie bitte einen kleinen Moment warten möchten.«
Kurze Zeit darauf kam er zurück.
»Monsieur Philidor lässt bitten.«
Ohne ein weiteres Wort führte er Reiser in ein geräumiges Zimmer und schloss die Tür hinter ihm so leise, wie er sie geöffnet hatte.
Der Maestro stand über einen langen Tisch gebeugt. Vor ihm lagen über-, neben- und durcheinander Programmplakate, Abonnentenlisten und Stapel von Eintrittskarten, denen er seine ganze Aufmerksamkeit widmete.
Reiser blieb an der Tür stehen. Zum ersten Mal sah er Philidor bei Tageslicht. In seinem rot karierten Hausmantel wirkte der Magier hausbacken, nichts erinnerte an einen unheimlichen Hexer. Die im Widerschein des Grablichts furchteinflößende Miene war dem gelösten Ausdruck eines Mannes im mittleren Alter gewichen. Nur die pechschwarzen Haare, die in einer wilden Mähne wucherten, buschige Augenbrauen formten und sogar aus den Ohren sprießten, hatten etwas Dämonisches.
Der Maestro war zu sehr in sein Tun vertieft, um Reiser zu bemerken. Er schob einige Billets hin und her, runzelte die Stirn und rief, ohne aufzusehen, einen Namen.
»Jean?«
Der Professor erschien. Sein hochtrabender akademischer Titel sollte vermutlich lediglich das zahlende Publikum beeindrucken und war im vertrauten Kreis entbehrlich.
»Gibt es für heute Abend Remittenden?«
Er hob den Blick, sah Reiser und grüßte ihn, ohne die geringste Überraschung zu zeigen, mit einem freundlichen Lächeln, geradeso, als sei es selbstverständlich, dass um ihn herum wie aus dem Nichts jemand auftauchte.

»Guten Tag, Sergeant Reiser – so war doch der Name? Was führt Sie zu mir?«
Reiser nahm die Frage, ob Eintrittskarten zurückgegeben worden waren, als willkommenen Einstieg.
»Guten Tag, Maître! Verbreiten die Herren von gestern Abend schlechte Nachrichten?«
»Wahre Gehässigkeit ist, keine Nachrichten zu verbreiten.«
»Dann lassen sich die Leute nicht davon abhalten, Ihre Vorstellungen zu besuchen?«
»Im Gegenteil.«
»Herr Philidor, ich komme wegen des Schadens, der Ihnen womöglich zugefügt wurde. Wollen Sie Wiedergutmachung fordern und gegen die Verursacher Anzeige erstatten?«
»Nun ja, es gibt einiges zu beklagen. Ich schätze, Ersatz und Reparaturen werden mich zweihundert Friedrich-d'or kosten.«
»Über die Höhe des Schadenersatzes wird später entschieden. Meine Aufgabe ist es, Art und Umfang der Beschädigungen zu beschreiben.«
»Heißt das, ich soll Ihnen das Instrumentarium zeigen?«
»Ich bitte darum. Ansonsten kann ich keine Meldung aufsetzen.«
»Lieber Herr Sergeant, meine Künste beruhen auf uralten Überlieferungen, die unter wenigen Auserwählten von Mund zu Mund weitergegeben werden. Sie sind so geheim wie das siebte Buch Mose. Nur Eingeweihte kennen sie und, was noch wichtiger ist, verstehen, sie zu beherrschen.«
»Herr Philidor, es ist Pflicht der Polizei, Mitteilungen, die man ihr gegenüber macht, ausschließlich für dienstliche Zwecke zu verwenden.«
»Hm, soso, und Sie garantieren mir das?«
Nachdem Reiser beteuert hatte, streng vertraulich mit allem

zu verfahren, was der Meister ihm offenbare, bat der Hausherr, ihm zu folgen.
Die Fenster im Treppenhaus waren mit starker Pappe abgeklebt. Reiser konnte selbst jetzt bei Tag kaum etwas erkennen und geriet ins Stolpern, als er Schritt halten wollte. Der Hexer kam im Dunkeln gut zurecht und nahm zwei Stufen auf einmal. In der fast stockfinsteren dritten Etage angekommen, hantierte Philidor mit einem Bund Schlüssel. Leises Quietschen und ein schwacher Luftzug ließen vermuten, dass er die Tür öffnete.
Reiser tastete mit ausgestreckten Händen in das Dunkel und setzte vorsichtig einen Fuß vor den anderen. Plötzlich wurde es heller. Philidor posierte lächelnd am anderen Ende des Raumes und hielt den Saum eines schweren Vorhangs in der Hand, den er zur Seite gezogen hatte. Durch das Fenster hinter ihm war der Kuppelturm des Französischen Doms zu erkennen.
Reiser stutzte. Neben dem Magier war wie aus dem Nichts ein weiterer Mann erschienen und starrte ihn an. Einen kurzen Augenblick fürchtete er, dass ihn seine Sinne narrten. Dann erkannte er sich selbst in einem übermannshohen Spiegel, der bis zum Boden reichte.
»Unten in der Ecke hat das Glas einen Sprung, und am Rahmen ist ein Stück Lack abgeplatzt. Kippen Sie ihn ruhig, dann ist es besser zu erkennen.«
So schwer der Spiegel sein musste, ließ er sich doch bequem und geräuschlos um seine Mittelachse neigen und verblieb in jeder gewünschten Position. Tatsächlich stach aus der Nähe betrachtet ein weißer Fleck vom dunklen Rahmen ab. Das Glas war auf Daumenlänge gesprungen. Ob beide Schäden vom gestrigen Abend stammten, war nicht zu erkennen. Angesichts ihrer Geringfügigkeit war es auch unwichtig.

»Glücklicherweise hat das Eintreffen meiner Frau verhindert, dass die Störenfriede Schlimmeres anrichten konnten. Wer weiß, was sonst aus dem teuren Stück geworden wäre.«
»Wozu dient der Spiegel eigentlich?«
»Ich erlaube mir anzumerken, dass eine Erläuterung der Funktion meines magischen Instrumentariums die Präsentation seiner Schäden erheblich verzögern würde. Wie bereits erwähnt, geht es um uralte Überlieferungen.«
Reiser zog unmerklich die Augenbrauen hoch. Sorgte der Meister sich wirklich, mit erhellenden Ausführungen die Zeit seines Gesprächspartners über Gebühr zu beanspruchen? Oder misstraute er ihm nur und wollte selbst gegenüber der Polizei seine Zauberkünste hüten?
»Der Wandbehang ist unversehrt geblieben?«
Ohne die Antwort abzuwarten, ging Reiser auf die großflächige Stoffbahn zu und hob sie an. Dahinter war eine Tür verborgen, die in eine kleine Kammer führte. Dort stand auf zwei seitlich angebrachten trapezförmigen Standbeinen ein Kasten, der entfernt an einen Sarg erinnerte. Reiser trat näher und klappte den Deckel auf. Im Inneren verlief eine Achse, auf die etwa zwei Dutzend Glasschalen montiert waren. Die jeweils kleineren steckten in größeren, sodass die Ränder der Schalen nur einen Fingerbreit voneinander entfernt waren.
Reiser wandte sich zu Philidor um.
»Ist das nicht …?«
»Ja, eine Glasharmonika.«
Die mysteriöse Sphärenmusik kam also von keinem fremden Stern. Sie musste auch nicht das halbe Weltall durchdringen, sondern, bei geöffneter Tür, lediglich ein Tuch aus schwarzem Stoff.
»Da die Rabauken ihn nicht betreten haben, braucht uns dieser Raum nicht zu beschäftigen.«

Reiser grinste in sich hinein. In des Meisters Kabinett beruhte keinesfalls alles auf uralten Überlieferungen. Die Glasharmonika gab es erst seit einem guten Vierteljahrhundert.
»Schauen Sie hier, Herr Sergeant, das Kohlebecken hat eine Beule.«
Reiser zog die Augenbrauen hoch. Wenn das mit solchen Belanglosigkeiten weiterging, würden sie Stunden, wenn nicht Tage brauchen, um auf einen Schaden von 200 Goldstücken zu kommen. Er sah sich um. Auf einem schmalen Gestell stand ein rechteckiger Kasten, zwei Fingerspannen hoch und lang, eine breit. Er klopfte mit dem Finger dagegen. Es klang hohl; die Wände bestanden aus Holz. Durch ein talergroßes Loch in der Deckplatte sah er auf dem Boden der Kiste einen Kerzenstummel. In eine der senkrechten Seitenflächen war eine Glaslinse eingelassen. Die gegenüberliegende Seite bestand aus einem Tuch, durch das man in das Innere des Kastens greifen konnte.
»Erkennen Sie, was es ist?«
Der Meister hatte seine Frage in reichlich herablassendem Ton gestellt.
»Ich habe zwar noch keine mit eigenen Augen gesehen, aber ich denke, es ist eine Laterna magica.«
»In der Tat. Es heißt, Athanasius Kircher habe dieses überaus erstaunliche Gerät erfunden. Nur, woher kam ihm die zündende Idee? Aus göttlicher Eingebung? So hätte es manch gläubiger Katholik gern, schließlich war Kircher Jesuit. Andere bezeichnen ihn als Universalgenie, was wohl heißen soll, für so einen ist es ganz normal, aus dem Nichts etwas völlig Neues zu erschaffen. Aber wie soll das gehen, wenn er nicht einmal weiß, worüber er überhaupt nachdenken soll? Es gibt nur eine vernünftige Erklärung, auf welche Weise sei-

ne Schöpfung Gestalt angenommen haben kann – magische Experimente.«
Reiser ließ den Hexer weiter über Religion, Geist und Magie fabulieren, ohne ihm zuzuhören. Neben dem obskuren Instrument hatte er ein Medaillon entdeckt. Er hob es auf, wendete es hin und her, um es von allen Seiten betrachten zu können. Eine fein ziselierte Figur war von einem Ring eingefasst, durch den eine dünne, fast unsichtbare Schnur gezogen war. Wahrscheinlich bestand sie aus Katzendarm. Als Reiser sie über einen Finger hängte, konnte man glauben, das Medaillon schwebe in der Luft. Er unterbrach den Meister in seinem Redeschwall.
»Dieses Medaillon ähnelt dem Basilisk, der im Rauch erschien, er ist nur kleiner.«
»Zu meinen Künsten zählt, ätherische Abbilder konkreter Formen zu erschaffen.«
»Herr Philidor, ich bin beileibe kein Fachmann in solchen Dingen, habe aber, wie gesagt, von der Laterna magica schon gehört, auch davon, dass sie geeignet ist, Projektionen zu erzeugen. Wenn Sie die Freundlichkeit besäßen, mir zu erläutern, was es mit dem Amulett auf sich hat.«
»Es ist der Schlüssel zu einer anderen Welt.«
»Das genügt schon?«
»Natürlich nicht. Es bedarf außerordentlicher Fähigkeiten, ihn zu benutzen.«
»Und wieso gerade ein Basilisk?«
»Jeder Magier hat sein ganz persönliches Symbol, auf das er sich beruft und an dem die Geister ihn erkennen.«
Reiser tastete in seiner Manteltasche nach dem Amulett.
»Was ist mit dem Pentagramm?«
»Das einfältige Volk nennt es Drudenfuß und verwendet ihn als Talisman für und gegen alles Mögliche. Der Drudenfuß

soll den bösen Blick abwenden, vor Gespenstern schützen, ja sogar Satan fernhalten. Dem Herrn der Finsternis gebieten, welch Narretei!«

»Und wofür steht das Pentagramm in Wirklichkeit?«

»Die allgemeine Symbolik ist unverbindlich. Es ist ein Zeichen, nicht mehr, und nutzt nur dem, der seine Maxime beachtet und entsprechend handelt. An seinem Amulett erkennt der Eingeweihte, auf welche Kräfte der Magier baut. Aber bevor Sie fortfahren, mir immer neue Geheimnisse der Schwarzen Kunst zu entlocken, beantworten Sie mir doch bitte eine Frage. Was geschieht eigentlich mit Ihrem Bericht?«

»Der Polizeipräsident stellt ihn dem Amtsrichter zu.«

»Was macht das Gericht damit?«

»Prüfen und den Beklagten die Höhe des geforderten Ersatzes mitteilen.«

»Und dann müssen sie zahlen?«

»Sie können natürlich die Forderung in der gemachten Höhe anzweifeln.«

»Das heißt?«

»Man wird über Art und Umfang der von Ihnen reklamierten Schäden streiten.«

»Moment mal, Art und Umfang der reklamierten Schäden? Dazu muss man sie ja mitteilen. Anschließend kennt jeder dieser sauberen Herren meine Instrumente? Sie sagten doch …«

»Ich sagte, die Polizei wird die Schadensmeldung vertraulich behandeln. Was andere tun, liegt nicht in unserer Hand.«

»Bevor in der ganzen Stadt Inventarlisten meines magischen Kabinetts kursieren, verzichte ich lieber auf den Ersatz für die Schäden.«

»Und was geschieht mit den Störenfrieden? Werden Sie Anzeige erstatten?«

»Was bringt mir das außer frechen Provokationen und zähen Gerichtshändeln? Glücklicherweise sind die meisten Untertanen des Königs friedliebende Menschen. Die wenigen, die es nicht sind, mögen mir gestohlen bleiben.«

9

Als Reiser in die Mohrenstraße einbog, konnte er sich ein Grinsen nicht verkneifen. Dieser aufgeblasene Hexer hatte doch tatsächlich geglaubt, dem dummen, kleinen Polizeisergeanten irgendeine maßlose Forderung präsentieren zu können, die er, ohne auch nur eine Frage zu stellen, treu und brav nach oben melden würde. Am Ende hatte der große Meister nicht einmal mehr den goldgelockten Knaben erwähnt. Die vermeintliche Verletzung war wohl nur halb so schlimm gewesen.

Das Haus Nummer 13 in der Brüderstraße machte einen respektablen Eindruck, drei Stockwerke hoch, sieben Fensterachsen in der Breite. Reiser war gespannt, welcher der renitenten Herren des gestrigen Abends sich als Verleger Nicolai entpuppen würde. Auf sein Läuten wurde die Tür geöffnet. Er betrat einen stattlichen Hausflur, vom dem rechter Hand eine breite Treppe mit geschnitztem Geländer zum darüberliegenden Stockwerk führte. Der Gehilfe begleitete ihn in einen Raum, dessen Fenster auf die Straße gingen, bot einen Stuhl an und bat um einen Moment Geduld, bis Herr Nicolai käme.

Reiser sah sich um. Die Einrichtung war karg und bestand im Wesentlichen aus mehreren Bücherregalen, die bis knapp unter die Decke reichten. Bei näherem Hinsehen stellte er fest, dass die Regalfächer jeweils mehrere Exemplare eines Druckwerks enthielten. Dies musste die Nicolaische Buchhandlung sein. Auf einem Tresen lag, wie zur Präsentation, ein einzelnes Buch. Der Titel *Freuden des jungen Werthers* wurde mit einem Untertitel präzisiert: *Leiden und Freuden Werthers des Mannes.* Als Autor firmierte Friedrich Nicolai. Der Verleger schrieb seine Bücher am liebsten wohl gleich selber.

Beim Lesen der ersten Zeilen einer zufällig aufgeschlagenen Seite unterbrach ihn eine Stimme, die er gleich wiedererkannte.

»Ah, der Herr Sergeant von gestern Abend. Was verschafft mir die Ehre? Fragen zu meinem Anti-Goethe? Sie kennen das Werk? Nein? Lesen Sie es daheim in aller Ruhe. Das Remittieren hat Zeit. Sie kommen doch nicht etwa wegen der Billets? Deshalb brauchen Sie sich keine Sorgen zu machen. Geschenkt ist geschenkt. Oder haben wir am Ende dienstlich miteinander zu tun?«

»Guten Tag, Herr Nicolai. Kommissar Rosenow hat mich beauftragt, Ihnen und den anderen Herren ausrichten zu lassen, dem Magier stünde eine Entschuldigung für die erlittenen Störungen zu.«

»Und dafür schickt er mir die Polizei ins Haus?«

»Das Übrige hat sich bereits erledigt.«

»Das Übrige? Darf ich erfahren, um was es dabei ging?«

Reiser berichtete, dass der gewiefte Philidor eine Anweisung des Kommissars für seine unverschämte Forderung ausschlachten wollte, und schilderte ausführlich, wie er dem Magier seinen kleinen Nebenerwerb so gründlich verleidet hatte, bis von einer Anzeige keine Rede mehr war. Nicolai lobte seinen Gast wohlwollend, dass er diesem spiritistischen Schmierenkomödianten die Suppe gehörig versalzen habe.

»Junger Mann, ich darf Sie doch so nennen? Dieser Hokuspokus, der auf den ersten Blick als harmloser, die Nerven kitzelnder Zeitvertreib erscheint, ist in Wirklichkeit so ge-

fährlich und hartnäckig wie ein Krebsgeschwür. Sie sollten wissen, dass ich regelmäßig im Frühjahr und Herbst für einen Monat nach Leipzig fahre, zur Buchmesse. Dort wurde ich Zeuge, wie ein selbst ernannter Geisterbeschwörer mit seinen Machenschaften die ganze Stadt in Atem hielt. Sein Tod vor über zwanzig Jahren bereitete dem Spuk ein jähes Ende. Die Geschichte ist deshalb interessant, weil er einen Intimus und gelehrigen Schüler hatte, der nicht nur hoher Offizier war, sondern auch einflussreicher Angehöriger der Rosenkreuzer.«
Reiser unterbrach ihn.
»Die Gold- und Rosenkreuzer?«
»So nennen sie sich.«
»Der geheime Orden, dessen Oberhaupt die höchste Stufe der Erkenntnis besitzen soll?«
»Der Erkenntnis? Nun, wie man's nimmt. Besagter Offizier jedenfalls pflegte das innigste Verhältnis zum damaligen Kronprinzen. Der schenkte ihm sein vorbehaltloses Vertrauen und folgte ihm blindlings in die Welt der Gespenster. So gewannen diese diskreten Herren rechtzeitig Einfluss auf unseren jetzigen König. Der Mann, dem der Kronprinz sein grenzenloses Wohlwollen entgegenbrachte, heißt übrigens Johann von Bischoffwerder.«
»Der Generaladjutant des Königs, seine rechte Hand?«
Nicolai beantwortete Reisers Frage mit einem Kopfnicken.
»Für seine treuen Dienste schenkte unser König, nachdem er die Krone aufgesetzt bekommen hatte, dem treuen Vasallen Schloss Marquardt nahe Potsdam. Seitdem stellt der auf diese Weise reichlich Bedachte dort gern unter Beweis, welch gelehriger Eleve seines Leipziger Hexenmeisters er ist.
Im Park des Schlosses ließ Bischoffwerder die Blaue Grotte errichten, in deren Gewölbe es wunderbar spukt und die Ge-

spenster fantastisch jaulen. Von den doppelten Wänden, hinter denen heimliche Helfer dem unheimlichen Spektakel die gruseligen Effekte verleihen, ahnen die Besucher nichts. In hellen Scharen pilgern die Noblen unseres Landes zu diesem obskuren Ort der Verheißung, besonders wenn Seine Majestät persönlich zu erscheinen geruhen.
Nur einige Ecken von Seiner Majestät Stadtschloss entfernt, also gar nicht weit von hier, steht am Dönhoffschen Platz ein herrschaftliches Haus mit antiker Fassade. Den Nachtwächtern laufen auf ihren Patrouillen regelmäßig kalte Schauer den Rücken hinunter, wenn im Haus sämtliche Kerzen gelöscht sind, hinter dunklen Fenstern gespenstische Lichter flackern, geisterhafte Formeln rezitiert werden und nervzerrüttende Klänge ertönen. Die Gäste erscheinen vermummt. Bei manch unscheinbarer Figur vermag niemand zu sagen, wer sich dahinter verbirgt. Den häufigen Gast zu erkennen, der die Übrigen um Hauptes Länge überragt und an Bauches Umfang übertrifft, ist allerdings keine Kunst. Wir haben einen in jeder Hinsicht majestätischen König.«
»Aber ist es denn nicht eine Art Spiel?«
»Spiel, sagen Sie? Ein Spiel soll es sein, wenn ein sogenannter Meister vermöge eines Apparates, den ein genialer Geist erfunden hat, schlafende Hunde, imaginäre Ungeheuer und vor langer Zeit Verstorbene zum Leben erweckt und mit knappen Bewegungen seiner Finger dazu bringt, seinen Befehlen zu gehorchen? Geister, die auf Kommando von sogenannten Hexenmeistern aus dem Nichts erscheinen und vor den Augen der Zuschauer durch die Luft tanzen, schaden niemandem, der nicht an sie glaubt! Solange solch albernes Treiben ein Nervenkitzel bleibt, mag ihn genießen, wer will. Wenn jedoch dem naiven Verstand mit voller Autorität eingeredet wird, es handle sich dabei um reelles Leben,

ist das etwas anderes. Die Verdummung des Volkes ist kein Spiel!«

»Niemand zwingt die Leute, an derlei Spektakel teilzunehmen.«

»Das Erhabene wird den Menschen nicht in die Wiege gelegt, es muss durch Bildung und Kultur geweckt werden. Wer das unterlässt und ihnen stattdessen Unsinn und Schund eintrichtert, vergeht sich an den Idealen der Aufklärung. Sie sind zu jung, um einen Gassner erlebt zu haben, der mit seinen Teufelsaustreibungen und Wunderheilungen im Süddeutschen ganze Landstriche in helle Aufregung versetzte, wobei ihm die Jesuiten im Verborgenen eifrig halfen. Dabei ist es gerade mal gute zwanzig Jahre her. Die ehrenwerte Gesellschaft Jesu wurde derweil aufgelöst. Genutzt hat es nichts. An ihrer Stelle machen sich nun die Rosenkreuzer breit.«

»Das hört sich an, als stecke hinter jedem durchreisenden Gaukler eine Verschwörung.«

»Ins Gefängnis geworfen gehört jemand so oder so, der alles daransetzt, arglose Leute zu täuschen, und dem dabei jedes Mittel recht ist. Was weiß der einfache Mann von der Laterna magica? Nichts, außer irgendwelchen fantastischen Geschichten über ihre Erfindung. Woher sie kommt, ist doch nicht die Frage, sondern wozu sie dient! Hat man damit jemals einem Publikum auch nur ein einziges erbauliches Modell aus Diderots Enzyklopädie gezeigt? Nein, aber alberne Schemen von Basilisken und Pentagrammen.«

»Kennen Sie sich aus mit Pentagrammen?«

»Nicht sonderlich, wieso fragen Sie?«

Reiser zog die Kette mit dem Amulett hervor.

»Was halten Sie von diesem hier?«

Nicolai hatte kaum einen kurzen Blick auf das goldglänzende Stück geworfen, als er es Reiser mit schnellem Griff aus

der Hand nahm und nach allen Seiten wendete. Er ging zum Fenster, um besseres Licht zu haben.
»Ein ungewöhnliches Stück, wenn Sie mich fragen. Ineinander verwobene Kanten und drum herum die Ewigkeitsschlange, die sich selber in den Schwanz beißt. Woher haben Sie es?«
»Aus der Charité.«
»Seit wann werden dort Patienten behandelt, denen teures Gold um den Hals hängt?«
»Der Besitzer trug es im Magen.«
»Im Magen? Sonderbar. Was hat jemand von einem Schmuckstück, wenn niemand es sehen kann?«
»Als man es fand, war er bereits tot.«
»Das Amulett wurde im Magen eines Toten gefunden?«
Reiser nickte. Nicolai runzelte die Stirn.
»Was macht ein Toter mit einem Pentagramm im Magen?«
»Wäre die Frage bei einem Lebenden einfacher zu beantworten?«
Nicolai warf ihm einen Blick von der Seite zu.
»Den könnte man immerhin um eine Erklärung bitten.«
Er zog die Stirn in Falten, schaute einen Moment zu Boden, hob den Kopf und sah Reiser in die Augen.
»Weiß man, wo er sich aufhielt, bevor er in die Charité kam?«
»Auf dem Friedhof.«
»Auf dem Friedhof? Wieso beerdigt man jemanden, wenn er gleich wieder aus dem Grab geholt wird?«
»Er lag unter einem Haselstrauch. Bei Koppe.«
»Solch haarsträubende Geschichte habe ich lange nicht gehört. Wie ist der Mann ums Leben gekommen?«
»Um das festzustellen zu lassen, habe ich ihn in die Charité gebracht.«
»Können Sie mir etwas über den Mann sagen? Wie alt, wie groß, wie sah er aus?«

»Das Bemerkenswerteste ist, dass seine Augen unterschiedliche Farben haben.«
»Das linke grün, das andere braun?«
Reiser schaute sein Gegenüber erstaunt an.
»Woher wissen Sie?«
»Eingebung.«
»Das soll ich Ihnen glauben?«
Nicolai antwortete nicht. Für einen Moment war es still.
»Und wie geht es nun weiter?«
Das hätte Reiser selber gern gewusst. Nach Rosenows Dienstanweisung hatte er in der Charité nichts mehr zu suchen. Nur wollte er das Nicolai nicht auf die Nase binden.
»Der unbekannte Tote liegt in der Sektion.«
Nicolai machte einen Schritt auf Reiser zu.
»Sicher werden Sie hingehen, um das Ergebnis der Untersuchung zu erfahren?«
»Wieso fragen Sie?«
»Ich würde Sie gern dabei begleiten.«
»Warum?«
»Der Grund ist so bizarr, dass ich erst darüber sprechen möchte, nachdem ich den Leichnam gesehen habe.«
»Falls man es Ihnen gestattet.«
»Sie meinen, ich soll den Arzt erst um Erlaubnis bitten? Wie, sagten Sie, heißt er?«
»Sie.«
»Eine Frau als Doktor? Unmöglich!«
»Nein, zwei Doktoren. Gleicher Name, gleiches Gebiet.«
»Ah, Walther Vater und Sohn, ohne H und Doppel-R, beide beseelt vom heiligen Sinn der Anatomie. Dann soll der Verstorbene wohl einen Ehrenplatz in der Waltherschen Privatsammlung erhalten!«

»Ehrenplatz? Nun ja, im Moment ist er in einem alten Waschhaus untergebracht.«
»Wie auch immer, mit Walther senior bin ich seit Ewigkeiten befreundet. Keine Sorge, er empfängt mich jederzeit und ohne Umstände.«
Reiser strahlte.
»Umso besser, dann machen Sie den Besuch, und ich komme als Begleitung mit.«
»Warum das?«
»Der Grund ist so banal, dass ich nicht darüber sprechen möchte, bevor der Prosektor den Leichnam untersucht hat.«
»Na schön. Wir treffen uns morgen früh um neun am Eingang zum Französischen Hospital gegenüber der Artilleriekaserne in der Friedrichstraße.«

10

Reiser überquerte in Gedanken versunken den Schlossplatz. Soldaten zogen mit starrem Blick und versteinerter Miene bei ihrer Patrouille erst in die eine, dann in die andere Richtung. Auf der Langen Brücke blickte der Große Kurfürst über ihn hinweg zum Schloss. Der Nebel bildete auf dem Metall des Standbilds eine glänzende Schicht, als sei es frisch lackiert. Dem Reiter schien die Feuchtigkeit nichts anzuhaben. Sie perlte an seinem Umhang ab und sammelte sich unter dem Bauch des Pferdes. Von dort fielen Tropfen auf den Boden, als leide das stolze Ross an Blasenschwäche.

Der Zuckerbäcker auf dem Markt an der Marienkirche wollte gerade seinen Laden schließen. Reiser wählte einen Mohnkringel, nahm die Tüte entgegen, steckte sie in die Manteltasche, zahlte und überquerte den leeren Platz. Mit dem Sieben-Uhr-Läuten der Glocken stand er vor der Haustür.

Er klopfte bei Frau Straßberg. Sie bat ihn herein und ging ans Fenster.

Wieder schwangen die seltsamen Klänge in der Luft.

Reiser hängte den Mantel an den Kleiderhaken und stellte sich neben sie.

»Hören Sie es?«

Reiser fiel keine bessere Antwort ein als ein lapidares »Ja«.

»Es ist Sarah von gegenüber.«

»Woher wissen Sie?«

»Die Nachbarin hat es erzählt. Das Mädchen ist zu Besuch bei ihrer Tante und übt jeden Tag.«

Reiser klangen noch die befremdlichen Töne in den Ohren, die Philidors Zaubereien begleitet und an den Nerven der Zuhörer gezerrt hatten. Diese Musik hatte etwas Melancholisches und Anrührendes.
»Es klingt wirklich sehr hübsch.«
»Hübsch, sagen Sie? Es ist bewegend, erschütternd, herzergreifend, cherubinisch! Aber Sie müssten erst mal die Kirchgessner hören.«
»Sie meinen, das könnte man noch steigern?«
»Ja, wissen Sie denn nicht? Die ganze Stadt ist wegen der Kirchgessner in Aufruhr. Der König hat sie schon viermal in sein Schloss holen lassen, damit sie ihm und seiner Familie vorspielt. Jeden Abend gibt sie ein Konzert auf ihrer Glasharmonika. Alle Welt ist hingerissen.«
Reiser kratzte sich hinter dem Ohr. Hatte das Instrument gestern bei Philidor Töne von sich gegeben, als jammere eine Schar verlorener Seelen, so klang es jetzt wie ein Chor himmlischer Sirenen.
»Erkennen Sie, was Sarah gerade spielt?«
»Nicht im Geringsten.«
»Das Largo von Mozart. Kurz bevor er starb, hat er es für die Kirchgessner komponiert. Herr Weiher, der Kantor der Marienkirche, sagt, das Stück spiegelt die Tragik seines frühen Todes wider.«
Die unverhoffte Sachkenntnis der Wirtin verblüffte ihn.
»Dann wird es wohl stimmen. Der Mann ist vom Fach.«
Sie lauschten noch eine Weile, dann wurde es still im Hinterhof. Frau Straßberg schloss das Fenster. Sie bat Reiser, am gedeckten Tisch Platz zu nehmen, servierte aber noch nicht, sondern holte eine Flasche Aufgesetzten und Gläser aus der Anrichte und goss ein. Den begleitenden Erläuterungen zu Rezept und Herstellung entnahm Reiser, dass ihr verstorbe-

ner Mann als erster Assistent in der Einhorn-Apotheke Zugang zum alkoholischen Grundstoff gehabt hatte. Was die Schlehen anbetraf, kannte sie einige Plätze, an denen es weit und breit die besten gab. Sie seien selbst geerntet, handverlesen sozusagen. Abrupt wechselte die Witwe das Thema.

»Wo Friederike nur bleibt. Dass Sie ausgerechnet dauernd mit dieser Ida zusammensteckt. Immer wenn sie mit der unterwegs ist, habe ich das Gefühl, es könne etwas Schlimmes passieren.«

»Bisher scheint doch alles gut gegangen zu sein.«

»Ich würde ihr aber anderen Umgang wünschen.«

Reiser überlegte, ob er fragen sollte, an wen sie dabei dachte, wurde aber von Friederike unterbrochen, die ins Zimmer platzte. Bevor sie einen guten Abend wünschen konnte, begann die Tante zu schelten.

»Na, dass du auch noch kommst. Es ist schon sieben Uhr durch. Ich habe mir Sorgen gemacht.«

»Tantchen, ich war mit Ida spazieren, Unter den Linden, das habe ich dir doch gesagt«, verteidigte sich Friederike und zog den Mantel aus.

»Aber ich möchte nicht, dass du im Dunklen durch die Straßen läufst.«

»Wie soll ich denn sonst nach Hause kommen?«

»Da haben wir's. Sagen Sie doch auch mal etwas dazu, Herr Reiser.«

»Was erwartest du, soll der Herr Sergeant zugeben, die Straßen seien unsicher, weil die Polizei nicht genug achtgibt?«

Kopfschüttelnd brachte die Wirtin Flasche und Gläser zur Anrichte zurück, holte die Suppenschüssel und stellte sie auf den Tisch, ohne zu servieren. Friederike und Reiser sahen erst sich, dann Frau Straßberg an. Sie erwiderte ihre Blicke nicht, sondern sah vor sich auf den Tisch.

»Aber Tante, du hast ja einen neue Terrine!«
Friederike sprang auf und betrachtete das gute Stück von allen Seiten. Die Wirtin sah Reiser fragend an.
»Nun, gefällt Sie Ihnen?«
»Schön.«
»Mehr sagen Sie dazu nicht?«
»Sehr schön.«
»Schauen Sie doch mal genauer hin.«
»Königliche Porzellanmanufaktur. Nobel, nobel.«
»Und gar nicht so teuer.«
»Nein?«
»Hier hat doch mal der Herr Schurig gewohnt, bevor er als Kunstmaler bei der Manufaktur anfing und in eines ihrer Wohnhäuser zog. Der hat mir gesagt, dass sie ab und zu Geschirr mit kleinen Fehlern, also sehr kleinen Fehlern, preiswert verkaufen. Gestern bin ich zur Leipziger Straße gegangen und habe mich dort umgesehen. Die Terrine hat mir am besten gefallen. Ein ganz neues Modell, Gesundheitsgeschirr.«
»Gesundheitsgeschirr?«
Friederike betrachtete die Terrine von allen Seiten.
»Weißt du denn nicht, dass viele Farben und Lasuren Blei enthalten? Das schädigt die Gesundheit. Für dieses Geschirr werden nur unbedenkliche Materialien verwendet. Das Wohl seiner Untertanen liegt unserem König am Herzen.«
»Vorausgesetzt, man kann es sich leisten.«
»So viel sollte es einem wert sein, Herr Reiser.«
»Dann servieren Sie die Suppe jetzt nur noch in der neuen Terrine?«
»Wo denken Sie hin? Soll ich das gute Stück etwa andauernd hin und her tragen, bis es eines Tages runterfällt und zerbricht? Heute wird es eingeweiht, dann kriegt es den besten Platz auf dem Buffet.«

»Immerhin hat es den langen Weg hierher heil überstanden.«
»Ich habe ausnahmsweise eine Droschke genommen, zur Vorsicht.«
Frau Straßberg teilte die Suppe aus. Eine Weile aßen sie schweigend. Dann legte die Wirtin ihren Löffel auf den Tellerrand und richtete sich auf.
»Ich war doch in der Manufaktur. Dort habe ich erfahren, dass unser König sehr krank ist. Er hütet seit Tagen das Bett. Man hat extra einen berühmten Magnetiseur aus Paris kommen lassen, der ihn mit Handauflegen behandelt und ganz besondere Kuren verschreibt.«
»Was heißt besonders?«
»Der König darf keine Musik von Streichinstrumenten mehr hören, nur noch von Blasinstrumenten. Wo er doch selber so gern Cello spielt. Außerdem hat dieser Magnetiseur seiner Majestät elektrische Bäder verschrieben und eine russische Pelzmütze, die er immer tragen soll, und er darf nur noch spanischen Wein trinken.«
»Was Sie immer alles wissen.«
»Ich bin gleich zu Frau Klitzke gegenüber. Ihr Mann ist doch Lakai im Schloss, und sie hilft dort öfter in der Küche. Da kriegt man allerhand mit.«
Friederike räumte ab, Frau Straßberg holte wieder Gläser und Flasche von der Anrichte und goss ein.
»Eben fällt mir ein, ich habe einen Kringel zum Nachtisch gekauft.«
Reiser ging zu seinem Mantel. Eine Ecke der Tüte ragte aus der Tasche. Er zog daran, der Zipfel riss ab. Er versuchte, in die Tasche zu greifen, aber alles Fingern und Fummeln nutzte nichts, sie war zu eng. Ärgerlich nahm er den Mantel vom Haken, drehte ihn um und schüttelte kräftig. Die Tüte kam

langsam zum Vorschein. Als er sie schließlich ganz herauszog, fiel mit leisem Klirren das Amulett zu Boden.
Friederike kam zu ihm herüber, hob es auf und ließ die Kette hin und her schwingen.
»Wie die glänzt. Die ist bestimmt aus Gold, oder?« Sie hielt sich die Kette an den Hals »Darf ich sie anprobieren?«
Frau Straßberg schaute missbilligend. Reiser nickte unsicher. Friederike ging zum Wandspiegel, drehte kokett den Oberkörper mal in diese, mal in jene Position und war hingerissen, wie gut das Schmuckstück an ihr aussah. Stolz setzte sie sich wieder an den Tisch und präsentierte es auf ihrem Busen.
»Steht mir die Kette? Ja? Einmal damit ausgehen! Wissen Sie was, ich werde sie tragen, wenn wir zusammen tanzen gehen. Also, wenn Sie einverstanden sind und überhaupt tanzen mögen.«
Reiser schluckte. Falls das eine Bedingung für das andere war, sah er schwarz für einen gemeinsamen Tanzabend.
»Doch. Ich hoffe, bald.«
Die Tante wurde streng.
»Also Friederike, jetzt ist es aber genug. Du hast das Amulett anprobiert, jetzt gib es Herrn Reiser zurück. Woher haben Sie es überhaupt?«
Reiser schluckte erneut. Was sollte er sagen? Es gehöre einem unbekannten Toten, aus dessen Magen ein Mediziner es hervorgeholt habe? Die beiden Frauen blickten ihn erwartungsvoll an. Er räusperte sich.
»Diese Geschichte möchte ich heute nicht erzählen, ein andermal. Lieber hole ich ein Fläschchen, das ich für besondere Gelegenheiten aufbewahre.«
Frau Straßberg räumte das Geschirr beiseite.
»Gerne, Herr Reiser, und nehmen Sie die Kette mit!«

Er ging in sein Zimmer, ließ den Mantel auf den Stuhl fallen und legte die Kette auf den kleinen Beistelltisch vor dem Fenster neben die Vase mit den Wacholderzweigen, die Frau Straßberg von einem Spaziergang vor die Tore der Stadt mitgebracht hatte. Mit der Weinflasche unter dem Arm kehrte er zu den beiden Frauen zurück.

Der Korken war gerade gezogen, als Leutnant von Künow mit den üblichen Zeremonien den Salon betrat. Die Wirtin stellte ihm eilig ein Glas hin und wollte unbedingt wissen, was aus dem armen Rekruten geworden war. Künow winkte ab. Die Sache sei noch nicht abgeschlossen. Man werde sehen. Sie schwiegen einige Augenblicke, dann platzte Friederike heraus.

»Herr von Künow, wissen Sie, wo ich gestern Abend mit Herrn Reiser war?«

»Verraten Sie es mir?«

»Bei Philidor!«

»Philidor? Das klingt ja fantastisch!«

Friederike begann begeistert zu erzählen. Sie ließ nichts aus, nicht die elegante Dame des Hauses, den düsteren Magier, den hübschen Knaben, den geschäftigen Professor aus Turin, und nicht den freundlichen Stifter der Billets und seine ungehobelten Kumpane, die ein ums andere Mal verlangt hatten, Satan solle erscheinen. Worauf ein entsetzlicher Tumult losgebrochen war, Funken stoben, Rauch aufstieg und es brenzlig zu riechen begann. Sie schilderte die dramatischen Szenen in solcher Erregung, dass Reiser sich sorgte, sie könne wieder in Ohnmacht fallen.

Atemlos beendete Friederike ihre Schilderung. Die Tante tätschelte ihrer Nichte fürsorglich die Hand. Künow, der die ganze Zeit sein leeres Glas zwischen den Fingern gedreht hatte, nickte beifällig.

»Das ist ja ein tolles Stück! Ich glaube, darauf kann ich noch einen Schluck vertragen.«
Es war, als holten seine Worte die am Tisch Versammelten in die Wirklichkeit zurück. Frau Straßberg schenkte allen nach, holte eine neue Flasche von ihrem guten Mosel und gab sie Künow zum Öffnen. Reiser ergriff das Wort.
»Ich habe heute bei Philidor investigiert.«
Die drei sahen den Sergeanten fragend an.
»Es gab keine Schäden. Nur ein kleiner Kratzer am Rahmen des Spiegels.«
Der Leutnant riss die Augen auf.
»Sie waren in seinem Kabinett?«, fragte er ungläubig.
»Ja.«
»Das ist alles, was Sie darüber berichten können?«
»Ich befürchte, ja.«
»Aber Sie haben es doch mit eigenen Augen gesehen!«
»Unter dem Siegel der Verschwiegenheit.«
»Schön, dann beschreiben Sie uns also nicht das Kabinett des Philidor, sondern klären uns auf, wie Magier ihre Zaubereien zustande bringen.«
Reiser begann, das Wichtigste sei die Gesamtillusion. Magier führten ihre Zuschauer in eine andere Welt. Dazu diene schon das ganze Brimborium, bevor es überhaupt losginge; die bombastischen Ankündigungen, welch unglaublichen Dinge einen erwarteten, die Lobreden auf die übermenschlichen Fähigkeiten des Meisters, das exotische Gewand und überspannte Gehabe des Magiers, das fast völlige Dunkel, in das er die Besucher geleite, und der Hokuspokus des Assistenten.
Der Rest wären praktische Utensilien. Schwarze Vorhänge, die die Augen des Publikums im Dunklen nicht sehen und hinter denen jemand verschwinden und wieder erscheinen

kann. Schwarze Schminke und Kleider, die einen im Dunkel unsichtbar machen. Eine verborgene Glasharmonika, deren Klänge das Ohr des Besuchers aus einem geheimen Nebenraum erreichen. Essenzen, die, unbemerkt in eine Feuerschale gestreut, betäubende Düfte verströmen, und derlei mehr, was dazu diene, die Sinne mit ungewöhnlichen Reizen zu verwirren. Den allergrößten Eindruck, ja sogar Schrecken, verbreiteten indes die Trugbilder, die eine Laterna magica erzeuge.

Künow unterbrach ihn.

»Laterna magica? Wie groß ist die?«

»Zwei Fingerspannen in der Höhe und Länge und eine in der Breite.«

»Damit kann man jemanden in Angst und Schrecken versetzen?«

Reiser sah verstohlen zu Friederike.

»Nun ja.«

»Ein Dutzend Leute? Mit einer einzigen Kerze?«

»Man sagt, es ist ein optisches Phänomen.«

»Optisches Phänomen oder nicht, da könnte ich ja mit einem Kasten, der zehnmal so groß ist und in dem hundert Kerzen stecken, ganze Kompanien in die Flucht schlagen! Die Trugbilder müssten nur recht groß und beeindruckend sein.«

Künow war von seiner Idee derart begeistert, dass er sein Glas in einem Zuge austrank. Die Wirtin sorgte für Nachschub und füllte auch die übrigen Gläser auf. Der Leutnant hing weiter seinen Gedanken nach.

»Wissen Sie, Soldaten haben bisweilen eigenartige Wahrnehmungen. Ich kenne einen Feldwebel, dem hat eine Kanonenkugel den rechten Arm abgerissen. Er sagt, er streckt ihn immer noch aus, um Leuten die Hand zu geben, und im Winter spürt er die Gicht in den Fingern.«

Reiser nickte zustimmend.
»Das geht nicht nur Soldaten so. Meinem Großvater hat die Sägemühle vier Finger abgesägt, ohne dass er es merkte. Erst als er nach dem nächsten Brett greifen wollte und die Finger auf dem Boden liegen sah, fiel er in Ohnmacht.«
Frau Straßberg meldete sich zu Wort.
»Wissen Sie eigentlich, dass Friederike als ganz kleines Mädchen einmal fast ertrunken ist?«
»Das müssen Sie unbedingt erzählen, aber warten Sie bitte einen Moment.«
Der Leutnant erhob sich, verließ das Zimmer und kam wenig später mit zwei Flaschen Wein unter dem Arm wieder.
Die Tante schilderte das beinahe tödliche Abenteuer ihrer Nichte in packenden Worten. Friederike sagte nur, sie könne sich an gar nichts von alldem erinnern. Auch Erlebnisse, die jemandem selber ganz und gar in Vergessenheit geraten sind, könnten großen Einfluss auf diesen Menschen ausüben, meinte Reiser. Dazu fiel Künow die Anekdote eines alten Feldwebels ein, die das Stichwort für eine weitere Geschichte gab, der die nächste folgte.
Es war schließlich nach Mitternacht, als Reiser in sein Zimmer stolperte, ins Bett und sofort in tiefen Schlaf fiel.

11

Am nächsten Morgen wurde er von Dröhnen und Hämmern geweckt. Als er auch noch seinen Name rufen hörte, dämmerte ihm, dass es hinter seiner Stirn pochte und an der Tür klopfte.

»Herr Reiser, wo bleiben Sie denn, es ist schon spät. Sie müssen zum Dienst.«

Er stemmte sich stöhnend aus dem Bett, verkürzte die Morgentoilette auf das Notwendigste, trank zwischendurch in hastigen Schlucken eine Tasse Kaffee, die ihm Frau Straßberg durch die einen Spalt weit geöffnete Tür reichte, riss den Mantel vom Stuhl, rief im Flur ein hastiges »Auf Wiedersehen«, stürzte die Treppe hinunter und aus dem Haus.

In der Wachstube war niemand. Er ließ sich auf den Stuhl fallen und stützte den Kopf in die Hände. Die frische Luft draußen hatte ihn munter gemacht, nun wummerte es vom schnellen Gehen hinter der Stirn. Das konnte ein langer Tag werden in der vermaledeiten Wachstube.

Siedend heiß fiel ihm ein, dass er mit Nicolai verabredet war. Als Lemke endlich um dreiviertel neun von seinem Reviergang eintrudelte, fing er ihn schon in der Tür ab, bot ihm an, den Streifendienst zu übernehmen, und verabschiedete sich, ohne einen Bericht über seine Dienstgänge des vergangenen Tages verfasst zu haben.

In der Friedrichstraße war von Nicolai noch nichts zu sehen. Reiser suchte vor dem steifen Nordwind gegenüber der Kaserne hinter einer Hausecke Schutz. Kurze Zeit später pol-

terte eine Droschke in scharfem Tempo über die Große Weidendammer Brücke. Der Kutscher hatte alle Mühe, die Pferde zum Stehen zu bringen.
Nicolai sprang auf den Gehsteig, eilte über die Straße, begrüßte Reiser überschwänglich, als seien sie alte Bekannte, und führte ihn in einen schmalen Durchgang zwischen zwei Häusern, der in einer Baumallee mündete. Er redete ununterbrochen und kündigte einen wenn auch kurzen, so doch lehrreichen Spaziergang an, der mehr über die Stadt aussage als manch umfangreicher Artikel, seine eigene Beschreibung der königlichen Residenzstadt einmal ausgenommen.
»Hier zur Rechten haben wir das Hôpital français.« Nicolai wies mit dem Finger auf einen Gebäudekomplex. »Kein protziges Bauwerk wie die Artilleriekaserne, aber Krankenhaus und Armenbäckerei, Waisenhaus und Altersheim in einem. Schlicht und einfach, dabei sauber und in ordentlichem Zustand, mehr braucht eine solche Anstalt nicht zu sein! Die Hugenotten verwalten und unterhalten es selber, ohne dass der Staat etwas damit zu tun hat.«
Im kleinen Park neben dem Hospital ergingen sich Spaziergänger. Nicht weit hinter der Hecke, die den Park begrenzte, lag die erst vor wenigen Jahren errichtete Tierarzneischule, ein vierflügeliges Gebäude, das einen quadratischen Innenhof umschloss. Reiser überhörte die Einzelheiten zu Planung, Bau und Kosten der Schule. Offensichtlich fehlte es an nichts. Es gab bequeme Stallungen und eine großzügige Schmiede. Ein flaches Uferstück der Panke war als Pferdeschwemme angelegt worden, zu der die Tiere bequemen Zugang hatten. Auf matte und kränkliche Armeegäule wartete sogar ein Warmbad. Nicht zu vergessen eine geräumige, bestens ausgestattete Operationshalle, in der jegliches Vieh, das man des-

sen für würdig erachtete, vornehmlich Zuchtpferde und -rinder, behandelt wurde.
»Nun kommen wir zum Schmuckstück der prächtigen Anlage. Kein Geringerer als Langhans hat es entworfen. Von nah und fern reisen die Leute an, um staunend zu bewundern, welche Aufmerksamkeit man in Preußen Gesundheit und Wohlergehen widmet, dem Wohlergehen von Vierbeinern wohlgemerkt. Vor uns liegt die Pilgerstätte der Veterinäre, der Kadaver-Präsentationssaal, das animalisch-anatomische Theater, auch Zootomie genannt.«
Reiser erkannte die Kuppel wieder, die er vor zwei Tagen aus der Ferne gesehen und für alles Mögliche gehalten hatte. Mit seinen hohen Rundbogenfenstern und einem Tympanon über dem Eingangstor glich das Gebäude aus der Nähe betrachtet einem Palais. Und darin wurden Tiere seziert? Nicolai riss ihn aus seinen Gedanken.
»Die Leute haben recht.«
»Womit?«
»Sie sind noch nicht lange hier?«
»Ich bin vor einem Vierteljahr von Neuruppin nach Berlin gekommen, um Polizist zu werden. Was sagen denn die Leute?«
»Dass in Preußen manches Tier besser behandelt wird als der Mensch. Und wer es nicht glauben mag, der solle nur von der Charité zur Tierarzneischule gehen oder umgekehrt.«
Nach ein paar Schritten tauchte das Armenkrankenhaus am Ende einer schnurgeraden Baumallee auf. Im Vergleich zu dem Prachtbau der Tierarzneischule wirkte der marode Bau erbärmlich.
Keiner der beiden sagte mehr ein Wort, bis sie bei der Krankenanstalt angelangt waren. Reiser bog zielstrebig vom Kiesweg auf den kleinen Trampelpfad ein, der zum Waschhaus führte.

Als hätte er ihre Ankunft erwartet, trat der Senior-Prosektor aus einer Tür des Seitenflügels.
»Friedrich Nicolai höchstpersönlich, welch angenehme Überraschung! Kommst du freiwillig zu diesem wenig einladenden Ort, oder bringt dich der Polizeisergeant hierher?«
»Eigentlich wollte ich ihn begleiten, aber er hat darauf bestanden, dass wir es umgekehrt machen.«
»Wenn du Herrn Reiser begleiten würdest, wüsste ich, weshalb ihr mich aufsucht. Aber da er dich begleitet, bin ich gespannt zu erfahren, was euch herführt.«
»Dasselbe.«
Der Arzt sah den Verleger fragend an, zuckte die Schultern, eilte voraus, stieß die Tür zum Waschhaus auf und blieb wie angewurzelt auf der Schwelle stehen. Nicolai war auf den unvermuteten Halt nicht gefasst und rempelte ihn von hinten an.
»Was ist denn?«
»Der Leichnam ist verschwunden.«
Der Doktor trat einen Schritt vor, Reiser drängte an Nicolai vorbei in den Raum. Die so akkurat auf dem Bottich ausgerichteten Bohlen lagen nun unordentlich auf ihm herum. Und auf ihnen war – nichts.
Reiser atmete tief durch. Er ging zum Bottich, schaute hinein, darunter und dahinter, dann zum nächsten, wiederholte die Prozedur.
Der Doktor stand wie angewurzelt, fuhr mit dem Finger über das raue Holz der Bohlen, als traue er seinen Augen nicht und wolle mit den Händen prüfen, ob ihn vielleicht eine optische Täuschung narre. Schließlich verkündete er das Ergebnis seiner Analyse.
»Jemand muss den Leichnam mitgenommen haben.«
Nicolai sah ihn spöttisch an.

»Ist die Lage der Charité so bedauerlich, dass nun schon mit Leichen geschachert wird? Das würde manches erklären.«
»Wo denkst du hin! Das ist unfassbar.«
Reiser hatte nichts entdecken können, was ihn irgendwie weiterbrachte. Der Antwort auf seine Frage, ob die Tür über Nacht sicher verschlossen würde, wich der Doktor mit dem Hinweis auf das Chaos wegen der Bauarbeiten aus. Es sei kein Geld da, und jetzt, wo alles abgerissen werde, gäbe niemand mehr einen Deut um Türschlösser.
Reiser warf einen Blick auf die Tür. Es war nichts Auffälliges zu entdecken. Welchen Unterschied machte es überhaupt, ob sie verschlossen war oder nicht? Jeder Ganove bekäme sie ohne Schwierigkeiten auf. Wem es an ausreichender Geschicklichkeit und einem Nachschlüssel mangelte, der hätte ein handfestes Stemmeisen und etwas Gewalt angewendet.
Tür hin, Tür her, wer käme überhaupt auf die Idee, in dieser Bruchbude von Waschhaus sei etwas zu holen, das die Mühe lohnte, einzubrechen? Und sollte irgendein Hornochse sich hierhin verirren, würde er sich doch keine Leiche aufladen, nur um nicht mit leeren Händen wieder loszuziehen. Einen Leichnam, mit dessen Sektion schon begonnen worden war! Das ergab keinen Sinn. Dass jemand den Leichnam zufällig gefunden und mitgenommen hatte, war also kaum anzunehmen. Er musste schon absichtlich gekommen sein. Wer wusste eigentlich, dass der Unbekannte hier lag?
Zwei Totengräber, die froh waren, ihn hier losgeworden zu sein.
Drei Mediziner der Charité, die froh waren, ihn hierzuhaben.
Nicolai und er selber, die froh wären, ihn hier vorzufinden.
Rosenow, der froh gewesen wäre, man hätte ihn gar nicht erst hergebracht.

Reiser wandte sich an den Doktor.
»Haben Sie, Ihr Sohn oder der Student eigentlich etwas Neues herausfinden können?«
»Seit vorgestern, was sag ich, nicht erst seit dann, ist hier die Hölle los, Mangel reichlich und Notfälle ohne Ende. Als ob sich alle Welt verabredet hätte, nur ja nicht zu verpassen, einmal in der guten, alten Charité gewesen zu sein. Den ganzen Tag nur hasten und hetzen, um die Patienten davor zu bewahren, auf Planken wie diesen zu landen. Für den Verschwundenen blieb nicht die geringste Zeit. Heute Morgen wollten wir mit der Sektion fortfahren.«
»Dann wissen wir also nicht, was zu seinem Tode führte?«
»Nicht mehr, als bei der ersten Inaugenscheinnahme herauskam. Das Ergebnis der Magenvisitation kennen Sie bereits, und wenn ich richtig informiert bin, hat man Ihnen den erstaunlichen Fund ausgehändigt.«
Es hatte keinen Sinn, Doktor Walther weiter zu befragen. Sie verabschiedeten sich. Reiser brannte darauf, von Nicolai zu erfahren, aus welchem Grund er ihn unbedingt hatte begleiten wollen. Warum hatte der Bücherfreund Interesse an einem Unbekannten, der unter einem Haselstrauch bei Koppe gefunden wurde?
Auf seine Frage verfiel der Verleger in ungewöhnlich langes Schweigen. Schließlich schlug er vor, auf gleichem Wege, wie sie gekommen waren, zurückzugehen. Unterwegs könne er seine Gedanken ordnen.
Eine Weile gingen sie nebeneinander her, ohne dass einer von beiden ein Wort sagte.
Nicolai setzte stockend an, unterbrach sich.
»Ich weiß nicht … Es klingt zu fantastisch.«
»Sie gaben Ihr Wort, es mir zu erzählen.«
»Vorher wollte ich den Leichnam sehen.«

»Eine unrealistische Bedingung nach jetzigem Kenntnisstand.«
»Also gut. Aber anschließend erzählen Sie mir, warum nicht ich Sie begleitet habe, sondern Sie mich.«
Reiser nickte und schaute Nicolai erwartungsvoll an.
»Ich habe Ihnen von einem Geisterbeschwörer in Leipzig erzählt. Er tauchte als junger Mann in der Stadt auf, ging recht bald eine vorteilhafte Ehe ein und eröffnete eine kleine Weinschänke. Wenige Jahre später übernahm er ein florierendes Kaffeehaus, eines der angesehensten der Stadt. In dessen Hinterzimmer, einem Billardsalon, begann Schrepfer, so der Name des Mannes, alsbald ein ganz besonderes Publikum um sich zu sammeln. Zu diesen Leuten habe ich nie gehört, das Kaffeehaus aber des Öfteren besucht. Seinem Besitzer bin ich wiederholt persönlich begegnet. Immer baumelte ihm ein Amulett vor der Brust.
Als Sie mir gestern die Kette zeigten, war mein erster Gedanke: Das ist Schrepfers Pentagramm. Aber wie kann es nach so langer Zeit in Berlin auftauchen? Dann erwähnten Sie die Augen des Toten. Zu Ihrem Erstaunen benannte ich deren unterschiedliche Farben richtig, und zwar nicht aus zufälligem Glück beim Raten. Ich erinnerte mich der Augen, mit denen der Kaffeehauswirt jeden seiner Gäste taxierte.«
»Sagten Sie nicht, er starb vor zwanzig Jahren?«
»Verstehen Sie nun, dass ich den Leichnam erst sehen musste, bevor ich noch irgendeinen Gedanken an die Geschichte verschwenden, geschweige über sie reden wollte?«
»Sie meinen, der unbekannte Tote könnte Schrepfer sein?«
»Vorausgesetzt, dieser größte aller Hexer hätte sich nach seinem Tode selber als Wiedergänger materialisiert.«
»Halten Sie das für möglich?«
»Selbst in meinen wildesten Fieberfantasien nicht.«

»Und in Wirklichkeit?«
»Traue ich ihm jedes Schurkenstück zu.«
»Tot aufgefunden zu werden ist doch kein Schurkenstück.«
»Das kommt darauf an.«
»Ehrlich gesagt, kann ich Ihnen nicht recht folgen.«
»Ich befürchte, jetzt wo der unbekannte Tote verschwunden ist, werden wir nie mit Gewissheit sagen können, ob es sich bei ihm um Schrepfer handelt. Ebenso wenig, ob mit seinem aktuellen Tod ein neuerlicher Frevel verbunden und wie er darin verstrickt ist. Bei Schrepfer ging nie etwas mit rechten Dingen zu.«
Reiser hatte langsam genug von den Andeutungen und Abschweifungen des Verlegers.
»Wie wäre es, wenn Sie mit der Geschichte einmal von vorn beginnen? Ich würde mir gerne selber ein Bild machen.«
Sie waren auf dem Steg über die Panke angekommen. Nicolai blieb stehen und schaute eine Weile schweigend in das trübe Wasser des kleinen Baches.
»Ich erzählte bereits, dass Schrepfer recht bald als Gastwirt erfolgreich war. Das genügte seinem Geltungsdrang jedoch nicht. Er suchte Anschluss an Freimaurerkreise, wurde in die Loge Minerva aufgenommen, kam mit deren Oberen jedoch bald in Konflikt, als er mit allen Mitteln schnellstens zu den höchsten Weihen aufsteigen wollte. Um Widersachern zu schaden, ließ er üble Nachreden über sie verbreiten und verstieß in aller Öffentlichkeit gegen das Schweigegebot der Loge. Irgendwann ließ ihm der Amtsrichter wegen Verleumdung und Geheimnisverrat hundert Stockschläge aufzählen.
Nach dieser schmerzhaften Erfahrung kehrte er der alteingesessenen Loge den Rücken und gründete seine eigene. Nun konnte er endlich das von ihm so gern zelebrierte magische

Brimborium als feierlichen Ritus ausgeben. Gleichzeitig fanden die mitternächtlichen Sitzungen im Hinterzimmer seines Kaffeehauses enormen Zulauf. Wenn an diesem Schmierenkomödianten etwas Magisches war, dann die Fähigkeit, die Sinne des Betrachters derart zu verwirren, bis dessen Verstand kapitulierte und den Aberglauben einlud, von dem Menschen Besitz zu ergreifen. Der geheimnisvolle Apparat, der es dem selbst ernannten Meister vom eigenen Stuhle ermöglichte, seinen Adepten die mysteriösesten Phantome erscheinen zu lassen, erlangte bald in der ganzen Stadt Berühmtheit, wenn auch niemand sagen konnte, was sich hinter dem »Apparat« überhaupt verbarg.

Unterdessen hatten Adelige, Militärs, Hofschranzen und wer noch im Dunstkreis der hohen Politik an den Schrauben der Macht drehte, einen geheimen Bund gegründet. Sie nannten ihn den Orden der Gold- und Rosenkreuzer. Hätten sie nur ihren spiritistischen Neigungen gefrönt, hätte niemand Aufhebens um die skurrile Bruderschaft gemacht. Aber es ging ihnen um mehr. Sie wollten die Macht im Staat an sich reißen. Dafür war ihnen jedes Mittel recht. Bischoffwerder – den Namen kennen Sie ja – gehörte zu den ehrenwerten Herren, denen für ihre Machenschaften jede Art von Obskurantismus recht war. Er erkannte als Erster, welch ungeheure Möglichkeiten Schrepfers Apparat eröffnete, um Einfluss auf den geistergläubigen Prinzen und heutigen König von Preußen auszuüben. Also schloss er sich dem hexenden Gastwirt an und wurde bald sein gelehriger Schüler.

Ich übergehe den größten Teil von Schrepfers Schurkenkarriere, um zu seinem letzten Auftritt zu kommen, einer Nummer, wie sie nur einem fabelhaften Gaukler wie ihm einfallen konnte. Eines Abends lud er vier seiner Bekannten ein, unter ihnen Bischoffwerder, zechte mit ihnen bis tief in die Nacht und versprach für den Morgen ein erstaunliches Schauspiel. Er wollte sie einen Lebenden sehen lassen, den sie für tot halten würden.

Bei Tagesanbruch führt er die Gesellschaft in ein vor der Stadt gelegenes Wäldchen und fordert sie nach kurzem Spaziergang auf, sich nicht von der Stelle zu rühren. Er selber verschwindet in einem Gebüsch. Nach einer Weile fällt ein Schuss. Als seine Begleiter dorthin eilen, wo sie ihn gehört haben, finden sie den Hexenmeister tot ausgestreckt, ein Terzerol liegt neben ihm auf dem Boden.«

Reiser runzelte die Stirn.

»Dann war er also tot.«

»So lautete der Bericht seiner Begleiter.«

»Gibt es daran etwas zu zweifeln? Wir haben vier Männer, die den Hergang übereinstimmend bezeugen und den Toten eindeutig identifizieren.«

»Die Pistole war beim Schuss aufs Gesicht gerichtet. Wer mag in solch einem Fall schon ganz genau hinsehen? Wenn wir annehmen, dass außerdem eine gute Portion Theaterblut im Spiel war, ist das mit der Eindeutigkeit so eine Sache.«

»Aber Haarfarbe, Form und Größe des Körpers, die Kleider, in denen er steckte ...«

»Jeder Hanswurst kennt den Dreh, wie er an einer Ecke des Jahrmarkts verschwinden und im selben Moment an der anderen wieder auftauchen kann.«

»Immerhin lag da ein Toter! Wie schaffte es Ihr Hexer, dass genau zum rechten Zeitpunkt sein Doppelgänger erscheint, den er auch noch kaltblütig erschießt?«

»Anders herum. Schrepfer wartete, bis er jemanden gefunden hatte, der mit entsprechender Staffage als sein Ebenbild herhalten konnte, zumindest als totes. Deshalb konnte er sein finales Schauspiel nur kurzfristig ankündigen und nicht Wochen im Voraus und für großes Publikum, wie es ihm eigentlich entsprochen hätte.«

»Das ist doch ziemlich starker Tobak.«

»Er hätte sich auch einfach vor den Augen der Männer erschießen können. Oder heimlich im Wald. Aber das hat er nicht. Stattdessen veranstaltet er ein mordsmäßiges Brimborium und lädt honorige Männer als Gäste ein, damit es glaubwürdige Zeugen gibt. Von etwas, bei dem in Wahrheit keiner von ihnen dabei war.«

»Schön, dann haben wir also eine Leiche, die bei einem Gebüsch gefunden wurde. Was passierte anschließend mit ihr? Gibt es in Sachsen etwa keinen Leichenkommissar?«

»Ehrlich gesagt, weiß ich es nicht. Aber kriegen denn die Leichenkommissare in Berlin wirklich jeden Toten zu sehen?«

Reiser wich seinem fragenden Blick aus.

»So richtig einleuchten will mir das Ganze dennoch nicht.«

»Erinnern Sie sich an die rätselhafte Ankündigung von Schrepfer: Seine Begleiter würden einen Lebenden sehen, den sie für tot hielten.«

»Sie meinen, er hat damit andeuten wollen, dass er gar nicht tot ist? Ist das nicht etwas weit hergeholt?«

Nicolai holte tief Atem, legte die Hand ans Kinn und musterte Reiser.

»Stellen Sie sich einmal Folgendes vor. Einige Leute hätten es darauf abgesehen, die Geschicke unseres Landes in ihre Hände zu nehmen. Sagen Sie jetzt nicht wieder, das sei weit hergeholt. Das ist es nicht. Im Gegenteil, solche Absichten sind weit verbreitet.

Was können diese Leute tun? Einen Krieg anzetteln, den König besiegen und das Land unterwerfen. Aber unsere Leute scharen kein Heer um sich, sondern gründen einen Geheimbund. Statt den König zu bezwingen, wollen sie ihn benutzen. Irgendwann wird der Kronprinz schon auf dem Thron sitzen. Dort wollte sein Onkel Friedrich, der Große genannt, ihn zwar nie wissen. Nur hat er selber bedauerlicherweise keinen Nachkommen gezeugt, der seinen ungeliebten Neffen vom ersten Platz auf der Erbfolgeliste verdrängen konnte. Diese Leute planen langfristig, um ans Ziel zu kommen. Dass der Kronprinz an Geister glaubt, ist kein Geheimnis. Er hat nie einen Hehl daraus gemacht und konnte es auch gar nicht verbergen. Im Heerlager von Schatzlar hörte er als junger Offizier eine Stimme ›Jesus‹ sagen, und gleichzeitig legt sich eine Hand auf seine Schulter. Unsereiner hätte nach hinten geschaut und ohne Schwierigkeiten Herzog Friedrich August von Braunschweig entdeckt, den Magus der Rosenkreuzer. Der Kronprinz hingegen nahm eine Stimme aus dem Jenseits wahr und fühlte eine unsichtbare Hand. Also waren für ihn zweifellos Geister am Werk. Bei Geistern verbietet es der gute Ton, sich nach ihnen umzudrehen. Und ihren Anordnungen folgt man blind.«

Reiser schaute Nicolai verwundert an.

»Kann man denn in einem Heerlager Geisterbeschwörungen abhalten?«

»Es geschah am helllichten Tag, vor aller Augen. Kurze Zeit nach dieser Begegnung hat der Kronprinz um Aufnahme in den Orden der Rosenkreuzer ersucht. Der Bitte wurde entsprochen. Die Oberen belohnten seine ernsthaften Bemühungen, die Regeln des Ordens zu befolgen, mit baldigen Beförderungen. Je sehnsüchtiger es ihn nach immer höheren Weihen dürstete, desto mehr nahmen die Obskurantisten ihn unter ihre Fittiche.«

Reiser hakte ein.

»Wozu brauchten sie dann noch Schrepfer?«

»Schrepfer war der beste aller Magier. Auf Personen, für die Geister real existieren, übte er einen enormen Einfluss aus. Solche Leute lassen sich vielleicht von keinem Menschen etwas sagen, aber von ätherischen Erscheinungen alles Mögliche einflüstern.«
Reiser wiegte den Kopf.
»Aber wozu Schrepfers befremdlicher Abgang, dieser bizarre Selbstmord? Er lief doch Gefahr, dass der ganze Schwindel aufflog. Einer der Zeugen brauchte nur genauer hinzusehen oder die Polizei den Fall untersuchen.«
»Das sind drei Fragen auf einmal. Was Schrepfer betrifft, so war er ein Gaukler durch und durch. Ich sehe ihn lebhaft vor mir, wie er händereibend irgendwo im Gebüsch verborgen beobachtet, wie seine bestellten Zeugen einen Toten für ihn, den Lebenden, halten.
Wie die makabre Maskerade auf die Zuschauer gewirkt haben dürfte, habe ich schon beschrieben. Kommen wir zur Polizei. Sie wissen selber, dass sie tätig wird, wenn es um ein Verbrechen geht. Wen kann sie bei einem Selbstmord zur Rechenschaft ziehen? Was soll sie untersuchen, wenn vier Zeugen den Toten identifizieren?
Bischoffwerder war einer der Augenzeugen, die den angeblichen Selbstmord mit eigenen Ohren hörten. Ich vermute, er sollte darüber wachen, dass alles wie geplant verlief. Anschließend verschwand er in Leipzig von der Bildfläche, wie übrigens zur gleichen Zeit Schrepfers berühmter Apparat. Während Bischoffwerder später in Berlin wieder auftauchte, blieb die magische Maschine unauffindbar.
Nun die eigentliche Frage, wozu die Schmierenkomödie des Selbstmords? Ganz einfach, Schrepfers Künste waren einmalig und über Leipzig hinaus bekannt. Mit seinem Tod hatte der Spuk ein Ende. Wenn also nach einiger Zeit am preu-

ßischen Hof Gespenster auftauchen würden, käme niemand auf den Gedanken, Schrepfer könne dahinterstecken. Auch kein Nachfolger, denn sein sagenhafter Apparat ist bis auf den heutigen Tag verschwunden. Es ist doch sehr merkwürdig, dass die Gespenster, seit sie Leipzig meiden, es in Berlin dafür umso toller treiben.«

Reiser schüttelte den Kopf.

»Das ist eine schöne Geschichte. Sie hat nur einen Fehler.«

»Und welchen?«

»Die Polizei bleibt nicht untätig. Auch in Leipzig nicht. Irgendjemand wird doch einen Vermissten gemeldet haben.«

»Aber wen denn?«

»Den Mann, den Schrepfer an seiner statt auf den Weg legte, nachdem er ihn umgebracht hatte.«

»Warum so blutrünstig? Er brauchte sich doch nur für kurze Zeit eine passende Leiche auszuleihen und herzurichten. Anschließend brachte er sie wieder zurück. Hauptsache, niemand bekam Wind davon.«

»Nun, beweisen können Sie von alldem nichts.«

»In der Tat. Um mit Sicherheit klären zu können, ob der große Magier in Leipzig einen Selbstmord überlebt hat, brauche ich den Leichnam.«

Reiser nickte.

»Und der Doktor braucht ihn, um klären zu können, ob er in Berlin einem Mord zum Opfer fiel.«

Mittlerweile waren sie an der Oranienburger Straße angekommen. Reiser hatte fürs Erste genug von Nicolais Hirngespinsten. Er schob wichtige Dienstbelange vor und wollte sich verabschieden. Nicolai hielt ihn zurück.

»Mein lieber Herr Sergeant, so einfach kommen Sie mir nicht davon.«

Reiser schaute ihn fragend an.

»Wir hatten eine Vereinbarung. Meinen Teil habe ich gehalten. Jetzt sind Sie an der Reihe. Weshalb haben Sie mich vorgeschickt und wollten unbedingt nur als mein Begleiter gelten?«

Reiser grinste.

»Alleine hätte ich gar nicht mit dem Doktor reden dürfen.«

»Wieso nicht?«

»Ich hatte keinen Auftrag.«

»Keinen Auftrag? Wie soll ich das verstehen?«

»Mir wurde untersagt, in dem Fall Nachforschungen anzustellen. Oder genauer gesagt, es gibt gar keinen Fall mehr – nein, streichen Sie das ›mehr‹. Es gab nie einen Fall, wie es auch nie eine unbekannte Leiche gab. Mir wurde bedeutet, die Polizei habe Wichtigeres zu tun, als Phantome zu jagen.«

»Soso, aber man scheucht Sie durch die halbe Stadt, um Genugtuung einzufordern, wenn rechtschaffene Bürger einem Philidor die Meinung sagen. Wobei sie ihm leider nichts mehr als ein paar ehrliche Worte an den Kopf geworfen haben. Streichen Sie von mir aus das ›leider‹. Wenn dagegen unter merkwürdigen Umständen ein Toter gefunden wird, der sonderbarerweise wenig später wieder spurlos verschwindet, ist jeder Schritt zu viel!? Na, dann wünsche ich Ihnen noch einen schönen Tag, Herr Sergeant.«

12

Reiser hatte im Stillen gehofft, niemanden auf dem Revier anzutreffen. Er wurde enttäuscht. Der Kommissar saß an seinem Tisch, hob den Kopf, als er eintrat, und sah ihn erwartungsvoll an. Reiser meldete knapp, er habe soeben in der Charité erfahren, dass die unbekannte männliche Leiche verschwunden sei. Rosenow brauste auf.

»Schön, dann ist er ja so plötzlich wieder weg, wie er aufgetaucht ist. Habe ich nicht gleich gesagt, wir wollen damit erst gar nicht unsere Akten aufblähen? Was hatten Sie da überhaupt zu suchen?«

»Ihr Auftrag bei Nicolai.«

»Können Sie das ein wenig präzisieren?«

»Er bat mich, ihn zu begleiten.«

»So, und da sind Sie natürlich gleich mit.«

»Weil er in Aussicht stellte, wichtige Hinweise geben zu können.«

»Und?«

»Eine schier unglaubliche Geschichte.«

»Von handfesten Beweisen gestützt, vermute ich.«

»Leider nichts Konkretes.«

Rosenow beugte den Oberkörper vor.

»Das hätte ich Ihnen vorher sagen können.«

»Weil die Leiche nicht mehr da war. Wir haben nur das Amulett.«

»Ein Amulett? Woher?«

»Ein Student, dem Magen und Niere fehlten, hat es gefunden.«

»Ein Student ohne Magen und Niere! Wollen Sie mich veräppeln?«
»Ich kann es erklären. Eigentlich wollte der Doktor heute zusammen mit seinen Studenten die Leiche untersuchen. Aber einer der Studenten fing schon gestern an.«
»Wieso?«
»Weil ihm der Magen … Jedenfalls hat er das Amulett herausgeholt.«
»Woraus?«
»Aus dem Magen.«
»Haben Sie nicht eben gesagt, dem fehlte der Magen?«
»Aus dem Magen des Toten.«
»Aus dem Magen des Toten?«
»Ja.«
»Im Magen! Wer kommt denn auf so eine Idee? Wo, sagten Sie, ist dieses Amulett jetzt?«
Reiser führte die Hand zur Tasche und ließ sie wieder sinken.
»Zu Hause.«
»Wie, zu Hause? Geht es auch genauer?«
»Gestern Abend habe ich es in meinem Zimmer auf den Tisch gelegt und heute Morgen dort liegen gelassen. Ist es denn wichtig für den Fall?«
»Fall!? Hören Sie mir überhaupt zu? Es gibt keinen Fall! Den hat es nie gegeben. Nicht einmal eine Leiche! Erst war sie unbekannt, jetzt ist sie verschwunden. Daran ändert auch ein Amulett nichts, das plötzlich auf äußerst mysteriöse Weise auftaucht.«
»Soll ich es holen?«
»Keinesfalls! Für Sie habe ich einen besseren Auftrag. Heute Nachmittag ist auf dem Galgenberg eine Hinrichtung angesetzt. Sie begleiten den Schinderkarren durch unser Revier und sorgen für Ruhe und Ordnung! Wenn nötig, greifen Sie

hart durch! Gehen Sie frühzeitig hin, nein, jetzt gleich! Die Leute sollen wissen, dass wir ein Auge auf sie haben. Anschließend schreiben Sie den Tagesbericht und bringen ihn zum Molkenmarkt. Lemke ging es nicht gut, den habe ich nach Hause geschickt.«

Rosenow stand auf, nahm seinen Paletot vom Haken und verließ die Revierstube ohne weiteren Gruß.

Reiser schüttelte den Kopf. Sonst hieß es, jede noch so unbedeutende Beobachtung müsse gemeldet werden, und auf einmal wurden äußerst merkwürdige Vorkommnisse gleich reihenweise vom Tisch gefegt. Der Kommissar regte sich mehr darüber auf, dass er die Sache in der Charité weiterverfolgt hatte, als über die Tatsache, dass die Leiche von dort verschwunden war. Worum es bei Nicolais Mitteilungen ging, hatte ihn nicht im Geringsten interessiert.

Missmutig nahm er die Uniformjacke vom Haken. Er trug sie ungern. Jeder erkannte ihn darin schon von Weitem als Polizist. Kinder und Spießbürger mochte das beeindrucken. Für Leute, die etwas ausgefressen hatten oder im Schilde führten, wirkte sie nicht wie eine Respekt einflößende Amtstracht, sondern als ein willkommenes Warnsignal. Außerdem war sie aus billigstem Tuch hergestellt, kratzte höllisch und lief schon ein, sobald sich die erste Regenwolke am Horizont zeigte. Aber in diesem Fall hieß es Farbe bekennen.

Er trat ins Freie, schloss die Tür ab und marschierte los. Langsam schritt er die Strecke ab, die der Delinquent nehmen würde. Anders als sonst bei solch einem Anlass standen nur wenige Menschen an den Straßen, die sich rechtzeitig einen Platz sicherten, von dem aus sie gute Sicht hatten. Hoffentlich blieb es so.

Als er den Haakischen Markt erreichte, war schon die Trommel des Soldaten zu hören, der dem Schinderkarren voraus ging. Reiser kam genau zur rechten Zeit, bevor die Prozession die Spandauer Brücke überquerte und sein Revier betrat.

Auch hier hielt sich die Zahl der Schaulustigen in Grenzen. Eine Horde Kinder hopste um den einachsigen Pferdewagen, krähte alberne Verse vom Schwarzen Mann und stob kreischend auseinander, wenn ein Gerichtsbüttel ihnen mit der Faust drohte.

Der Delinquent saß, in eine Kuhhaut gehüllt, mit dem Rücken zum Fuhrmann hinten auf einem Bündel Stroh und ließ die Beine herunterbaumeln. Das Herumtollen der Kinder schien ihm zu gefallen, er lachte mit ihnen und wiegte den Kopf in eigenwilligem Rhythmus.

Sein Prozess hatte für viel Aufregung gesorgt. Es ging um eine Wirtshauskeilerei, an deren Ende ein Mann tot auf dem Boden liegen geblieben war. Beim Eintreffen der Polizei schoben die Beteiligten die Schuld auf einen Mann, der still in der Ecke hockte und gar nicht wahrzunehmen schien, was um ihn herum passierte. Den Wachleuten folgte er, ohne Widerstand zu leisten oder auch nur Fragen zu stellen.

Während der Gerichtsverhandlung saß er in seiner Bank und grinste ins Publikum. Aufgefordert zu reden, zog er jedes Mal den Kopf ein und blickte verschreckt in die Runde. Ließ man ihm genügend Zeit, stammelte er einige unzusammenhängende Wörter. Einen ganzen Satz brachte er nicht zustande. Jedem, der ihn beobachtete, wurde schnell klar, dieser Mann war zu einfältig, um zu begreifen, dass es für ihn um alles ging, was er besaß – sein Leben. Unter den Zuschauern machte bald die Frage die Runde, wie dieser Blödian nicht nur eine wüste Schlägerei ohne einen blauen Fleck überstanden, sondern auch noch einen tobenden Mann umgebracht haben sollte.

Das änderte jedoch nichts am Verlauf des Prozesses. Die Zeugen waren froh, jemanden der Tat bezichtigen zu können. Der Richter freute sich über den kurzen Prozess. Der Henker dankte für einen neuen Kunden.
Als die Kinder ein dichtes Knäuel um den Karren bildeten und übermütig begannen, den Gefesselten an den Hosenbeinen zu ziehen, schnappte Reiser einen besonders vorwitzigen Bengel, zog ihm ein Ohr lang, dass er kreischte, und drohte den anderen, mit ihnen das Gleiche zu machen, wenn sie jetzt nicht verschwänden. Erst meckerten und maulten sie lauthals, stoben jedoch auseinander, sowie er einen unerwarteten Schritt in ihre Richtung machte und nach einem von ihnen griff. Schließlich war ihnen der Spaß an ihrem Opfer verdorben, und sie schwärmten davon auf der Suche nach einem neuen Schabernack.
Bis dahin hatten der Delinquent und seine Eskorte allenfalls flüchtige Aufmerksamkeit erregt. Lediglich vor Koppes Armenhaus standen einige Neugierige, die das kostenlose Spektakel verfolgten. Aber kaum bogen sie in die Kleine Hamburger Straße ein, traute Reiser seinen Augen nicht.
Das ganze Quartier schien Aufstellung genommen zu haben, um ein dichtes Spalier zu bilden. Über den auf der Straße Stehenden lehnten die Anwohner aus den Fenstern der Häuser. Bei alldem herrschte gespenstische Stille. Jeder, an dem der arme Sünder vorbeikam, entbot ihm mit kurzem Nicken seinen Gruß. Den Gerichtsbütteln, die hinter dem Karren her stolzierten, kehrten alle demonstrativ den Rücken. Der Mann hatte hier gewohnt, und seine Nachbarn zeigten wortlos ihren Protest gegen das Unrecht, das ihm angetan wurde.
Am Hamburger Tor ließ Reiser die traurige Prozession ziehen und schaute ihr hinterher, bis sie von der Gartenstraße

zum Richtplatz abbog. Mit diesem armen Sünder versprach die Hinrichtung keines der Volksfeste zu werden, an denen die Leute zuhauf vor die Stadt zogen, Taschendiebe im Gewühl reiche Beute und Dirnen lüsterne Freier fanden, Artisten und Jongleure die Wartezeit verkürzten und die Leute darauf wetteten, ob der Delinquent, den Strick um den Hals, dem Tod aufrecht ins Gesicht schauen würde oder vor Heulen und Jammern die Stufen zum Galgen nicht schaffte.

Fröstelnd machte er sich auf den Weg zurück zum Revier. Als er beim Koppenschen Friedhof vorbeikam, musste er unwillkürlich daran denken, wie das Amulett in den Magen des Toten gelangt sein mochte. Glaubte der Mann, es wirke wie Medizin und biete Schutz gegen alle möglichen Attacken auf seine Gesundheit? Den hätte er gut brauchen können. Vielleicht hatte es auf seiner Reise in jene andere Welt als Wegezoll dienen sollen. Oder war er ein Magier und wollte den Geistern, die er so oft ins Diesseits zitiert hatte, mit Hilfe des Pentagramms auch im Jenseits gebieten?

Wie auch immer. Der Unbekannte war in den letzten zwei, drei Tagen zu Tode gekommen, so viel stand fest. Und es musste in der Stadt passiert sein. Niemand würde eine Leiche durch die strengen Kontrollen an den Stadttoren schmuggeln, um sie hier unter einen Haselstrauch zu legen. Wozu auch? Draußen vor der Stadt gab es reichlich Platz und Gelegenheit.

Folglich hatte sich der Mann in Berlin aufgehalten, und es musste Unterlagen über ihn geben: beim Einwohnerregister, im Meldebuch, bei den Torzetteln der Wachen, in den Vermisstenanzeigen oder unter den Sterbeurkunden.

Später am Tag, wenn er zu Dienstende den Tagesbericht ablieferte, würde er sich umhören, ob in den Archiven etwas zu finden war.

Die Uhr schlug viertel acht, als Reiser geknickt das Polizeidirektorium verließ. Fast drei Stunden war er von einer Stube zur nächsten gelaufen und keinen Schritt weiter gekommen. Mittlerweile leerten sich die Zimmer, und die wenigen Beamten, die Bereitschaftsdienst hatten, machten keine Anstalten, ihm zu helfen.

Seinen Bericht hatte der Dienstpostler entgegengenommen, ein älterer Mann, der bei allem, was er tat, reichlich Zeit benötigte. Der linke Ärmel seines Kittels hing schlaff hinunter und schwang jedes Mal etwas nach, wenn er den Oberkörper bewegte. Offensichtlich durfte hier ein Soldat, der in irgendeiner Schlacht seinem König einen Arm geopfert hatte, als Polizeigehilfe den Gnadensold verdienen.

Reiser fragte ihn, wer bei einer Personensuche helfen könne, und wurde auf ein Zimmer drei Türen weiter verwiesen. Dort war man ebenso wenig zuständig wie im nächsten Zimmer und dem auf dem Flur gegenüber. So ging es weiter, bis er das Parterre durch hatte.

Die übrigen Abteilungen lagen im zweiten Stock über der Dienstetage des Polizeidirektors. Dort schickte man ihn wieder von einem Zimmer zum nächsten, bis ihm schien, in jedem schon mindestens einmal gestanden und seine Frage nach dem Personenregister gestellt zu haben. Niemand hatte bisher eine hilfreiche Antwort angeboten. Er wollte schon aufgeben, als ihn jemand auf ein Gebäude verwies, das, der Hausvogtei zugewandt, im Hinterhof der ehemaligen General-Tabaks-Administration lag.

Dorthin führte ein wahres Labyrinth von Fluren und Treppen, die mal treppauf, mal treppab, mal endlos geradeaus, mal im Zickzack verliefen und immer wieder zu einem Abzweig führten, von dem Reiser meinte, eben dort vor wenigen Augenblicken losgegangen zu sein.

Als er jegliche Orientierung verloren hatte, kam er zu einer Tür, an der es nicht mehr weiter ging. Er klopfte. Ein Schlüssel wurde mehrere Male im Schloss gedreht und die Tür geöffnet. Er betrat einen muffigen Raum, der bis unter die Decke vollgestopft war mit übereinandergestapelten Aktenbündeln und grob gewirkten Säcken, in denen sicher auch nichts anderes steckte als Schriftstücke und irgendwelche Papiere. Er hatte das Archiv gefunden.
Ein kleiner, ungewöhnlich hagerer Mann mit grauer, faltiger Haut, der unter Kittel und Mütze einem Wichtelmännchen glich, musterte ihn schweigend, mit lauerndem Blick. Reiser brachte vor, er suche einen Unbekannten, der ohne Hinweise auf seine Identität tot aufgefunden wurde.
Darauf blaffte der andere, in diesem Raum seien Personen mit Namen, Aufenthaltsort, Beruf, Geburts- und gegebenenfalls Sterbetag erfasst, und zu jeder einzelnen gäbe es unterschiedlich umfangreiche weitere Angaben. Wie er gedächte, hier einen Unbekannten zu finden und was er überhaupt im geheimen Zentralregister zu suchen habe?
Reiser schluckte. Sollte er aufs Geratewohl Schrepfers Namen nennen? Wenn an Nicolais Geschichte nun gar nichts dran war? Selbst wenn etwas dran war, hätte der Magier bestimmt nicht seinen früheren Namen behalten. So wenig, wie er noch seinen Beruf als Gastwirt ausgeübt haben dürfte.
Er suchte die passenden Worte. Der Zwerg schaute ihm mit falscher Freundlichkeit ins Gesicht und fragte scheinheilig, wer ihm die Autorisation gegeben habe, hier Auskünfte einzuholen. Im gleichen Atemzug wollte er Dienstgrad, Namen und Revier wissen. Reiser ignorierte die Fragen, machte auf dem Absatz kehrt und ging zur Tür. Sein wortloser Abgang löste ein mächtiges Zetern aus, das er auf seinem Weg durch die dunklen Gänge noch lange zu hören glaubte.

In der Rosenstraße angekommen, erwartete ihn schon im Flur eine völlig aufgelöste Witwe Straßberg. Friederike war seit einer halben Stunde überfällig. Um diese Zeit allein in der Stadt! Reiser versuchte, sie zu beruhigen.
»Wohin ist Friederike denn gegangen?«
»Sie wollte diese Ida treffen. Wie oft habe ich ihr schon gesagt, die ist kein Umgang für ein Mädchen aus gutem Hause. Aber sobald sie glaubt, mir genug bei der Arbeit geholfen zu haben, gibt es nichts Eiligeres, als zu dieser Person zu springen.«
»Jetzt beruhigen Sie sich erst einmal.«
»Als ob es sonst niemanden gibt, mit dem sie sich treffen kann. Können Sie sich denn nicht ein wenig um sie kümmern?«
»Bestimmt ist es nur halb so schlimm und Friederike kommt gleich.«
»Aber so spät war es noch nie.«
»Also gut, warten Sie einen Augenblick, ich lege nur die Uniform ab.«
Reiser schob die Wirtin in ihr Zimmer, betrat sein eigenes und hängte die Jacke über die Stuhllehne. Sein Blick fiel auf den Tisch. Wo er am Morgen das Amulett vergessen hatte, lag ein gefalteter Zettel, auf dem sein Name stand. Die Knicke an den Kanten waren sorgfältig gezogen, machten jedoch den Eindruck, als sei das Blatt schon einmal entfaltet worden. Sollte etwa Frau Straßberg …? Er strich das Papier auf dem Tisch glatt und begann zu lesen.

Lieber Herr Reiser!
Ich habe Ihr Zimmer aufgeräumt und dabei das Amulett gefunden. Es freut mich sehr, dass Sie Ihr Versprechen so schnell einlösen.

Ich bin mit meiner Freundin Ida verabredet und gehe mit ihr schon vor zum Berger'schen Tanzsaal. Den kennen Sie doch? Gasthaus zur Goldenen Kugel, Letzte Straße, bei der Friedrichstraße. Dort warte ich auf Sie.
Ida wird vielleicht Augen machen, wenn sie mich mit der Halskette sieht.
Kommen Sie ganz schnell, die Tante möchte, dass ich bis acht Uhr zu Hause bin.
Friederike

Reiser ging hinüber ins Zimmer der Wirtin, wo schon das Abendessen auf dem Tisch stand. Frau Straßberg bat ihn mit einer fahrigen Handbewegung, sich zu bedienen, und ließ im gleichen Atemzug eine Litanei über die jungen Dinger von heute hören, die immer nur mal hierhin, mal dorthin unterwegs seien, und welche Mühen es ihr bereite, darüber zu wachen, dass der Nichte nichts zustoße, dass sie Angst habe, es könne etwas passiert sein, und welche Vorwürfen ihre Schwester ihr dann machen werde.
Reiser beruhigte sie, er gehe Friederike holen und sei bald mit ihr zurück.
»Ja, wissen Sie denn, wo Ida wohnt?«
Sie hatte den Brief nicht gelesen.
Statt eine Antwort zu geben, griff Reiser zum Wasserglas, trank es in einem Zuge leer, angelte zwei Scheiben Wurst vom Teller und stieß kauend hervor, er eile sich, ging zur Tür und sprang die Treppen hinab.
Der plötzliche Aufbruch überraschte Frau Straßberg.
»Warten Sie, da war noch etwas, das ich Ihnen sagen muss«, rief sie ihm hinterher.
Unten fiel die Tür ins Schloss.

13

Der Schwung, mit dem Reiser die Treppen hinuntergestürzt war, trug ihn noch an der Garnisonskirche vorbei. Er hastete durch die Straßen und verfiel jedes Mal wieder in Laufschritt, wenn es ihm vorkam, als schleiche er. Vor dem neuen Packhof lief er zwei Nachtwächtern in die Arme, die ihn anhielten und misstrauisch fragten, was er dort zu suchen habe. Beim Mehlhaus bekam er vom Staub, der in der Luft hing, einen Hustenanfall, der anhielt, bis er den Bauhof erreichte.
In der Letzten Straße war schon von Weitem ein Gebäude mit hell erleuchteten Fenstern zu erkennen. An einem verschnörkelten Wandhalter über dem Eingang baumelte eine goldene Kugel und wies den Weg zu Bergers Tanzsaal. Davor standen junge Burschen herum. Sie hofften, ihr Eintrittsgeld mit irgendeiner Gefälligkeit verdienen zu können oder jemanden zu finden, der es ihnen schenkte.
Vom Foyer schlug Reiser stickig warme Luft entgegen. Er löste ein Billet.
Im Saal herrschte Hochbetrieb. Die Tanzenden sprangen wie wild herum und merkten kaum, dass die Kapelle zu spielen aufhörte. Eine Glocke wurde geläutet. Bevor die Tanzfläche sich leerte, schwärmten die Musikanten aus, umzingelten die Paare, erinnerten an die zwei Groschen, die für die Musik fällig waren, und ließen nur durch, wer seinen Beitrag leistete.
Reisers Blick, mit dem er unter den Frauen nach Friederike suchte, wurde missverstanden. Kavaliere musterten ihn grim-

mig, reckten die Schultern und stellten sich vor ihre Bräute. Fräulein pirschten näher, zwinkerten ihm zu, präsentierten Dekolletés und flüsterten verlockende Angebote. Einer besonders Dreisten, die sich bei ihm einhängte, zischte er zu, er sei Polizist. Sofort ließ sie von ihm ab. Als habe sich die Kunde auf geheime Weise blitzartig im ganzen Saal verbreitet, würdigte ihn fortan keine der Damen auch nur noch eines einzigen Blickes.

Er umrundete die Tanzfläche, schlenderte an den Tischen vorbei und spähte in jede Nische. Friederike war nirgendwo zu sehen. Der Kapellmeister klopfte mit dem Taktstock auf seinen Notenständer. Ein Mädchen, Reiser schätzte es auf höchstens sechzehn Jahre, stakste ihm auf unsicheren Beinen entgegen und fragte um Geld für die Musik. Er schüttelte den Kopf und bezog Posten neben der Eingangstür. Von dort aus hatte er freien Blick auf die Logen der Empore.

Oben lehnten Beschwipste an der Brüstung und amüsierten sich über die Leute unter ihnen, hielten Pfeife rauchende Männer Ausschau nach der Partnerin ihrer Wahl, prosteten Paare sich ausgelassen zu. Wen das Treiben der anderen nicht kümmerte und wer sein eigenes vor neugierigen Blicken schützen wollte, zog einfach die Vorhänge seiner Loge zu.

Reiser glaubte nicht, dass Friederike eines der Séparées aufgesucht haben würde, stieg aber die Treppen zur oberen Etage hinauf. Er wollte den Marqeur fragen, der die Kunden bediente, ob ihm eine junge Frau mit dunkelbraunen, gelockten Haaren aufgefallen war.

Aus einem der Séparées drang Poltern, Stöhnen und Ächzen, als sei dort ein Gerangel oder Kampf im Gange. Reiser steckte den Kopf durch den Vorhang. Ein beleibter Mann war in höchster Erregung mit einer dürren Dame beschäftigt. Die achtlos in die Ecke geworfene Uniformjacke trug die Abzei-

chen eines Offiziers der Dragoner. Die Scheide des Säbels lehnte an der Wand, die blanke Waffe lag griffbereit. Drei leere Weinflaschen kullerten unter dem Tisch. Sie waren geköpft worden.
Der Reitersmann befand sich in starker Rage. Unter der in den Knien hängenden Hose schlugen seine Stiefelabsätze im Takt aneinander, als gäbe er seiner Stute die Sporen und treibe sie an, das ersehnte Ziel zu erreichen, bevor sie unter ihm zusammenbrach. In wildem Galopp starrte er dem Reittier in die Augen, ohne zu bemerken, dass die nicht auf ihn, sondern den Eindringling gerichtet waren, der verdattert aus der Wäsche guckte.
Hastig zog Reiser den Vorhang zu. Der Marqueur stand vor ihm und drohte scherzhaft mit dem Zeigefinger. Zu Friederike konnte der Mann nichts sagen, auch nicht, als Reiser die Kette und das Amulett erwähnte. Er hätte Frau Straßberg bitten sollen, ihm zu beschreiben, was Friederike anhatte, als sie ausging.
Zurück auf seinem Posten neben der Tür, kam es ihm vor, als redeten die Leute schon über diesen komischen Vogel, der herumstromerte, allein in einer Ecke stand, nicht tanzte und Frauen abwies, die ihn ansprachen. Nach einer Weile gab er auf. Bestimmt hatte er jede einzelne der Anwesenden schon dreimal eingehend gemustert, Friederike aber nirgendwo entdeckt. Wenn er nur wüsste, wer diese Ida war.
Er winkte einem Kellner. Der deutete einen Diener an, grinste schmierig. Sobald er merkte, dass der vermeintliche Gast gar nichts bestellen wollte, setzte er eine blasierte Miene auf. Als Reiser sagte, es ginge um eine polizeiliche Ausforschung, wich sein schiefes Lächeln lauernder Aufmerksamkeit.
»Kennen Sie eine gewisse Ida?«
»Ida? Nicht, dass ich wüsste.«

»Ist Ihnen heute eine junge Frau aufgefallen? Dunkelbraunes, gelocktes Haar, nicht viel kleiner als ich?«
»Sie meinen aufgefallen? Nein, bisher war alles ruhig.«
»Bedienen Sie hier schon länger?
»Ja.«
»Seit wann?«
»Vier Jahre.«
»Heute!«
»Sechs Uhr.«
»Dann müssen Sie die beiden Frauen gesehen haben.«
»Die waren zusammen?«
»Ja, und die Lockige trug eine Halskette mit einem ungewöhnlichen Anhänger.«
»Ach die. Sehen Sie da drüben die vier Leute stehen? Die links, mit den Schuhen, ja, den roten. Bei der war noch eine andere. Die haben andauernd eine Halskette angehängt und abgehängt und rumgezeigt. Die heißt Ida? Auch gut.«
Reiser ging zu den beiden Paaren hinüber.
»Sind Sie die Freundin von Friederike?«
»Freundin? Wir kennen uns.«
»Haben Sie Friederike heute gesehen?«
»Wir waren hier verabredet.«
»Ich weiß.«
»Dann müssen Sie der Polizeisergeant sein!«
»Ja.«
»Na, da kommen Sie aber ziemlich spät. Friederike hat auf Sie gewartet.«
»Wo ist sie jetzt?«
»Woher soll ich das wissen?«
»Aber Sie waren doch mit ihr zusammen.«
»Jetzt mal halblang. Ich bin nicht ihre Gouvernante. Wir haben uns am Zeughaus getroffen und sind hierher zum Tanzen.«

Die Kapelle begann, ein neues Stück zu spielen. Idas Kavalier zog sie am Ärmel. Über die Schulter rief sie Reiser zu, ein flotter Jüngling hätte Friederike angesprochen. Er solle mal einen der Burschen fragen, die dauernd vor der Tür rumlungerten; sie glaube, ihn bei denen gesehen zu haben. Hübscher Bengel übrigens, trug ein fesches Halstuch mit roten Punkten. Ihr Partner zerrte sie auf die Tanzfläche.
Reiser trat vor die Tür. Es nieselte. Im Torbogen hatte sich ein junger Mann untergestellt. Reiser fixierte ihn.
»Watt glotzte denn so?«
»Ich suche jemanden.«
»Und wieso kiekste dann mir an?«
»Es geht um eine junge Frau mit dunklen Locken.«
»Wenn ick du wär, würd ick's mal mit 'ner Brille vasuchen.«
»Sie soll zusammen mit einem Burschen hier vorbeigekommen sein. Flotter Kerl, wurde gesagt.«
»Hätt ick sein können. War ick aber nich.«
»Halstuch mit roten Punkten.«
»Der schöne Eduard.«
Reiser kniff die Augen zusammen.
»Haben Sie die beiden gesehen?«
»Kommt drauf an.«
»Was soll das heißen?«
»Sagen wir mal so. Du hast im Saal nach deiner Braut gesucht, die schon gegangen ist. Ich stehe hier draußen und komme nicht zu meiner Braut, die da drin auf mich wartet. Du brauchst heute Abend kein Billet mehr, ich schon.«
Wenn es sein musste, kam der Bursche schnell zur Sache und redete plötzlich in ganzen Sätzen und feinstem Hochdeutsch.
»Dann mal los. Sobald ich weiß, was die beiden gemacht haben, als sie rauskamen, geht's rein zur Braut. Sonst heißt es warten.«

»Einverstanden.«
»Ich höre.«
»Also, ich stand hier mit Ede und noch ein paar Jungs, die auch kein Geld hatten, um reinzugehen. Auf einmal hält eine Kutsche auf der anderen Seite. Wir haben sie gar nicht kommen hören. Der Heinrich fragt noch, wo kommt die denn her? Alle gucken rüber. Der Kutscher macht ein Zeichen mit dem Kopf. Ich denke, was will der denn, da stößt mich Ede, der alte Schweinehund, zur Seite und läuft wie ein geölter Blitz über die Straße. Bleibt neben der Kutsche stehen, redet mit jemandem, der drin sitzt und nicht zu sehen ist. Kommt zurück, hat plötzlich Geld, kauft ein Billet und verschwindet im Getümmel, ohne ein Wort zu sagen.«
»War es eine Droschke?«
»Nee, klein, niedrig, schwarzer Kasten mit Vorhängen an den Fenstern, Zweispänner, bestimmt enorm schnell. Ich bin rüber, will mir das Ding ansehen. Kaum komme ich näher, fängt der Kutscher an zu zetern und schlägt mit der Peitsche nach mir.«
»Schön, und wie ging es weiter?«
»Nach 'ner Weile kam Ede mit 'nem Fräulein raus. Wie Sie sagen, dunkles, lockiges Haar, prima Figur, zog gerade ihren Mantel an. Am Hals baumelt 'ne Kette mit 'nem ziemlich auffälligen Anhänger. Sah schwer nach Gold aus.«
»Die beiden kamen also raus, und dann?«, drängte Reiser ungeduldig.
Über das Gesicht des Burschen huschte ein Lächeln.
»Ede scharwenzelte die ganze Zeit um sie rum, säuselte ihr in die Ohren, zog sie am Arm, legte ihr die Hand auf die Schulter. Sah so aus, als wollte er sie überreden, mit ihm zu gehen. Erst blieb sie bockig und schüttelte den Kopf. Irgendwie hat er sie dann doch rumgekriegt, und sie ist mit ihm zu diesem

Kutschwagen. Plötzlich geht die Tür auf, sie verschwindet in der Kutsche, Tür zu und ab die Post. Mehr war nicht zu sehen. Sie stand mit dem Rücken zu uns und Ede hinter ihr. Der Kutscher klatscht den Gäulen die Zügel auf den Rücken, Ede läuft noch nebenher und sammelt ein paar Münzen auf. Dann ist die Kutsche in die eine und Ede in die andere Richtung verschwunden. Wenigstens sein Billet hätte er mir lassen können.«

Reiser musterte sein Gegenüber. Der Bursche sah eigentlich nicht danach aus, dass er gelogen hatte, und schon gar nicht wie einer, dem aus dem Stehgreif solche Räuberpistolen einfielen.

»Wohin könnte Ede gegangen sein?«

»Jetzt, wo er Geld hat? Da markiert er bestimmt vor den Weibern den dicken Wilhelm oder versäuft es mit irgendwelchen Strolchen.«

»Wo?«

»Er ging in die Charlottenstraße. Ist wohl er zur *Traube*.«

»Wie bitte?«

»*Zur Goldenen Traube*. Du bist wohl noch nicht lange in Berlin?«

»Und wo ist die?«

»Auf der Schinkenbrücke.«

Reiser wedelte mit dem Billet.

»Wie finde ich diesen Ede?«

»Haste nich selber jesacht, er is een flottes Kerlchen?«

»Ich meine gehört zu haben, von der Sorte gibt's noch mehr.«

Der Bursche warf Reiser einen giftigen Blick zu, ging aber nicht weiter auf den Seitenhieb ein und schlug wieder den gehobenen Ton an.

»So um die zwanzig, einen guten Kopf größer als du und breiter in den Schultern. Was die Frauen an ihm finden, weiß

ich nicht. Große Klappe und ziemlich eckiges Kinn. Außerdem sitzt die Nase schief. Hat mal eins draufgekriegt. Wenn du ihn siehst, erkennst du ihn sofort.«
»Haben wir auch nichts vergessen?«
»Und zwar?«
»Das Halstuch!«
Der Bursche streckte die Hand aus, nahm das Billet und verschwand im Saal.
Reiser schüttelte ratlos den Kopf. Wieso war Friederike diesem Kerl gefolgt? Warum in die Kutsche gestiegen? Wer saß darin? Was wollte man von ihr? Wohin war die Kutsche mit ihr gefahren? Wo mochte sie jetzt sein? Was wusste dieser Ede?
Für einen Augenblick überlegte er, wen er zu Hilfe holen konnte. Die Polizei war nachts nicht zuständig. Die Nachtwächter gingen immer gerade dort ihre Runden, wo man sie nicht suchte. Die Schildwache saß treu und brav in ihren Häuschen, die sie nur verließ, wenn die Nachtwächter sie riefen.
Er musste Ede selber finden.

Das Licht der *Goldenen Traube* fiel durch hohe Fenster auf die Jerusalemer Straße und bis zum Hausvogteiplatz. Das namengebende Symbol hing an einem Galgen vor der Hauswand. Bevor es in den Tanzsaal ging, durchquerte man ein Foyer. Das Orchester saß dem Eingang gegenüber. Selbst der Eintrittspreis in der *Traube* war exakt der gleiche wie in der *Kugel*. Die beiden Etablissements glichen sich aufs Haar.
Scharen von Fräulein rückten dem einsamen Neuankömmling auf den Leib und mieden ihn wie einen Aussätzigen, sobald das Zauberwort gefallen war. Bei dem Trubel, der im Tanzsaal herrschte, suchte Reiser gar nicht erst lange nach

einem Kerl, auf den die Beschreibung passte. Er fragte einen Ober, ob er Ede kenne. Der gab zurück, er kenne keinen, der ihn nicht kenne. Reiser verdrehte die Augen und wollte wissen, wo er sei. Der dienstbare Geist schwieg und begann, mit ausgestrecktem Finger Münzen auf seinem Tablett hin und her zu schieben. Reiser sah über den plumpen Wink hinweg. Als der andere gehen wollte, hielt er ihn zurück.
»Die Polizei ist hinter ihm her.«
»Er war nur kurz hier, hat sich nach einer Braut umgesehen, ist dann aber mit zwei Kerlen losgezogen.«
»Zwei Kerle?«
»Seine Saufkumpane.«
»Wo finde ich ihn?«
»Die treiben sich immer irgendwo beim Paradeplatz rum. Da gibt's für jeden was, Brot, Zucker, Prügel und Spaß, bittere Medizin und scharfen Weinbrand, weiblichen Trost und kirchlichen Beistand.«
Reiser klopfte dem kellnernden Poeten anerkennend auf die Schulter. Ein nettes Verslein hatte er sich ausgedacht zu dem, was in dem Viertel alles zusammenkam: Schuppen, Marktstände, Hökerläden, Schweinestall, Rinderkral, Kaserne, Schützenplatz, Lazarett, Kirche, Friedhof, Arbeitshaus, Gasthöfe, Tabagien, Spelunken, enge Gassen, dunkle Hinterhöfe. Wie lange würde es dauern, bis er Ede dort ausfindig machte?
Auf seinem Weg quer durch die Stadt begegnete Reiser an jeder Ecke Frauen mit roten Schleifen an der linken Schulter – Registrierte. Schon von Weitem nahmen sie ihn ins Visier, steuerten wie zufällig auf ihn zu und verstellten ihm den Weg, sobald er eine unsichtbare Grenze überschritt. Er schlug Haken wie ein Hase auf der Flucht vor dem Jäger.
Ihre illegalen Konkurrentinnen lauerten in düsteren Winkeln und dunklen Hauseingängen und wisperten ihre Losung:

»Juten Abend, lieber Junge, so alleene?« Den Tarif kannte jeder erwachsene Berliner, zwei Groschen preußischer Kurant, so viel wie bei Berger und Justinius das Orchester am Ende jeder Tanzrunde bei den Paaren einsammelte.
Die schnurgerade Königstraße schien nicht enden zu wollen. Er verfiel in einen flotten Trab und erreichte endlich die Königsbrücke. Vor ihm lag der Paradeplatz. Er verschnaufte einige Atemzüge lang. Auf der entfernten Seite des Platzes, standen zu beiden Seiten der Bernauer Straße zwei der bekanntesten Gasthöfe Berlins.
Den *Goldenen Hirsch* nannten die Leute wegen des über und über mit Widderköpfen verzierten Gesimes nur das Haus mit den neunundneunzig Schafsköpfen. Reiser ging in den *Stelzenkrug* gegenüber und nahm erst einmal am Tresen Aufstellung.
Im großen Saal herrschte mordsmäßiger Trubel. Als vor seiner Nase reihenweise gefüllte Teller aus der Küche zu den Tischen getragen wurden, überfiel ihn unbändiger Hunger. Der Wirt nahm wortlos seine Bestellung auf und reichte ihm mit ausdrucksloser Miene ein Glas Moll. Einen Ede kannte er nicht.
Von seinem Beobachtungsposten aus musterte Reiser jeden, der kam und ging. Zwischendurch schnitt er vom kalten Braten ab, ohne die Tür aus den Augen zu lassen. Als der Teller leer war, schob er ihn beiseite und schlenderte mit dem Glas in der Hand die Tische ab. Die meisten der Gäste waren Soldaten und Veteranen, darunter nicht wenige Invaliden, deren Krücken an Tischen lehnten oder auf dem Boden lagen. Diesen Gehhilfen, über die man jederzeit stolpern konnte, verdankte die Wirtschaft ihren Spottnamen – eigentlich hieß sie *Zur Goldenen Krone*. Im Saal glich niemand auch nur entfernt Edes Beschreibung. Reiser zahlte und ging.

Der *Hirsch* gegenüber war nur zur Hälfte besetzt. Beleibte Herren, denen man ansah, dass sie schon einige Gläser intus hatten, redeten aufgeregt mit- und durcheinander. Pommersches, schlesisches, brandenburgisches Platt verriet ihre Herkunft. Der Wirt drängte Reiser zur Tür und komplimentierte ihn hinaus: »Geschlossene Gesellschaft!« Viehhändler hatten das Lokal reserviert, und sie wollten unter sich bleiben, um ohne unerwünschte Zuhörer über ihre Geschäfte zu reden. Hier war Ede auch nicht.

Er musste Friederike finden. Sie hatte in der *Goldenen Kugel* gewartet, dass er kam und sie abholte. Wieso hatte sie den Tanzsaal dann mit Ede verlassen? Warum war sie ihm zu der Kutsche gefolgt, die so plötzlich auftauchte und wieder verschwand? Wer saß darin?

Wo fand er diesen Ede?

14

Vor den Fleischscharren auf dem Ochsenmarkt blieb Reiser unschlüssig stehen. Ede konnte überall zwischen der Prenzlauer und der Landsberger Straße sein, die in breitem Winkel vom Paradeplatz schnurgerade zur Stadt hinausführten. Durch das große Quartier zogen sich schmale, dicht bebaute Gassen. Jeder, der nicht hierher gehörte, mied sie, nicht nur wegen der schlechten Beleuchtung. Selbst die Nachtwächter schlugen, sobald es dunkel wurde, einen Bogen um die besonders verschrienen Ecken und gingen dort ihre Runden, wenn überhaupt, nur zu zweit oder dritt.

Halbwüchsige machten sich gerne einen Spaß daraus, die Straßenlampen zu löschen und auf selbst gebastelten Tröten das Hornsignal der Nachtwächter zu blasen. Anschließend beobachteten sie aus ihren Verstecken, wie die Schildwache gerannt kam, ratlos suchte, wer sie zu Hilfe gerufen hatte, und mit wüstem Fluchen wieder abzog, sobald sie merkte, dass sie einem Streich aufgesessen war.

Gehsteige gab es nicht. Reiser sah zu, im holprigen Boden nicht in eines der unzähligen Löcher zu treten. Achtlos aus den Häusern gekippter Unrat lag überall zuhauf herum, Urin und Kot von Mensch und Tier verbreiteten einen pestilenzialischen Gestank. Nach einer Weile erkannte er wenigstens die Pfützen an dem kaum wahrnehmbaren Schimmer, mit dem ihre Oberfläche das schwache Licht spiegelte.

Wer sich hier nicht auskannte, war verloren. Mit hohen Mauern umschlossen die Häuser Areale, die eigene Quartiere

bildeten. Sandige Wege und ausgetretene Pfade, die in keiner Karte verzeichnet waren, Schleichpfade, von denen nur die Anwohner wussten, verliefen zwischen soliden Häusern, zusammengezimmerten Hütten und windschiefen Buden. Sie umstanden Innenhöfe, die so groß sein mochten wie ein Kasernenhof oder klein wie eine Stube.
Aus Kellern und Hinterhöfen drangen die Geräusche der Tabagien und Spelunken, schmutzige, kleine Löcher, die Reiser mit einem kurzen Blick musterte und an denen er schon wieder vorüber war, bevor jemand den neugierigen Beobachter richtig bemerkte. Er hatte längst die Orientierung verloren, als er hörte, dass feines Stimmengewirr in der Luft hing. Keines der umliegenden Häuser sah danach aus, als säße in einem eine Gesellschaft beisammen, die sich lebhaft unterhielt. Mit ihren dunklen Fensterhöhlen lagen sie wie ausgestorben da.
Er schritt auf beiden Seiten der Straße die Fronten der Häuser ab und entdeckte hinter einer schmalen Pforte einen Laufgang, der in schwarzes Nichts führte. Reiser ging hinein. In der engen Passage roch es modrig und feucht, aber es stank nicht wie in den Straßen. Links und rechts stiegen nackte Mauern auf. Dennoch beschlich Reiser das dumpfe Gefühl, beobachtet zu werden. Der Schlauch mündete in einen großen, ringsum von Häusern gerahmten Platz. Mitten darauf stand ein längliches, einstöckiges Gebäude mit schmuckloser Fassade.
Er blieb stehen, lauschte und starrte angestrengt in die Dunkelheit. Gelächter, einzelne Rufe und Gemurmel waren nun deutlich zu hören. Schwere Vorhänge verwehrten den Blick durch die Fenster in den Saal. Durch das dichte Gewebe blitzten feine Lichtstrahlen, als würden winzige Gucklöcher geöffnet, um draußen nach dem Rechten zu sehen.

Von dem dunklen Kasten ging etwas Bedrohliches aus. Es schien, als ducke sich der Bau in ein Versteck. Jeden Moment konnte er ein riesiges Maul öffnen, das den ungebetenen Betrachter verschlingen würde. Raubtierhäuser! Jetzt fing er schon an zu fantasieren.
Reiser suchte nach irgendeinem Hinweis, der ihm verriet, wo er war. Kein Schild hing von der Wand des Hauses, kein Schriftzug war auf sie gepinselt. Aber etwas schimmerte golden. Zögernd trat er näher. Die Türstange glich einem übergroßen Schlüssel. Der geschwungene, linsenförmige Griff war in Form eines Auges gearbeitet. Die Kanten des Bartes fühlten sich an, als hätten ihn schon viele Hände berührt und glatt poliert.
Der Goldene Schlüssel! Angeblicher Treffpunkt der Ganoven und Gesetzlosen aus der ganzen Stadt! Um diesen Ort rankten sich haarsträubende Geschichten. Im Dienst sprachen Gendarmen vom *Schlüssel*, wenn überhaupt, hinter vorgehaltener Hand, damit nur ja keiner der Oberen auf die Idee käme, sie wüssten etwas, worüber es lohne, ein Protokoll oder einen Bericht anfertigen zu lassen. Offiziell gab es ihn daher gar nicht. Nach dem dritten Glas im Wirtshaus prahlten die Gendarmen, hier ein und aus zu gehen, und gaben den Gerüchten, die über eine geheime Verbrechergesellschaft kursierten, immer neue Nahrung.
Reiser hatte die Erzählungen für Hirngespinste gehalten. Es brauchte nicht allzu viel Fantasie, um die sagenumwobene Räuberhöhle jedes Mal, wenn von ihr die Rede war, mit neuen, skurrilen Ideen auszuschmücken. Nun stand er selber an diesem geheimnisumwitterten Ort. Es gab ihn tatsächlich.
Drinnen klapperte Geschirr, klirrten Gläser, Musikinstrumente wurden gestimmt. Jeden Moment würde der lustige

Teil des Abends beginnen. Er packte den Schlüssel und zog die Tür auf. Ein Windfang aus schwerem Stoff bauschte sich im Luftzug und kündigte den Besucher an, noch bevor der den Vorhang teilte und eintrat.

Es wurde schlagartig leiser. Ein Besteck fiel scheppernd zu Boden. Gäste rückten ihre Stühle zurecht, um den Neuankömmling betrachten zu können, ohne sich den Hals zu verrenken.

Bevor er überhaupt ein einziges der Gesichter richtig wahrgenommen hatte, meinte Reiser, Ede unter den vielen Anwesenden entdeckt zu haben.

Ein Schrank von einem Kerl baute sich vor ihm auf.

»Ja bitte?«

»Ich suche einen gewissen Ede.«

»Ede wie?«

»Na, Ede eben, genügt Ihnen das nicht?«

»Quatsch nich krause!«

»Wenn Sie ihn nicht kennen, kann ich mich ja mal umschauen.«

»Nicht so eilig, Freundchen, ich hab dich hier noch nie gesehen. Hast du einen Paten?«

»Hat doch jeder.«

»Du hältst dich wohl für einen ganz Witzigen, wie?«

Jemand rief durch den Saal: »Will der was von mir?«

Ein kräftiger Bursche war aufgestanden und kam nach vorne. Um den Hals trug er ein rot gepunktetes Tuch. Reiser hatte seinen Mann gefunden.

»Ede?«

»Eduard, wenn's beliebt, Ede nur für meine Freunde. Und wer bist du?«

»Gustav Reiser.«

»Muss ich nun Herr Reiser zu dir sagen?« Mittlerweile hörte der ganze Saal zu. »Worum geht's denn?«

»Um die junge Frau aus Bergers Tanzsaal.«
»Um welche? Da kenn ich viele.«
Reiser fühlte eine Welle von Wut in sich aufsteigen, musste die Luft anhalten und stieß die Worte zwischen zusammengepressten Zähnen hervor.
»Die Sie aus der *Goldenen Kugel* gelockt haben.«
»Ah, die mit der Kette und dem Amulett dran. Ganz nett, aber reichlich spröde.«
»Was haben Sie ihr gesagt?«
»Das geht dich einen feuchten Kehricht an.«
»Wohin ist sie?«
»Wen juckt's?«
»Wer war in der Kutsche?«
Zwei Burschen stellten sich breitbeinig neben Ede.
»Kann ett sein, dett hier eener mit sein dummet Jefrage die janze Jesellschaft stört?«
»Eener, der eenfach so rinplatzt in die jute Stube.«
»Ohne Beistand.«
»Ohne Anstand.«
»Ohne Einstand.«
Reiser ignorierte die Männer.
»Wo ist sie?«
»Der hört ja jar nich uff mit seine blöde Fragerei!«
»Ick hau ihm eins uffs Maul.«
Um Reiser bildete sich ein Halbkreis kräftiger Burschen.
»Watt will der eijentlich?«
»Zieh Leine, du abjebrochener Riese, eh de noch'n Kopp kürzer bist. Denn kannste mir aufrecht unterm Arsch durchloofen.«
Reiser merkte, dass er so nicht weiterkam.
»Ich bin Sergeant Reiser vom fünfzehnten Polizeirevier und will sofort …«

»Ha'ck da richtich jehört? Watt hat denn der hier zu suchen? Hier vakehrt nur ehrenwerte Jesellschaft und ansonsten jeladene Gäste!«

»Denn wolln wa den Herrn ma wieder ausladen.«

Sie nahmen Reiser in die Mitte und schoben ihn nach draußen. Mit Knuffen, Rippenstößen und Kopfnüssen bugsierten sie ihn über den Hof und durch den schmalen Gang. Zum Abschied beförderte ihn ein Fußtritt auf die Straße. Lachend und prahlend zogen die Burschen zurück in ihre Redoute.

An eine Hauswand gelehnt, blieb er stehen, schloss die Augen und atmete einige Male tief durch. Er war in Zivil, einen Polizeisergeanten Reiser kannte hier niemand. Es war nicht sein Revier. Aber er war nicht einmal sicher, ob er in Uniform etwas erreicht hätte. Um Ede dort rauszuholen, brauchte es vermutlich eine Kompanie bewaffneter Soldaten.

Durch die leeren Straßen gellten Pfiffe, kurze, lang gezogene, hohe, tiefe, als sei eine Unterhaltung im Gange, die jeder hören durfte, weil sie nur der Eingeweihte verstand. Wenn es dann still wurde, meinte Reiser, leise Schritte zu hören, als schliche jemand hinter ihm her. Aber so oft er sich umdrehte, war niemand zu sehen.

Er prallte zurück. Wie aus dem Nichts standen plötzlich zwei Gestalten vor ihm. Die beiden Kerle waren etwa so groß wie er, der eine schmächtig mit einem Mordszinken über einem breiten Mund, der andere feist mit Mondgesicht und Glatze. Grinsend versperrten sie ihm den Weg, beobachteten ihn lauernd.

Reiser musterte sie mit einem schnellen Blick. Das waren keine gewieften Haudegen, die ihre Kräfte an ihm messen wollten. Eher verschlagene Kanaillen, die mit Hinterlist und Gemeinheit ihr Glück versuchten. Wenn er eine Körperbewegung nach rechts antäuschte, mit der Linken den Schma-

len am Kragen packte und gegen den anderen stieß, würden sie ziemlich dumm aus der Wäsche gucken. Dann konnte man weitersehen.
Leises Scharren von Tritten hinter ihm ließ ihn herumfahren. Ein langer Schlacks hatte sich angeschlichen. Vor seiner Brust spannte er mit beiden Händen ein zusammengerolltes bräunliches Stück Stoff. Die beiden anderen kamen näher, nahmen ihn in die Zange. Reiser machte einen Ausfallschritt, kriegte den Schmächtigen am Ärmel zu packen. Der Vierschrötige zog unter seiner Joppe einen Ochsenziemer hervor und schlug nach ihm. Reiser wich zurück.
Im selben Moment kratzte ihm etwas Raues über das Gesicht. Stickiger Mief fauliger Kartoffeln und feuchter Erde ließ seinen Atem stocken. Der feige Hund hatte ihm von hinten einen Sack über den Kopf gezogen. Reiser krallte die Finger in den derben Stoff, versuchte, das Ding wieder loszuwerden. Er sah nichts mehr. Ein Stoß in den Magen raubte ihm die Luft. Schützend hielt er die Arme vor den Leib. Der Sack wurde nach unten gezerrt. Mit den Fäusten konnte er gegen die Halunken nichts mehr ausrichten.
Reiser nahm den Kopf vor die Brust und stürzte los wie ein gereizter Stier. Er prallte jemandem vor die Brust. Der fluchte, taumelte zurück. Reiser stieß nach, strauchelte, fing sich wieder, lief einfach weiter drauflos. Ein Schlag traf ihn über dem Ohr. Sterne funkelten vor seinen Augen. Der nächste Hieb traf ihn hart auf die Schulter. Instinktiv zog er den Kopf ein. Wenn er so stehen blieb, würden sie bald von allen Seiten auf jeden einzelnen Körperteil eindreschen. Er wich zurück, spürte im Rücken eine Hauswand, rutschte daran hinunter.
Auf dem Boden rollte er sich zusammen wie ein Igel. Die Schläge prasselten auf ihn nieder, brutal und ohne Rücksicht, wohin sie trafen. Das meiste bekamen die Rippen ab. Seine

Brust dröhnte wie ein leeres Fass, auf das der Küfer mit dem Hammer einschlägt. Der Sternenreigen vor seinen Augen verblasste. Er nahm keine einzelnen Schläge mehr wahr, sein ganzer Körper war nur noch ein einziger Schmerz. Langsam versank er in einer dunklen Leere. Ein Gedanke schoss ihm durch den Kopf: Er wusste, was die Strolche vorhatten. Sie wollten ihn nicht berauben. Sie wollten ihn auch nicht durchwalken, damit er nie wieder auf die Idee kam, sich hier blicken zu lassen. Sie wollten ihn frikassieren.
Plötzlich hörten die Prügel auf. Oder spürte er sie nur nicht mehr? Er atmete frische Luft. Wo war der Kartoffelsack? Reiser versuchte, sich auf die Arme zu stützen. Sie knickten ein wie aufgeweichte Ärmel einer nassen Uniform.
»Ist er tot?«
Eine Hand legte sich ihm schwer auf die Schulter, rüttelte an ihr. Blitze zuckten in seinem Schädel. Er wurde aufgerichtet. Übelkeit stülpte ihm den Magen um. Reiser schluckte dagegen an, versuchte, die Augen zu öffnen. Die Lider waren schwer wie Blei. Eine Hand tätschelte seine Wange. Endlich bekam er die Lider hoch. Vor ihm drehten sich unbekannte Gesichter im Kreis. Ein Augenpaar fixierte ihn. Reiser wollte etwas sagen, öffnete den Mund. Seine Zunge torkelte herum wie eine betrunkene Nacktschnecke.
»Na, Kamerad, wie geht's denn?«
Kamerad?
Jemand zog ihn am Revers hoch. Reiser erkannte die Kragenstücke eines Feldwebels.
»Da haben wir ja Glück gehabt, dass die Nachtwächter mal zur rechten Zeit am rechten Ort waren und uns alarmiert haben.«
Nachtwächter? War das die Schildwache? In Reisers Gedanken kam langsam wieder Ordnung.
Auf der Straße näherte sich das Knirschen von Rädern.

»He, ihr zwei, kommt mal her«, rief der Feldwebel hinüber. »Immer sachte.«
Reiser meinte, die Stimme schon einmal gehört zu haben.
»Was treibt ihr hier, mitten in der Nacht?«
»Mission in allerhöchstem Auftrag.«
»Was soll das heißen?«
»Na, ist doch wohl klar, vom Herrn, der über uns im Himmel thront.«
»Wohin wollt ihr?«
»Nach Hause.«
»Das hat Zeit.«
»Von wejen. So'n Tach voll Trauer und Trän' haut een janz schön um.«
»Zum Glück könnt ihr euch ja an eurem Karren festhalten.«
Reiser lehnte mit dem Rücken an der Hauswand. Die Schildwache stand im Halbkreis um ihn. Ein Kopf zwängte sich zwischen den Uniformierten durch.
»Ach du jrüne Neune, ick werd verrückt. Wenn ditt nich unser Polizeioffzier is.«
»Ihr kennt den Mann?«
Jemand schaute den Wachen über die Schultern.
»Also kennen …«
»Ja was nun, ja oder nein?«
»Er wurde uns als Polizeioffizier vorgestellt.«
»Wo?«
»In sein' Revier.«
»Gut, dann bringt ihn dahin zurück!«
»Zu Koppe? Etwa unter den Haselstrauch?«
»Fang ma bloß nich wieder mit die Jeschichte an.«
Der Feldwebel wurde ungeduldig.
»Zum Doktor!«
»Jetzt, mitten in der Nacht, zur Charité?«

»Als ob ick's jeahnt hätte. Mit dem Kerl haste nur Ärjer.«
»Aufladen und abziehen! Wache, angetreten, links um, Abmarsch!«
Die Schildwache zog ab. Die beiden Totengräber standen unschlüssig vor Reiser.
»Wir bringen ihn zum Lazarett bei der Georgenkirche. Sind nur'n paar Schritte.«
»Ditt is Militär!«
»Ja ja, da gehst du nicht hin.«
Reiser wollte etwas sagen, brachte aber nur ein Röcheln heraus.
»Hörste? Der Patient sieht ditt jenauso.«
Er gab den beiden ein Zeichen, näher zu kommen, und flüsterte mühsam ein einziges Wort: »Rosenstraße.«
»Ha'ck jetz Rosenstraße vanommn?«
»Hörte sich ganz so an. Darüber lässt sich reden. Liegt fast auf dem Weg.«
»Na, denn wolln wa ma.«
Der Kleinere stützte Reiser, half ihm, ein paar Schritte zu machen. Der Große schob den Karren hinter ihn und kippte die Ladefläche senkrecht gegen Reisers Rücken. Im selben Augenblick, als er mit einem Schwung die Deichsel herunterzog, ließ der Kleine los und gab ihm einen Schubs vor die Brust. Reiser landete auf der Pritsche, japste nach Luft und klammerte sich mit beiden Händen an die Seitenborde, die er während der ganzen holprigen Fahrt nicht mehr losließ. Jedes Mal, wenn er laut aufstöhnte, weil eines der Räder durch ein Schlagloch rumpelte, sahen sie sich nach ihm um. Ob besorgt oder schadenfroh, konnte er nicht erkennen.
Vor dem Haus in der Rosenstraße gab Reiser Zeichen, zu halten, und die Männer machten Anstalten, ihn auf die gleiche unsanfte Weise abzukippen, wie sie ihn aufgeladen hat-

ten. Er protestierte, bevor der Karren in bedenkliche Schräglage kam. Mühselig stemmte er sich hoch und rutschte vorsichtig über die Ladekante auf sicheren Boden. Für ihre Mühen bot er den beiden zehn Kreuzer an. Der Lange winkte ab.

»Ist doch selbstverständlich. Das können wir nicht annehmen.«

Sein Begleiter war anderer Meinung.

»Ick seh da keen Widerspruch.«

Reiser würdigte die noble Geste des Größeren.

Wie benommen stieg er die Treppen hinauf. Vor der Tür zum Zimmer seiner Wirtin befiel ihn ein Schwindelanfall, als er die Hand hob, um anzuklopfen. Er verlor das Gleichgewicht, bekam den Türgriff zu packen und stolperte ins Zimmer.

Frau Straßberg riss erschrocken die Augen auf. Ihre Hände ruhten mit dem Strickzeug im Schoß. Auf dem Tisch flackerte ein Licht.

»Da sind Sie ja endlich! Haben Sie Friederike gefunden?«

Als Reiser stumm den Kopf schüttelte, brach sie in Schluchzen aus.

»Wo sie nur sein kann!? Bestimmt ist etwas Schlimmes passiert! Was werde ich nur meiner Schwester sagen? Ich sollte doch auf das Mädchen aufpassen. Wie oft habe ich sie vor schlechter Gesellschaft gewarnt! Wieso tun Sie denn nichts? Jetzt sagen Sie doch auch einmal etwas!«

Reiser trat mit einem unsicheren Schritt näher, öffnete den Mund, wurde aber unterbrochen, bevor er das erste Wort heraus bekam.

»Was haben Sie da über dem Auge? Und Ihre Kleider sind ja ganz schmutzig. Wo waren Sie denn? Haben Sie auch wirklich Friederike gesucht?«

»Man hat mich überfallen.«

»Hier, in Berlin? Einen Sergeant der Polizei?«
Es klopfte an der Tür, und im selben Augenblick stieß Leutnant Künow sie auf und blieb, etwas wackelig auf den Beinen, bei der Schwelle stehen.
»Einen schönen guten Morgen wünsche ich. Habe mir erlaubt einzutreten, nachdem ich Stimmen hörte. Sehr erfreut, meine lieben Mitbewohner wach und munter vorzufinden. Darf ich nach dem Anlass des nächtlichen Beisammenseins fragen?«
Witwe Straßberg hielt ein Taschentuch vor den Mund und brachte keinen Ton hervor. Reiser blickte Künow streng an, um ihn zum Schweigen zu bringen. Ohne Erfolg.
»Herr Reiser, wie sehen Sie denn aus? Und dieser Geruch … Man könnte meinen, Sie kämen aus einem Kartoffelkeller.«
Reiser schwieg. Frau Straßberg jammerte: »Friederike ist verschwunden.«
»Was heißt verschwunden. Sie wird ausgegangen sein und hat darüber das Heimkommen vergessen.«
Künow legte der Wirtin eine Hand auf den Arm und versuchte, sie zu beruhigen.
»Werte Frau Straßberg, machen Sie doch kein solches Gesicht. Dem Fräulein wird schon nichts Schlimmes passiert sein. Schließlich haben wir ja die Polizei! Nicht wahr, Herr Reiser?«
Der schüttelte den Kopf, ihm wollte keine passende Antwort einfallen. Alle Knochen taten ihm weh, der Kopf drohte zu zerspringen, sein Magen schlug immer wieder Purzelbaum. Er sehnte sich danach, im Bett zu liegen. Allein, in seiner Kammer; nichts hören, nichts sehen und nichts sagen.
Künow und Frau Straßberg sahen ihn erwartungsvoll an. Was sollte er nur erzählen? Dass Friederike in einer Kutsche verschwunden war? Dass er die ganze Nacht einen Burschen

gesucht hatte, der vielleicht etwas darüber wusste? Dass er nicht das Geringste herausbekommen hatte? Dass Friederike spurlos verschwunden blieb?

»Nun sagen Sie doch schon etwas.«

Künow schlug ihm aufmunternd auf die Schulter. Reiser entfuhr vor Schmerz ein Schrei.

»Was ist Ihnen? Sie sind ja ganz bleich geworden. So fest war der Hieb nun wirklich nicht. Ich sollte mal nach Ihnen sehen.«

Er schob Reiser in dessen Zimmer, forderte ihn auf, Hemd und Hose auszuziehen, und machte in der Zwischenzeit Licht. Künow taxierte ihn von allen Seiten, musterte vor allem den Rücken. Schließlich bat er Reiser, die Arme über den Kopf zu heben. Ächzend versuchte er es, bekam sie aber nur bis auf Schulterhöhe. Künow drückte ihm mit dem Daumen auf den Rippen herum. Jedes Mal stöhnte Reiser auf.

»Sieht ganz danach aus, als hätte man sie kräftig durchgewalkt.«

Frau Straßberg steckte besorgt den Kopf durch die Tür.

»Was ist passiert?«

»Er ist von oben bis unten grün und blau. Aber die Knochen sind heil geblieben. Ich muss ihn verarzten.«

»Ich mache einen Umschlag aus kaltem Quark. Vom Abendessen ist welcher übrig geblieben.«

Künow widersprach.

»Quark! Ist keine Arnikatinktur im Hause? Und eine Handvoll Tücher.«

Reiser protestierte. Grün und blau oder nicht, er müsse wieder los, Friederike suchen. Künow schnitt ihm das Wort ab.

»Schnickschnack, falsches Heldentum geht Hand in Hand mit Dummheit. Frau Straßberg, noch etwas, bringen Sie ein

Glas von Ihrem Aufgesetzten für die innere Behandlung. Besser zwei, ich kann auch eine Stärkung vertragen.«
Die Witwe kam mit einem Tablett zurück, auf dem eine braune Apothekerflasche und drei gefüllte Gläser standen. Die Tücher klemmten unter ihrem Arm. Reiser hatte die Arme wieder herunterbekommen und drehte sich halb zur Seite. Er fühlte sich unbehaglich, wie er so in Unterhosen vor seiner Wirtin stand. Künow nahm zwei Gläser und reichte ihm eines. Sie tranken schweigend. Frau Straßberg blieb unschlüssig stehen, bis Künow sie mit den Worten hinauskomplimentierte, er müsse jetzt den Kranken versorgen.
Als sie gegangen war, fragte er Reiser: »Sagen Sie mal, Herr Sergeant, mir scheint, Sie sind den falschen Leuten in die Quere gekommen. Wie ist das eigentlich passiert?«
Reiser antwortete kaum hörbar.
»Ich habe Friederike gesucht.«
»Dann ist sie tatsächlich verschwunden?«
Reiser nickte stumm.
Künow machte nur »hm, hm«, wies Reiser an, sich auf den Bauch zu legen, träufelte Arnika auf die Tücher und verteilte sie auf Schultern, Rücken und Armen, legte ein gefaltetes Betttuch darüber und anschließend die Bettdecke obenauf. Wärme, Ruhe und Schnaps ließen Reiser bald wegdämmern.

Als ihn energisches Rütteln an der Schulter weckte, meinte er, gerade eingeschlafen zu sein. Vor dem Bett stand ein Mann, den er noch nie gesehen hatte. Der bescheidene blaue Uniformrock wies den Militärmediziner aus. Leutnant von Künow habe ihn geschickt, um nach Polizeisergeant Reiser zu schauen.
Die rüde Art der Untersuchung bestätigte Reisers Bedenken, in medizinischen Dingen einen Feldscher zu Rate zu ziehen.

Das Ergebnis bestätigte Künows Diagnose »keine Brüche« und präzisierte »keine inneren Verletzungen«. Die Verordnung lautete: drei Tage Bettruhe.
Kaum war der Feldscher gegangen, erhob sich Reiser unter Wimmern, verrichtete seine Morgentoilette und klopfte bei Frau Straßberg. Sie überhäufte ihn mit allen möglichen Fragen, die er mit dem Hinweis abwehrte, er müsse jetzt zum Dienst und werde Friederike suchen und finden. Darauf schwieg sie, ließ ihn aber nicht ohne einen Teller Brühe und eine Butterstulle gehen. Während er aß, rutschte sie unruhig auf ihrem Stuhl hin und her. Reiser spürte, dass sie noch etwas loswerden wollte.
»Was gibt es denn?«
»Gestern waren zwei Männer hier.«
»So?«
»Ja.«
»Warum erzählen Sie mir das?«
»Sie haben nach Ihnen gefragt.«
»Wer waren die?«
»Das weiß ich nicht.«
»Haben sie denn ihre Namen nicht genannt?«
»Nein.«
»Und was wollten sie?«
»In Ihr Zimmer.«
»Liebe Frau Straßberg, ich will los und Friederike suchen. Können Sie nicht einfach am Stück erzählen, worum es geht?«
Die Witwe begann zu berichten. Sie hatte gerade Wasser für einen Kamillentee aufgesetzt, da klopfte es. Zwei stattliche, große Männer standen vor der Tür und fragten nach Sergeant Reiser. Ehe sie etwas sagen konnte, waren sie schon im Flur. Einer redete mit derart tiefer Stimme auf sie ein, dass es ihr

kalt den Rücken hinunterlief. Es handle sich um ihren Logiergast, Herrn Reiser, Polizeisergeant in der Spandauer Vorstadt. Der Sergeant habe heute Morgen, bevor er zum Dienst ging, etwas Wichtiges vergessen. Das werde dringend benötigt. Sie seien gekommen, um es holen.
Reiser sah Frau Straßberg fragend an.
»Und da haben Sie ihn einfach ins Zimmer gelassen?«
»Nein, erst habe ich gezögert. Aber möglich war's ja schon, dass der Herr Sergeant etwas vergessen hatte, nachdem es am Abend doch so spät geworden war und morgens alles so schnell gehen musste. Außerdem wusste der Mann so viel von Ihnen und behauptete, Sie würden in ziemliche Schwierigkeiten geraten, wenn Sie für Ihre Nachlässigkeit einstehen müssten.«
Die Wirtin sah ihn unsicher an. Reiser schob seinen Teller beiseite.
»Und wie ging es weiter?«
»Er ist in Ihr Zimmer gegangen. Ich wollte ihm hinterher. Aber der andere hat sich vor die Tür gestellt und gesagt, ich darf da jetzt nicht rein. Nicht gesagt, gekrächzt hat er, wie eine Krähe, und mich dabei von oben angesehen, als wollte er mir ein Auge aushacken. Ich hörte, wie der in Ihrem Zimmer ein paar Schritte machte, einen Moment stehen blieb, dann kam er auch schon wieder raus. Ich dachte noch, das ging ja schnell. Der wusste wohl, wo er suchen muss.«
»Hat er gesagt, was es war?«
»Nein. Die haben mich einfach stehen lassen und sind ohne einen Gruß zur Tür hinaus.«
»Wann war das?«
»Am Nachmittag.«
»Bevor oder nachdem Friederike gegangen war?«
»Meinen Sie, die haben etwas damit zu tun?«

»Frau Straßberg, war sie noch da oder nicht?«
»Ich bin gleich nach dem Mittagessen zu Frau Lips gegangen. Ich wollte hören, ob sie etwas Neues weiß, wie es unserem König geht. Als ich zurückkam, war Friederike schon fort. Sie war doch mit dieser Ida verabredet. Kurz danach standen die beiden Männer vor der Tür.«
»Wieso haben Sie mir das nicht schon gestern Abend erzählt?«
»Ich wollte ja und habe Ihnen sogar noch hinterhergerufen. Aber Sie waren so schnell die Treppe runter und haben nichts mehr gehört.«

Reiser nahm Stufe für Stufe, stützte sich mit einer Hand an der Wand, mit der anderen am Geländer ab. Bei jedem Tritt hatte er das Gefühl, sämtliche Muskeln spannten sich bis zum Bersten. Jede falsche Bewegung schickte einen stechenden Schmerz durch den Körper. Unten angekommen, drehte er den Kopf sachte erst zur einen, dann zur anderen Seite, rollte mit den Schultern und reckte sich, so gut es ging.
Er trat auf die Straße. Schritt für Schritt ließen die Schmerzen nach. Oder er gewöhnte sich an sie. Als er die Linienstraße überquerte und auf das Revier zusteuerte, spürte er das Ziehen und Spannen fast schon nicht mehr.
Zwei Besucher tauchten plötzlich in seiner Wohnung auf. Wussten über ihn Bescheid. Sogar, dass er etwas liegen gelassen hatte. Als der Kerl in seinem Zimmer herumschnüffelte, war Friederike schon gegangen. Das Amulett hatte sie mitgenommen, dafür ihr Briefchen hinterlassen. Hatte der Kerl es gefunden? Es lag auf dem Tisch. Hatte er es gelesen?
Wer waren die beiden? Bei der Polizei hatte er das seltsame Paar nie gesehen. Aber er hatte ja auch noch längst nicht je-

den Polizisten kennengelernt. Vielleicht sollte er den Kommissar fragen?

Reiser betrat die Dienststube und wünschte einen guten Morgen. Lemke gab den Beschäftigten, blickte jedoch aus den Augenwinkeln zu seinem Vorgesetzten. Rosenow saß an seinem Tisch, hatte die Hände über dem Bauch gefaltet und den Blick auf die Tür gerichtet, als erwarte er ihn, sagte aber nichts. Reiser ging zum Pult und kramte darin nach einem Bogen Kanzleipapier. Rosenow ließ ein Räuspern hören.

»Sergeant Reiser, wenn Sie die Güte hätten, mir mitzuteilen, was Ihre Aufmerksamkeit dermaßen beansprucht, dass Sie hereinspazieren, ohne ein einziges Wort über den gestrigen Tag zu verlieren.«

»Ich möchte einen Bericht schreiben. Gegen Abend ist eine junge Frau spurlos verschwunden.«

»Um wen geht es denn?«

»Die Nichte meiner Wirtin.«

»Und wo soll die Nichte Ihrer Wirtin verschwunden sein?«

»Sie wurde zuletzt beim Bergerschen Tanzsaal gesehen.«

»Der sich nach allgemein bekanntem Wissensstand außerhalb unseres Quartiers befindet.«

»Aber sie hat dort auf mich gewartet.«

»Offensichtlich vergeblich.«

»Ihre Nachricht erreichte mich erst, nachdem ich vom Dienst zurück war. Dadurch kam ich zu spät.«

»Das wirft natürlich ein gänzlich neues Licht auf den Vorgang.«

»So habe ich das nicht gemeint. Es gibt Grund zur Annahme, dass man sie gegen ihren Willen an einen unbekannten Ort brachte.«

»Einfach weggegangen kann sie nicht sein?«

»Jemand hat beobachtet, wie ein zwielichtiges Individuum sie in eine Kutsche lockte.«
»Mein lieber Sergeant Reiser, fällt Ihnen eigentlich nicht selber auf, dass Sie eine höchst profane Geschichte zu einem Vorgang aufbauschen, der angeblich das Eingreifen der Staatsgewalt erfordert? Private Dinge haben in unseren dienstlichen Mitteilungen nichts verloren. Was Sie nachts unternehmen, bleibt Ihnen überlassen, vorausgesetzt, Sie tun nichts, was Ihre Kompetenzen überschreitet und dem Ansehen der königlichen Polizei schadet.«
Reiser wollte etwas entgegnen, doch Rosenow schnitt ihm mit einer brüsken Handbewegung das Wort ab.
»Die Suche nach dem Fräulein betreffend, kennen Sie den Dienstweg. Schicken Sie Ihre Wirtin ins zuständige Revier. Dort mag sie eine Anzeige aufgeben. Sicher kennt sie ihre Nichte gut und kann eine sachdienliche Beschreibung abgeben.
Wenn ich mir in dem Zusammenhang noch eine Bemerkung erlauben darf: Offensichtlich sind Vermisste Ihr Steckenpferd. Mir scheint, ein wenig mehr Sorgfalt könnte nicht schaden. Erst kommt Ihnen ein Toter abhanden, dann eine Lebende.«
»Den Toten hat es doch gar nicht gegeben!«, platzte Reiser heraus.
Rosenow warf ihm einen ärgerlichen Blick zu.
»Jetzt werden Sie bloß nicht unverschämt! Ich habe hier übrigens noch eine Mitteilung aus dem Polizeidirektorium. Gestern am späten Nachmittag ist ein junger Polizist im Archiv vorstellig geworden, um Nachforschungen einen unbekannten Toten betreffend anzustellen. Dieser Mensch glaubte tatsächlich, er könne mir nichts, dir nichts in das geheimste aller Archive marschieren und werde aus dessen umfassen-

den Beständen im Handumdrehen mit Angaben nach seinem Geschmack bedient. Nun frage ich mich, ob dieser Polizist identisch ist mit einem gewissen Sergeanten aus dem Polizeirevier an der Linienstraße, zu dessen Leiter ich bestellt wurde. Des Weiteren, ob nämlicher junger Polizist die ihm von allerhöchster Stelle gnädig gewährten Befugnisse mutwillig überschritten und zum wiederholten Male eindeutige Anweisungen seines direkten Vorgesetzten missachtet hat.«

Reiser wollte zu einer Antwort ansetzen, aber Rosenow hatte sich in Rage geredet und ließ ihn nicht zu Wort kommen.

»Sie haben bei Ihren eigensinnigen Nachforschungen vom ersten Moment an alles falsch gemacht, was falsch zu machen war. Ich gebe Ihnen einen Rat, der gleichzeitig mein letzter gut gemeinter ist. Befolgen Sie in Zukunft dienstliche Anweisungen, sonst wird es schlecht für Sie ausgehen.«

Während der Tirade des Kommissars hatte Reiser die Augen auf den Bogen Papier gerichtet und ihn mit ausgestrecktem Finger so lange auf dem Pult zurechtgerückt, bis er exakt mittig auf der Schreibfläche lag. Nun steckte er die Hand in die Jackentasche und ballte sie zur Faust. Er würde nicht lockerlassen. Eine Vermisstenanzeige beim zuständigen Revier! Was kam mehr dabei heraus als bestenfalls ein Signalement, das in irgendeiner Schublade verschwand? Wenn es sonst keiner tat, musste er Friederike selber suchen. Davon konnte ihn niemand abbringen.

»Hat es Ihnen die Sprache verschlagen, oder lassen Sie sich durch den Kopf gehen, was ich gesagt habe?«, polterte der Kommissar. »Das kann ich Ihnen nur empfehlen. Wie lautet also Ihr Programm für den heutigen Tag?«

»Im Vollzug der Kontrollen in der Ziegelstraße bin ich bei einigen Destillen auf Unregelmäßigkeiten gestoßen, denen es lohnt nachzugehen.«

»Und die Nichte Ihrer Wirtin?«
»Dienstweg.«
»Was gibt es eigentlich vom Gefangenentransport zu berichten?«
»Verlief ruhig und ohne jegliche Störung.«
»Das bekomme ich noch schriftlich.«
»Kann das Lemke vielleicht mit erledigen? Dann könnte ich gleich los.«
Der Kommissar gab Lemke ein Zeichen.
»Und Sie lenken hoffentlich Ihren Diensteifer in die richtigen Bahnen.«
Reiser ging auf die Ermahnung nicht weiter ein und verabschiedete sich. Sein Entschluss stand fest. Den Kontrollgang durch die Ziegelstraße würde er zu einem kleinen Schlenker auf dem direkten Dienstweg zum Molkenmarkt abkürzen.

15

Im Dienstzimmer des Polizeidirektoriums traf er wieder auf den einarmigen Invaliden , der gerade dabei war, mit seinem Messer eine Scheibe Wurst abzuschneiden, die er anschließend mitsamt dem Schneidwerkzeug zum Mund führte. Er schaute Reiser erstaunt an.

»Ist es nicht zu früh für den Tagesbericht?«

»Ich komme wegen einer Vermisstenangelegenheit.«

»Ich weiß, ein unbekannter Toter. Oder ist es dieses Mal ein bekannter Untoter?«

Reiser zog die Stirn in Falten. Seine diskret begonnene Suche hatte als kuriose Geschichte schnell die Runde gemacht.

»Ich suche eine junge Frau.«

»Dienstlich oder privat?«

Reiser war nicht zum Spaßen zumute. Er räusperte sich und warf dem Mann einen frostigen Blick zu.

»Es handelt sich um die Nichte meiner Wirtin.«

»Nun, Fräulein wurden einige aufgegriffen, wie jede Nacht. Manche davon sind uns schon bekannt, andere neu. Wenn sich auch nicht jede der besten Gesundheit erfreute, waren sie immerhin allesamt am Leben.«

»Sind die Namen der Frauen erfasst?«

Der Wachhabende schob ihm wortlos das Protokoll der letzten Nacht zu. Friederikes Name tauchte darin nicht auf.

»Unter denen, die hier namentlich aufgeführt stehen, ist sie nicht. Was ist mit der Unbekannten aus der Köpenicker Vorstadt?«

»Die Meldung ist eben erst reingekommen. Reichlich seltsame Geschichte. Der Wärter des Leichenhauses bei der Sebastiankirche fand heute Morgen eine junge Frau, die sich entgegen den Vorschriften in der Aufbahrungskammer aufhielt. Die Person wurde zur Irrenanstalt in der Krausenstraße gebracht.«
Reiser zog die Stirn in Falten, murmelte einen kaum hörbaren Gruß und ging.
Leichenhaus? Dort ließen sich Menschen nach ihrem Tode aufbahren, die zu Lebzeiten befürchtet hatten, sie könnten scheintot begraben werden und in ihrer Gruft, tief unter der Erde, ein schreckliches Erwachen erleben. Dort lagen sie dann in ihren Leichenhemden so lange unter Beobachtung, bis sie wirklich endgültigen Abschied genommen hatten. Oder wieder aufstanden.
An diesem schaurigen Ort sollte Friederike gewesen sein? Nicht einmal in die Nähe des Kirchgartens, auf dem das Leichenhaus errichtet worden war, würde sie sich im Dunkeln trauen.
Aber dies war die einzige unbekannte junge Frau, die am Morgen, nachdem Friederike spurlos verschwunden war, gefunden wurde. Hatte er etwas zu verlieren, wenn er sich vergewisserte? Solange es keine konkrete Spur gab, musste er jedem Hinweis nachgehen.

Das Gebäude mit der Nummer 9 in der Krausenstraße hob sich mit seiner schmucklosen grauen Fassade und den nahezu blinden Fenstern deutlich von der Front seiner Nachbarhäuser ab, die sich zu beiden Seiten anschlossen. Als Reiser die Tür öffnete, schlug ihm dumpfer Mief entgegen.
Nachdem er die ersten beiden Räume leer vorfand, kam ihm auf dem Flur ein martialisch dreinblickender Mann mittleren Alters entgegen. Er trug nach Art der Metzger eine Schürze

vor dem Leib, die halb aufgerollten Ärmel eines groben Leinenhemds entblößten muskulöse Arme. Er grüßte, nannte sich dröhnend den ersten Aufseher über die Irren und ihre Wärter und fragte, womit er helfen könne.
Reiser stellte sich als Polizeisergeant vor und erklärte, er suche eine junge Frau namens Friederike Polley. Der Mann machte kehrt und gab Reiser ein Zeichen, ihm zu folgen. In einem Raum am Ende des Flurs holte er aus der Schublade eines Schreibschranks eine Kladde hervor.
»Polley, Friederike, sagen Sie? Tja, eine Person dieses Namens finde ich hier nicht. Aber das hat nicht viel zu bedeuten. Die wenigsten wissen, wie sie richtig heißen. Mit den Taufnamen kommen wir deshalb oft nicht weiter. Nur wenn die Familie die Patienten einliefert, sind die Angaben verlässlich. Wie sie auf diesen Namen reagieren, ist eine andere Frage. Deshalb bekommt bei uns jeder Neuzugang erst einmal eine Nummer zur eindeutigen Erfassung. Im Laufe der Zeit findet sich ein Rufname, den wir uns behalten können und den die Kranken verstehen.«
Der Wärter zeigte mit dem Finger auf einen kleinen Auslauf im Hof vor dem Fenster.
»Schauen Sie, dieser Mann läuft den ganzen Tag im Kreis, nickt dabei andauernd mit dem Kopf und schnalzt mit der Zunge. Nichts kann ihn davon abbringen. Nennt man ihn bei seinem richtigen Namen, Emil Roggensack, bleibt er nicht einmal stehen. An manchen Tagen sagt er ›Is' weg‹. Aber sobald jemand ›Herr Kutscher‹ ruft, antwortet er mit strahlendem Lächeln, und auf ›Brrrr‹ hält er an. Soll ich es Ihnen einmal vormachen?«
Reiser winkte ab.
»Nein, nein, schon gut. Die Frau, die ich suche, wurde heute Morgen eingeliefert. Angeblich aus dem Leichenhaus.«

»Aah, unser Wimmerchen! Im Frauensaal. Kann sein, dass Sie sie nicht gleich finden. Sie sitzt in irgendeiner Ecke und jammert vor sich hin. Bleiben Sie immer schön ruhig. Sie wird panisch, sobald man ihr näher als drei Schritte kommt.«
»Wo finde ich den Saal?«
»Bei uns herrscht strikte Trennung nach Geschlechtern. Im rechten Seitenflügel sind die Frauen, im linken die Männer untergebracht. Mitten durch den Hof läuft eine Mauer. Damit niemand auf falsche Gedanken kommt. Der Saal ist im Obergeschoss. Ich bringe Sie rüber.«
Der Aufseher holte unter seiner Schürze einen Schlüssel hervor, öffnete einen soliden Kasten und entnahm ihm einen schweren Schlüsselbund.
»Hier drinnen werden alle Türen abgeschlossen. Wenn Sie zurück wollen, lässt Sie drüben jemand raus. Gehen Sie über den Hof und klopfen ans Fenster. Ich mache Ihnen dann auf.«
Der Mann öffnete eine Tür, die auf die rechte Hälfte des Hofs führte. Im Wachzimmer hatte Reiser schrille Töne gehört und gerätselt, ob die Anstalt zur Erbauung der Insassen Pfauen hielt. Nun sah er eine Reihe vergitterter Verschläge, die ihm bis zur Schulter reichten. Der Aufseher sah, dass er zurückzuckte.
»Unsere Dollkäfige«, sagte er gleichmütig. »Nur besonders renitente und unberechenbare Insassen kommen dort hinein.«
Reiser erinnerten die Käfige an Hundezwinger. Manche der verwahrlosten Gestalten darin schnitten ihm und dem Aufseher die absonderlichsten Grimassen. Eine Frau riss sich büschelweise Haare vom Kopf und stieß dabei unmenschlich klingende Laute aus. Jetzt, da er wusste, vom wem sie stammten, überlief Reiser eine Gänsehaut.

In einem der Käfige lag dicht hinter den Gitterstäben ein Bündel Kleider. Reiser trat näher heran und schreckte im selben Moment zurück. In den Haufen Lumpen war Bewegung gekommen. Zwei Augen starrten ihn an, eine Hand krallte sich an die Gitterstäbe, die andere griff nach seinem Hosenbein, ein zahnloser Mund wurde aufgerissen und stieß ein markerschütterndes Kreischen aus.
Plötzlich war alles in Aufruhr. Fratzenhafte Gesichter pressten sich gegen die Stäbe, Hände rüttelten wütend an den Gittern, Stroh, das als Lagerstatt diente, wurde wutschnaubend nach allen Seiten geschleudert. Eine der Frauen warf den Kopf wie rasend hin und her, ihre Haare wirbelten in langen Strähnen durch den Käfig. Im Zwinger daneben sprang ihre Nachbarin herum wie ein tobsüchtiger Kobold und rammte die Stirn gegen die hölzernen Wände des Verschlags. Hemmungsloses Brüllen, Plärren, Blöken, Kreischen gellte über den Hof. Der Aufseher zog ihn am Arm fort.
Im Frauentrakt war die Luft stickig und verbraucht. Durch offen stehende Türen blickte Reiser in kleine Kammern, die mit doppelstöckigen, dicht nebeneinandergestellten, aus groben Brettern gefertigten Betten vollgestopft waren. Strohsäcke dienten als Matratzen, derbe Pferdedecken lagen achtlos übereinandergeworfen auf dem Boden. Der Aufseher bemerkte seinen fragenden Blick und erklärte unaufgefordert, viel Platz sei nicht in den Schlafkammern. Aber in keinem der Betten lägen mehr als drei Frauen.
Der Gang stieß auf eine halb verglaste Tür. Beide Flügel standen weit offen. Aus dem dahinterliegenden Saal, der Reiser angesichts der Außenmaße des Gebäudes erstaunlich groß vorkam, drang ein anhaltendes, feines Surren, dem ein vielstimmiges Knarren den Rhythmus gab. Das monotone Geräusch stammte von einem guten Schock Spinnräder, die, in

Reih und Glied ausgerichtet, den Saal füllten. Grau bekittelte Frauen saßen in sich gesunken dahinter und zwirbelten scheinbar endlose Fäden. Als die beiden Männer eintraten, stockte das stetige Treten und Drehen kaum merklich für einen kurzen Augenblick. Gesichter schauten auf, deren Ausdruck Reiser nicht deuten konnte. Ihm wurde unbehaglich.

Er sah sich um. Friederike war nirgends zu entdecken. Der Aufseher deutete mit dem Finger über die Spinnräder hinweg quer durch den Saal.

»Da drüben.«

Als er Friederike in der entferntesten Ecke fand, stockte ihm der Atem. Sie saß auf dem Boden, hielt ihre vor die Brust gezogenen Beine mit beiden Armen umklammert, starrte vor sich hin und schaukelte den Oberkörper vor und zurück.

Behutsam näherte er sich ihr. Das Herz schlug ihm bis zum Halse.

Sie bemerkte ihn nicht. Er ging in die Hocke, sprach sie mit ihrem Namen an, zunächst flüsternd, dann lauter. Sie hörte auf zu schaukeln. Ohne ihn anzusehen, neigte sie unsicher den Kopf zur Seite, als erinnere sie sich an etwas, über dessen Sinn sie nachdachte.

Als er ihr behutsam eine Hand auf die Schulter legte, zuckte sie zusammen, hob den Kopf, riss die Augen auf, wich gegen die Wand zurück und verharrte so ganz und gar verkrampft und abwehrend. In ihren Augen meinte Reiser etwas Fragendes zu entdecken. Er nannte noch einmal ihren Namen. Sie zog die Stirn in Falten.

Reiser erhob sich, ließ ratlos die Schultern sinken und seufzte.

»Sie haben das Fräulein also gefunden?«

Er hatte den Mann, der plötzlich neben ihm stand, nicht kommen hören. Einen guten Tag zu wünschen hielt er offen-

bar für ebenso entbehrlich wie die Hand zum Gruß zu reichen. Sie steckte tief in der Tasche seines weißen Kittels. Unter breiten schwarzen Brauen, die ebenso wild und struppig abstanden wie das Haupthaar, lagen stahlgraue Augen. Die sanfte, tiefe Stimme des Mannes stand in starkem Kontrast zu seinem finsteren Äußeren und dem stechenden Blick.
»Der Aufseher meldete mir, unser Neuzugang habe Besuch. In welchem Verhältnis stehen Sie zu der Frau?«
Reiser antwortete unverbindlich.
»Ich bin Polizist. Sind Sie der zuständige Doktor?«
»Ja.«
»Wie steht es um sie? Handelt es sich um einen vorübergehenden Zustand? Wann werde ich mit ihr reden können?«
»Für eine fundierte Diagnose war noch keine Zeit. Ich habe die junge Frau bisher nur ein einziges Mal kurz gesehen. Vorderhand halte ich nervenzerrüttende Anfälle von Hysterie ebenso für möglich wie tiefsitzende Wahnvorstellungen. Aber es kann auch ganz etwas anderes sein. Jedenfalls vermute ich, dass ihr übertrieben panisches Verhalten, mit dem sie vor allem und jedem zurückweicht, von einem Erlebnis ausgelöst wurde, das sie bis ins Mark erschüttert hat, wie beispielsweise außergewöhnliche Angst.«
»Das ist nicht verwunderlich. Sie wurde im Leichenhaus gefunden.«
Der Arzt nickte.
»Man sagte es mir. Das kann uns eine Richtung weisen.«
Reiser runzelte die Stirn.
»Und zwar?«
»Herauszufinden, was den Menschen in seinem tiefsten Inneren antreibt, gehört zu den schwierigsten Aufgaben der Medizin. Wenn wir wissen, weshalb jemand tut, was er tut, wissen wir, was zu tun ist.«

»Ich weiß, dass sie Angst vor Spuk und Gespenstern hat.«
»Dann ist es verrückt, an einen solchen Ort zu gehen.«
»Wenn Sie mir bitte verraten würden, worauf Sie hinaus wollen? Friederike käme niemals auf die Idee, sich dem Leichenhaus auch nur nähern zu wollen, geschweige denn, es zu betreten.«
»Sehen Sie, dennoch wurde sie dort aufgefunden. Und genau da liegt das Problem.«
»Herr Doktor, Sie sind auf der falschen Fährte. Haben Sie in Erwägung gezogen, dass sie die Kammer nicht aus freiem Willen betreten haben könnte?«
»Aber das sage ich doch. Wir müssen herausfinden, was es war, das sie dorthin getrieben hat.«
»Und wenn man sie dort mit Gewalt eingesperrt hat?«
»Aber wer sollte so etwas tun? Äußerst abseitig! Wenn Sie denjenigen, der es tat, zu fassen kriegen, bringen Sie ihn her. Ich nehme ihn unter meine Fittiche. Entweder er reagiert auf meine Kur, oder ich stecke ihn in einen der Dollkäfige.«
»Welche Methoden denken Sie im Fall der jungen Frau einzusetzen?«
»Wie gesagt, es ist noch sehr früh für definitive Therapievorschläge. Wenn sie sich weiterhin jeglicher Ansprache verweigert, werden wir ihren verstörten Geist zur Räson bringen müssen.«
»Das bedeutet?«
»Elektroschockbehandlung.«
»Gibt es keine Alternative?«
»Nun, ich könnte sie auch einer Krisensitzung nach Mesmer unterziehen. Ich gehöre zu den ersten seiner Pariser Schüler und darf behaupten, hier in Berlin auf dem Gebiet die umfangreichste Erfahrung zu besitzen.«

Reiser wusste von Elektroschocks, unter denen Patienten vor Schmerz dicke Hölzer durchbissen oder sich beim Versuch, ihre Fesseln zu zerreißen, selber die Knochen brachen. Diese Behandlung würde er auf jeden Fall verhindern. Über Mesmer hatte er gehört, dass dieser noch vor der Revolution in Paris mit seinem Arztkabinett unglaublich reich geworden war. Bei seinen Behandlungen ging es um ein Fluidum aus dem Weltall, das ein Magnetiseur einfing, per Handauflegen zu den Patienten leitete und damit eine Krise der Nerven und des Geistes auslöste, deren Ausbruch durch die Klänge einer Glasharmonika gefördert würde. Fluidum, magisches Handauflegen, Glasharmonikaklänge ... Wie würde Friederike darauf reagieren? Womöglich erinnerte sie solch eine Sitzung an die Geisterbeschwörung des Philidor, und sie würde eine Krise erleben, die sie unwiederbringlich in den Wahnsinn trieb.

Reiser hob den Kopf, sah dem Arzt entschlossen in die Augen.

»Ich muss die junge Frau im Zusammenhang mit diversen Vergehen mitnehmen.«

Der Arzt merkte auf.

»Vergehen, sagen Sie? Das hätte ich nicht gedacht. Wie auch immer, die Patientin bedarf fachkundiger Betreuung.«

»Herr Doktor, ich versichere Ihnen, was Fürsorge und Pflege anbelangt, ist sie bei uns bestens aufgehoben. Sollte fachlicher Beistand notwendig sein, werden wir nicht zögern, Sie umgehend zu konsultieren.«

Der Mediziner schaute auf Reisers Uniformjacke und sah ihm mit durchdringendem Blick prüfend in die Augen. Dann willigte er schmallippig ein.

Reiser entschuldigte sich, er müsse den Transport vorbereiten. Nachdem das umständliche Auf- und Zuschließen der

Türen ihn einige Zeit aufgehalten hatte, lief er zum Gendarmenmarkt, schickte eine der dort wartenden Droschken in die Rosenstraße 8, erster Stock. Die Witwe Straßberg solle umgehend mit der Droschke in die Krausenstraße 9 kommen; Sergeant Reiser habe ihre Nichte gefunden und wolle sie gemeinsam mit ihr nach Hause holen.
Zurück in der Anstalt, ging er als Erstes zum Wachzimmer. Er hatte noch eine Frage an den Aufseher.
»Hat die junge Frau, als sie am Morgen hergebracht wurde, ein Halsband mit einem Amulett getragen?«
Der Mann schüttelte den Kopf.
»Jeder Neuzugang wird bei der Einlieferung visitiert. Alles, womit man sich oder andere verletzen kann, wird eingezogen. Halsketten eignen sich unter Umständen zum Strangulieren. Sie sind hochgefährlich, stehen ganz oben auf der Liste. Ich war dabei, als sie kam. Wir haben ihr nichts abnehmen müssen.«
Reiser dankte für die Auskunft.
»Ich habe die Tante der jungen Frau benachrichtigt, eine Witwe Straßberg. Sie wird bald eintreffen. Ich möchte Sie bitten, sie schonend auf den Zustand ihrer Nichte vorzubereiten, bevor Sie sie zu ihr bringen. Ich gehe derweil vor, den Weg kenne ich ja schon. Wenn Sie mir bitte noch einmal aufschließen würden.«
Friederike kauerte immer noch in der hintersten Ecke des Saals. Er setzte sich zu ihr. Eine Weile sah er sie schweigend an. Sie erwiderte seinen Blick nicht, die Augen auf einen imaginären Punkt hinter der Wand gerichtet. Jemand brachte zwei Stühle. Reiser wollte ihr aufhelfen, sie wehrte es ab. Er begann, belanglose Geschichten über die Rosenstraße zu erzählen, in die er immer wieder die Tante, Leutnant Künow, sich und sie selbst einflocht. Friederike hörte ihm zu. Hin

und wieder hob sie den Kopf und lächelte versonnen. Ihre verkrampfte Haltung entspannte sich. Sie ließ sogar zu, dass er mit den Fingerspitzen ihren Arm berührte.
Der Aufseher tippte ihm auf die Schulter. Die Tante sei gekommen. Reiser erhob sich, ging zu Frau Straßberg, die mit angstvoll geweiteten Augen bei der Tür stehen geblieben war, umfasste ihre Rechte mit beiden Händen, wartete, bis sie ihn ansah, und sagte dann: »Es wird alles gut.« Ihre Augen waren rot umrändert, sie musste geweint haben.
Reiser führte die Witwe zu Friederike. Die beiden Frauen sahen sich wortlos an. Friederike stand auf, machte einen Schritt auf die Tante zu und ließ sich von ihr in den Arm nehmen.
Zu dritt gingen sie nebeneinander durch den Flur. Er schien endlos lang. Aus einem der Zimmer schaute eine kleinwüchsige Frau. Die Zunge hing ihr aus dem Mundwinkel, hervortretende Augen lagen hinter schmalen, breit gedehnten Lidern. Tapsend lief sie auf die drei zu, hängte sich an Friederike und stammelte immer wieder etwas, das sich wie »nitt, mit, bitt« anhörte.
Frau Straßberg zerrte an den Armen der Frau, aber sie wollte nicht loslassen. Friederike riss vor Schreck die Augen auf. Ihre Miene verzog sich in Erschrecken, Abscheu und Panik. Reiser wollte helfen, aber er wusste nicht, wie er die Frau von Friederike lösen sollte. Er zog an ihrem Kleid. Sie klammerte sich umso fester. Endlich kam der Aufseher zu Hilfe, packte die Irre an den Handgelenken und drückte zu, bis sie wimmernd die Hände öffnete und sich in das Zimmer zurückbringen ließ.
Die Entlassungsformalitäten waren überraschend schnell erledigt. Sie bestiegen die Droschke. Reiser setzte sich den beiden Frauen gegenüber. Frau Straßberg nahm ihren Schal ab

und warf ihn der Nichte über. Friederike zog ihn um den Hals zusammen, roch daran, schaute die Tante an und legte ihr den Kopf auf die Schulter.
Als der Kutscher die Droschke in der Rosenstraße zum Stehen brachte, stürzte Künow an ihnen vorbei aus dem Haus. Im letzten Moment erkannte er sie und kehrte um.
»Habe ich nicht gleich gesagt, dem Fräulein passiert schon nichts? Es kann doch mal vorkommen, dass es ein wenig später wird. Sollten wir heute Abend vielleicht ein Gläschen …?«
Frau Straßberg schaute konsterniert. Reiser warf ihm einen strengen Blick zu.
»Ein andermal!«
Auf der Treppe ging er voran, öffnete den beiden Frauen die Tür zum Salon und schloss sie leise hinter ihnen. In seinem Zimmer warf er die Uniformjacke über den Stuhl, schlüpfte in den Mantel, zögerte im Flur einen Moment, verwarf dann aber den Gedanken, bei Frau Straßberg anzuklopfen, und machte sich auf den Weg.

16

Zum Leichenhaus musste er quer durch die Stadt zur Alten Jacobstraße. Seit es nach dem Modell eines Instituts gleicher Bestimmung in Weimar errichtet worden war, brachten die Zeitungen fast täglich Berichte von lebendig begrabenen Menschen und überboten sich gegenseitig mit ihren Schauergeschichten: Scheintote entstiegen ihrem Sarg und fragten erstaunte Trauergäste nach dem Anlass, der sie in der Friedhofskapelle versammelte. Schreckten auf dem Weg zu ihrer letzten Ruhestätte durch das unachtsame Stolpern eines Trägers in ihrem Sarg auf und begannen zu rütteln, klopfen, trampeln, schreien. Schlimmer noch, sie lagen in ihrem hölzernen Behältnis und verfielen dem Wahnsinn, weil ihr greinendes Jammern und verzweifeltes Schluchzen von der Trauermusik und den Stimmen der Trauergesellschaft übertönt wurde. Schon ins Grab gesenkt, hörten sie die Erdklumpen auf ihr grausiges Gefängnis poltern und kratzten mit den bloßen Fingern an dessen Deckel, bis die blanken Knochen hervortraten.

Wieso fürchteten so viele Menschen, sie könnten lebendig begraben werden? Misstrauten sie den Zeichen, die den endgültigen Abschied bedeuteten? Oder nur den Ärzten, die sie feststellten?

Wann war man überhaupt tot? Reiser hatte gelesen, der große Doktor Hufeland lasse als einziges Anzeichen für den zweifelsfrei eingetretenen Tod gelten, dass der Körper in Verwesung überging. Ritter Kahlbutz lag seit fast hundert Jahren in seinem Sarg und zog reichlich Neugierige an: Der Körper war gut erhalten, die Hautfarbe nicht mehr ganz frisch, das Gesicht deutlich zu erkennen. Verwest sah der Ritter keinesfalls aus. Nur tot.

Die Sebastiankirche stand vor dem Köpenicker Feld, an dessen weit entfernter Grenze die Akzisemauer schon nicht mehr zu sehen war. Das massiv gebaute, eingeschossige Leichenhaus lag mitten auf dem Friedhof der Kirche. Seine Fenster waren vergittert. Reiser legte eine Hand auf die Klinke der Tür, zögerte. Von innen war ein kaum vernehmbares schnarrendes Geräusch zu hören. Vorsichtig drückte er die Klinke hinunter und öffnete.

In dem kleinen Raum herrschte eine Affenhitze. Ein Kanonenofen bullerte. Flammen leckten durch die Ofenringe, ihr Widerschein flackerte an der Decke des finsteren Raumes. Reiser trat ein und stieß mit dem Fuß gegen etwas, das nachgab und raschelte. Wie aus dem Nichts erhob sich plötzlich eine Gestalt vor ihm und eine aufgeregte Stimme fuhr auf.

»Was ist los? Wer sind Sie? Wo kommen Sie her?«

Die Erscheinung entpuppte sich als Wärter, der auf einem Strohsack ein Nickerchen gehalten hatte. Reiser stellte sich als Polizeisergeant vor. Der Mann war überrascht.

»Suchen Sie jemanden? Hier fehlt keiner. Bitte, überzeugen Sie sich selbst!«

Er öffnete eine Tür und führte Reiser in eine Kammer, die etwa vier Schritte in jede Richtung maß. Zwei offene Särge, in denen die Körper zweier Menschen lagen, standen darin. Der Kleidung nach zu urteilen waren es Männer.

»Wollen Sie ihre Gesichter sehen? Dann hole ich eine Kerze.«

Reiser winkte ab.

»Es geht um eine junge Frau, die heute Morgen hier gefunden wurde. Lebendig.«

»Da war ich nicht dabei. Hab nur davon gehört. Am besten, Sie reden mit dem Franz darüber, heute Abend. Um zehn kommt er zum Dienst. Der Franz hat alles selber erlebt. Alois ist ab sechs Uhr morgens hier. Der hat sie mit dem Franz zusammen gefunden.«
Reiser schob den Mann zurück in seinen Verschlag.
»Hören Sie, ich habe in dieser Sache nicht so viel Zeit, auf irgendwelche Ablösungen zu warten. Holen Sie die beiden auf der Stelle her.«
»Hier darf niemand seinen Posten verlassen, unter gar keinen Umständen.«
»Dann erzählen Sie mir, was Sie wissen.«
Reiser sah dem Leichenwärter an, dass er angestrengt nachdachte, um seine Gedanken zu ordnen.
»Na, los, fangen Sie einfach von vorne an, ich frage, wenn es zu bunt durcheinandergeht.«
»Also, diesen Monat habe ich Spätdienst, der Franz ist nachts dran und Alois früh. Als der heute Morgen um sechs Uhr kam, war der Franz nicht da. Das hat ihn sehr gewundert, weil, bei den Herrschaften da drinnen muss immer jemand wachen, und der Franz ist genauso zuverlässig wie er und ich. Als seine Tochter dem Alois das Frühstück brachte, hat er sie zum Franz geschickt, damit sie ihn fragt, warum er am Morgen bei der Ablösung nicht hier war. Darauf ist der Franz erschienen und hat den Alois gefragt, was denn die Frage soll, er habe ihn doch in der Nacht ablösen wollen. Da war der Alois ganz erstaunt und hat ihn gefragt, wie er darauf käme. Jetzt hat der Franz dem Alois erzählt, was in der Nacht passiert ist.«
Der Wächter ließ die Schultern sinken und blickte sich ängstlich um, als fürchte er, jemand könne ihnen heimlich zuhören. Reiser wurde ungeduldig.
»Ja, und? Nun mal raus mit der Geschichte.«

»Also, das war so. In der Nacht stand plötzlich ein Mann vor ihm.«
Reiser hakte ein.
»Was soll das heißen? Was für ein Mann? Wo kam der her?«
Sein Gegenüber schluckte mehrmals, brachte jedoch keinen Ton hervor. Reiser sprang ihm bei.
»Der erschien so überraschend wie ich, während der Franz ein Nickerchen gemacht hat wie Sie? Hören Sie, es ist mir egal, wie Sie und Ihre Kollegen den Dienst versehen. Mich interessiert nur, wer es war.«
»Na, ein Mann eben, er trug so einen langen Mantel, wie Kutscher ihn haben. Mehr hat mir der Alois nicht erzählt. Aber der hat ihn ja auch nicht gesehen, nur der Franz.«
Der Berichterstatter geriet ins Stocken. Reiser atmete hörbar aus.
»Schon gut, nur immer weiter.«
»Der Mann stand plötzlich vor ihm, also dem Franz, und sagte, der Alois lasse ihm ausrichten, er solle nach Hause gehen, dort sei etwas passiert. Erst hat der Franz nicht gewollt, weil, er konnte doch hier nicht weg. Da hat der andere gesagt, der Alois käme heute früher, um ihn abzulösen. Bis dahin würde er die Wache für ihn übernehmen. Da hat der Franz gedacht, wenn der Alois das alles eingefädelt hat, wird es schon seine Richtigkeit haben.
Wie er ging, stand auf dem Weg eine Kutsche. Also, keine normale Kutsche. Ein Zweispänner, flach, leicht. Aber kein Jagdwagen, geschlossen. Er wurde neugierig, und weil es hier in der Nacht überhaupt kein Licht gibt, ist er näher herangetreten. Aber vor den Fenstern hingen Vorhänge, und dann ist der Mann auch schon aus der Tür gekommen und hat ihm zugerufen, dass er endlich abschieben soll. Da hat er die Kutsche Kutsche sein lassen.«

»Und was war, als er nach Hause kam?«
»Nichts, seine beiden Söhne schliefen und die Frau auch. Sie hat sich nur gewundert, dass er schon so früh kam.«
»Und da ist er wieder zurück zum Leichenhaus.«
»Nein, wieso? Der Alois wollte doch früher kommen und ihn ablösen.«
»Das hat er wirklich geglaubt? Die ganze Geschichte war doch erstunken und erlogen.«
»Na ja, das sagen Sie jetzt so. Aber wo doch der Mann den Alois kannte. Da denkt man, auf so einen ist Verlass. Außerdem war die Nacht auch schon halb vorbei.«
»Schön, er ist also zu Hause geblieben und erst wiedergekommen, als die Tochter vom Franz …«
»Nein, die vom Alois, der Franz hat doch Söhne.«
»Wie auch immer, er kam hierher, und was war dann?«
»Erst mal haben die beiden einen mordsmäßigen Schreck gekriegt, weil sie dachten, ein Leichendieb hätte den Franz weggelockt und einen der Aufgebahrten gestohlen oder alle beide und sie an jemanden verkauft, der damit irgendwelche Untersuchungen oder Experimente veranstaltet. Da haben sie gleich nebenan nachgesehen. Aber die Särge waren unberührt. Wie sie wieder rausgehen wollten, hörten sie so ein leises Wimmern und kriegten schon einen Schreck, dass ein Scheintoter aufgewacht ist. Die lagen aber beide ganz still in ihren Kisten.
Wie jetzt der Alois angefangen hat, mit der Kerze herumzuleuchten, hockte in der Ecke neben der Tür eine Person auf dem Boden, wie ein Knäuel, hat der Alois gesagt, die Knie ganz angezogen, das Gesicht daraufgelegt, die Arme über dem Kopf, und schaukelte immer vor und zurück. Der Alois hat sie angeredet, aber sie hat nur immer weiter geschaukelt.

Als der Franz sie an der Schulter fasste, hat sie erschreckt aufgeschaut und zu schreien angefangen und gar nicht mehr aufhören wollen und hat den Alois und den Franz angestarrt, als wären sie Gespenster. Da ist der Alois zum Irrenhaus gelaufen und hat sie holen lassen.«

»Ist ihnen in der Aufbahrungskammer etwas Ungewöhnliches aufgefallen?«

»Nein, was sollte mir da auffallen?«

»Nicht Ihnen, dem Alois und dem Franz beim Aufmachen!«

»Äh, ja, Moment, der Franz hat gesagt, die Tür ging nicht gleich auf. Erst hat er gedacht, sie klemmt. Aber dann hat er gesehen, dass der Riegel vorgeschoben war.«

»Ist der immer vorgelegt?«

»Nein, wozu? Wenn einer endgültig tot ist, und bisher waren das alle, dann bleibt der da drin ruhig liegen. Wenn aber einer von denen tatsächlich aufwacht, muss er doch raus können, aus der Kammer. Deshalb darf die Tür nicht verriegelt werden. Und der Sarg bleibt offen. Das habe ich Ihnen ja gezeigt.«

»Das heißt, jemand hat die Frau eingesperrt?«

»Von innen kann sie den Riegel ja nicht vorgeschoben haben.«

»Wurde der Irrenanstalt Bescheid gegeben, dass sie eingesperrt war?«

»Das weiß ich nicht. Der Alois hat nur gesagt, die beiden Wärter, die sie holten, hätten sie einfach hochgehoben und weggetragen.«

Reiser wandte sich zum Gehen.

»Ganz schön warm hier.«

»Das ist wegen denen da drinnen. Damit sie keine Erkältung kriegen, wenn sie immer nur still liegen. Wissen Sie, wie wir sie nennen? Warter. Weil sie hier liegen und abwarten, ob sie

nicht vielleicht wieder aufwachen. Wir sind ihre Wärter, sie sind unsere Warter.«
Er lachte. Reiser nickte ihm zu.
Draußen auf dem Friedhof war es mittlerweile stockfinster geworden. Es roch modrig. Feine Tropfen dünnen Nebels fielen fast unmerklich auf Reisers Gesicht. Alle Geräusche schienen gedämpft. Nur das Krächzen einer Schar Krähen, die nachtschwarz ihre Kreise drehten, bevor sie sich in einem Baum niederließen, störte die Stille.

17

Niedergeschlagen trottete Reiser die Neue Grünstraße hinunter. Friederike nachts in einen Raum gesperrt, in dem zwei Leichen lagen. In einem Haus auf einem Friedhof. Wo sie vor Angst fast verging. Oder irre wurde. Jedes Mal, wenn er daran dachte, kochte seine Wut aufs Neue hoch. Wo sollte er anfangen, nach den Halunken zu suchen, die ihr das angetan hatten? Und warum hatte man es ihr angetan?
Das letzte Mal war Friederike gesehen worden, als eine Kutsche vor der *Goldenen Kugel* mit ihr wegfuhr. Eine ziemlich ausgefallene Kutsche nach der Beschreibung des Burschen, mit dem Reiser gesprochen hatte. Dann wurde sie im Leichenhaus aufgefunden, nachdem dort nachts eine Kutsche – keine normale Kutsche, hatte der Wärter gesagt – auftauchte. Zufall? Bestimmt nicht, es musste ein und dieselbe Kutsche sein. Nur hatte weder der Bursche noch der Wärter gesehen, wer drinnen saß.
Der Einzige, der mit den geheimnisvollen Insassen gesprochen hatte, war Ede.
Er musste ihn finden. Wenn er ihn befragte, ohne dass seine Kumpane neben ihm standen, würde er schon aus diesem Ede herauskriegen, was er wusste. Um diese Zeit machte er doch angeblich die Tanzsäle unsicher? Zur *Goldenen Traube* war es nicht weit. Reiser bog in die Wallstraße ein und beschleunigte seine Schritte.
Auf der Spittelbrücke ließ ihn das Schnauben eines Pferdes aufhorchen. Er musste genau hinsehen, um im dunklen

Halbkreis der Arkaden eine Kutsche zu erkennen. Schwarz, einachsig, niedrige, tief liegende Kabine, kurze, schmale Federn, kleine Fenster. Man sah ihr förmlich an, wie leicht sie wog. Der schnellste Zweispänner weit und breit. Oben auf dem Bock kauerte zusammengesunken der Kutscher. Er war eingenickt. Irgendwo in der Nähe musste er seine Fahrgäste abgesetzt haben.

Aus einem Gebäude strahlte Licht auf den Dönhoffschen Platz. Reiser pirschte sich im Schatten einer Baumreihe näher. Im Eckardtsteinschen Haus waren offensichtlich Vorbereitungen für eine große Abendgesellschaft im Gange. Lakaien entzündeten Lüster, liefen geschäftig hin und her, rückten Stühle, deckten Tische. Gehörten Friederikes Entführer zu den geladenen Gästen? Auf alle Fälle waren sie im Palais. Wie kam er selber hinein?

Vor dem mächtigen, zweiflügeligen Eingangstor wurde ein Fuhrwerk abgeladen. Die letzten Lieferungen kamen an. Fuhrknechte gingen mit Kisten und Säcken bepackt ins Haus und kamen mit leeren Händen wieder heraus. Reiser gesellte sich zu einem von ihnen, der mit hochrotem Kopf und zusammengepressten Lippen eine schwere Kiste ins Haus schleppte. Er ging neben ihm her und redete auf den Ächzenden ein, als helfe er und spräche ihm bei seiner kräftezehrenden Aufgabe Mut zu. Der Mann sah ihn halb fragend, halb wütend an, brachte vor Anstrengung aber keinen Ton heraus. Kaum hatte er ihm unfreiwillig Einlass verschafft, ließ Reiser den Schnaufenden mit seiner Last allein.

Vereinzelte frühe Gäste standen in kleinen Gruppen zwanglos beisammen und unterhielten sich. Reiser schlenderte an ihnen vorbei und grüßte jeden freundlich, der zu ihm herübersah. Eine riesige Glasfront schloss die Halle zu einem Garten hin ab. Er schaute nach draußen, wo sich der Licht-

schein zwischen Büschen und Bäumen verlor. Dass er nicht wusste, wen er überhaupt grüßte, war ihm egal. Was ihn irritierte, war, dass er nicht wusste, wen er überhaupt suchte.
Reiser drehte sich um. Für den Rückweg wählte er die andere Seite der Halle, wo einige Statuen und Büsten auf Säulen standen. Er umrundete die Skulpturen eine nach der anderen und betrachtete sie von allen Seiten. Dabei nahm er unauffällig die Besucher ins Visier.
In einer Ecke, abseits von den übrigen, entdeckte er drei Männer. Bei der Scharade, die ihm den Eintritt verschafft hatte, waren sie ihm bislang entgangen. Einen von ihnen erkannte er als – Justizminister Wöllner. Die beiden anderen standen mit dem Rücken zu ihm. Beide waren deutlich größer als der Minister, pressten ihre Zylinderhüte ehrerbietig vor die Brust und wandten sich Wöllner auf eine Weise zu, die nicht erkennen ließ, ob sie sich vor ihm verbeugten oder nur den Oberkörper vornüberneigten, um möglichst diskret mit ihm zu reden.
Reiser schlenderte wie zufällig näher heran, ohne die Männer eines weiteren Blickes zu würdigen. Einer der beiden sprach auf den Minister ein. Was er sagte, konnte Reiser nicht verstehen, die Stimme erinnerte ihn an das Krächzen der Krähen auf dem Friedhof. Der andere griff in seinen Hosenbeutel, holte etwas hervor, öffnete die geschlossene Faust und präsentierte es dem Minister auf der flachen Hand. Der griff mit spitzen Fingern danach und hob es hoch. Eine Kette entwirrte sich. Der Minister ließ sie wie ein Pendel hin und her schwingen. Nun war deutlich zu sehen, was daran hing: ein fünfzackiger, von einem kreisrunden Ring eingefasster Stern.
Reiser stockte der Atem. Das Pentagramm! Auf einmal fügte sich alles zusammen. Die zwei Besucher bei Frau Straßberg, Friederikes Brief; die Kutsche vor der *Goldenen Kugel*, auf

dem Friedhof der Sebastiankirche und jetzt hier. Sie waren die Männer aus der Kutsche; sie hatten Friederike entführt, ihr das Amulett abgenommen und sie im Leichenhaus eingesperrt.

In diesem Augenblick bemerkte der Minister den ungebetenen Zeugen. Er ließ das Amulett in der Tasche seines Rocks verschwinden. Die beiden anderen drehten sich um. Es waren die zwei finsteren Besucher, die sich in letzter Sekunde in Philidors Vorstellung geschlichen hatten.

Reiser sah rot. Er machte einen Schritt auf die Gruppe zu, baute sich vor den beiden auf und fauchte sie an:

»Was habt ihr Galgenvögel mit Friederike gemacht?«

Die Männer warfen erst sich, dann dem Minister einen Blick zu. Der wies mit einer kaum merklichen Bewegung seines Kopfes nach draußen.

»Darüber sollten wir draußen reden, unter uns. Sonst stören wir nur die geladenen Gäste.«

Die beiden Hünen nahmen Reiser in die Mitte, drehten ihm die Arme auf den Rücken und schoben ihn freundlich lächelnd vor sich her zur Tür.

Das alles geschah so leise, schnell und unauffällig, dass sich von den übrigen Anwesenden tatsächlich niemand gestört fühlte. Man konnte meinen, drei gute alte Bekannte seien zu einem nächtlichen Spaziergang aufgebrochen.

Auf der Straße drängten sie ihn nach links, Richtung Spittelbrücke. Reisers Gedanken überschlugen sich. Wieso übergaben die beiden Halunken das Amulett dem Justizminister? Was hatte der mit ihnen zu schaffen, und warum ließ er die beiden ihn abführen, statt ihm, dem Polizeisergeanten, Befehl zu geben, sie festzunehmen?

»Nicht klein zu kriegen, unser Herr Sergeant. Bekommt die Nase einfach nicht voll, der Schnüffler.«

»Aber nu' is' Ruh.«
»Ein für alle Mal!«
Er sah den Totschläger erst im allerletzten Moment und konnte den Kopf nur noch einen Fingerbreit wegdrehen. Vor seinen Augen tat sich ein unendlich tiefer und schwarzer Abgrund auf. Reiser musste all seine Energie aufbringen, um nicht ins Bodenlose zu stürzen.
Wohin schleppten sie ihn? Zur Kutsche? Zum Spreekanal? Mit hängendem Kopf stolperte Reiser mehr, als er ging. Ihre Hände hielten seine Arme wie Klammern umfasst, dass es ihm das Blut abschnürte. Er überlegte angestrengt, was die Strolche mit ihm vorhatten, kam aber nicht weiter. Die Gedanken zogen so langsam vorbei, dass der eine schon vergessen war, bevor der nächste auftauchte. Nur eines wurde ihm immer klarer. Er musste fliehen; weg von diesen beiden, bevor es zu spät war. Das schaffte er nur, wenn er sie überraschte. Und er hatte nur einen Versuch. Wenn der misslang, würden sie an Ort und Stelle kurzen Prozess mit ihm machen.
Der Geruch von Pferdepisse stieg ihm in die Nase. Aus dem Augenwinkel sah er die Vorderbeine des Gespanns vor der flachen Kutsche. Er sog die Lungen voll, lenkte die Gedanken auf den entscheidenden Moment.
Reiser spannte alle Muskeln an, richtete sich mit einem Ruck auf und trat dem Gaul vor die Brust. Das Pferd scheute. Die Griffe der Männer lockerten sich. Den rechts von ihm stieß er mit der Schulter gegen das hochsteigende Pferd. Der nahm schützend die Hände hoch, griff nach dem Zaumzeug. Reiser bekam einen Arm frei, stach dem anderen die Finger in die Augen, riss den zweiten Arm los und stürmte davon.
Als er die Spittelkirche erreichte, warf er im Laufen einen Blick hinter sich. Der Kutscher war vom Bock gestürzt und

rappelte sich gerade wieder auf. Einer der beiden Männer hielt das Zaumzeug, der andere zog an den Zügeln. Jeden Moment würde der Kutscher allein mit den Pferden fertig werden. Dann konnten sie sich ganz auf ihn konzentrieren.
Viel Vorsprung hatte er nicht. Er musste schnellstens aus der Friedrichstadt raus. Die langen, geraden Straßen boten freie Sicht. Wenn die Kutsche erst wieder flott war, hatte er hier nicht die geringste Aussicht, seinen Verfolgern zu entkommen. Im Friedrichswerder sah es besser für ihn aus. Die kurzen Gassen und engen Straßen führten kreuz und quer an Ecken, um die er biegen konnte, um für einen Moment aus dem Blickfeld zu verschwinden. Nur war es nicht sein Quartier, wo er Schleichwege und Schlupfwinkel kannte. Ein falscher Abzweig und er saß in einem Hinterhof oder einer Sackgasse fest.
Das Echo auf den Boden knallender Stiefel wurde lauter. Er musste den Spittelmarkt überqueren, bevor sie ihn entdeckten. Reiser lief in die Niederwallstraße und bog nach wenigen Schritten in die Schusterstraße ein. Der gleichmäßige Takt monotonen Laufens echote durch die Nacht. Er blieb stehen, lauschte in die Dunkelheit.
Sie hatten sich getrennt. Verloren keine Zeit mit vorsichtigem Anschleichen. Einer trieb ihn vor sich her, der andere konnte ihm hinter jeder Ecke auflauern.
Als er die Kurstraße überquerte, gellten zwei Pfiffe durch die Nacht, einmal kurz, einmal lang. Reiser schlug einen Haken nach links, bedauerte es aber sofort. Die Straße vor ihm war breit und schnurgerade. Sofort bog er in die nächste schmale Gasse und hastete weiter. Leichter Regen setzte ein. Nach einer Biegung stand er vor dem Oberwasser. Weder in der Gasse hinter ihm noch am Ufer des Kanals war etwas zu sehen oder zu hören. Kein gutes Zeichen. Sicht vor Deckung

hieß eine alte Regel, die er schon als Kind beim Versteckspielen gelernt hatte.
Eng an eine Hauswand gedrückt, blieb er stehen und sondierte die Umgebung. Schlagartig wurde ihm klar, was sie vorhatten. Sie würden ein Kesseltreiben veranstalten. Einer blieb auf der Kurstraße, die sich weit überblicken ließ, der andere rückte auf der schnurgeraden Kaimauer vor. Die Gassen zwischen ihnen konnten sie von beiden Enden aus einsehen und eine nach der anderen inspizieren. Sobald einer ihn entdeckte, hatten sie ihn in der Zange. Brauchten dabei nicht einmal zu hetzen. Konnten ihre Kräfte schonen. Der Kutscher wartete bestimmt am Werderschen Markt und machte den Sack zu. Dort gab es freie Sicht nach allen Seiten. An dem kam er nicht vorbei, der saß in aller Ruhe auf seinem Bock, bis er auftauchte. Oder die beiden anderen ihn alarmierten.
Von der Gertraudenbrücke schrillte ein kurzer, scharfer Pfiff, ein lang gezogener, auf- und abschwingender antwortete. Die Treibjagd begann. Sicher hatten die Pfeifkünstler auch ein Halali in petto.
Auf dieser Seite des Schleusengrabens saß er in der Falle. Wie kam er über den Kanal? Nur ein paar Schritte entfernt führte die Jungfernbrücke nach Alt-Cölln. Hinüberlaufen durfte er nicht. Die Holzplanken würden laut klappern. Darüberschleichen wollte er nicht. Dort konnte man ihn sehen wie auf einem Präsentierteller. Aber hier konnte er auch nicht ewig stehen bleiben.
Reiser schaute den Uferweg hoch. Niemand war zu entdecken. Auf allen vieren huschte er über die Straße. Im Sichtschatten eines massiven Brückenpfeilers blieb er regungslos stehen, lugte vorsichtig hinter ihm hervor. Im Regen, der wie ein feiner Schleier in der Luft hing, näherte sich langsam eine

Gestalt. Sie verschwand in Toreinfahrten, erschien kurze Zeit später wieder, blieb an Häuserecken stehen, lauschte mit ans Ohr gehaltener Hand und kam unaufhaltsam näher.

Er kroch hinter den Pfeiler. Am Rand des Kais legte er sich flach auf den Boden, ließ das linke Bein nach unten gleiten, suchte mit dem Fuß die Mauer ab. Er fand nichts, worauf er ihn stellen konnte. Mit den Fingernägeln krallte er sich in die Fugen des Kopfsteinpflasters, glitt weiter hinab, tastete mit den Füßen nach irgendetwas, um sich abzustützen. Spitze Kiesel ritzten die Fingerkuppen, die Kanten der Mauersteine drückten gegen seine schmerzenden Rippen. Einige Atemzüge lang hing er, die Arme flach auf dem Kai, die Hände an dessen Kante geklammert, das Kinn daraufgestützt, und spürte, wie seine Kräfte nachließen.

Langsam rutschte er die Kaimauer hinunter. Gleich würde er mit lautem Platschen ins Wasser fallen. Dann brauchten seine Verfolger ihm nur noch beim Schwimmen zuzuschauen, bis er nicht mehr konnte, und ihn irgendwo am Ufer in Empfang zu nehmen.

Die Fußspitzen stießen an etwas. Der Halt gab nach. Sein Ellenbogen traf eine Kante. Schmerz blitzte auf. Ein Festmacher war in die Mauer eingelassen. Reiser schob erst einen, dann den anderen Arm hindurch und schaute unter sich. Im Wasser lag ein Kahn, zu klein, um sich darauf fallen zu lassen. Er würde schaukeln und Wellen schlagen, die nicht zu übersehen wären.

Vorsichtig ließ er sich weiter hinabgleiten und landete in einer Schute, die am Kai festgemacht war. Der platte Boden war blitzsauber, als hätte jemand mit Besen und Kehrblech gefegt, bis kein Krümel mehr herumlag. Hier unten gab es nicht das kleinste Versteck.

Er musste ins Wasser. Nur wie? Selbst wenn er sich behutsamer als ein Biber in den Kanal gleiten ließ, würde es Wellen geben, die niemandem entgingen, der am Ufer stand und nur darauf wartete, dass sich irgendwo etwas rührte.

Oben gelten wieder Pfiffe. Dann war es still … bis auf das Knirschen von Schritten, das bedrohlich näher kam. Reiser kroch zum Bug der Schute. Im Dunkel vor ihm fauchte es. Zwei Punkte funkelten ihm entgegen, ein dunkler Umriss zeichnete sich schattenhaft ab. Er ahnte die Ratte mehr, als er sie sah. Jetzt galt es: Entweder das Tier griff ihn an. Dann musste er jede Vorsicht vergessen und es abwehren. Oder er konnte es vertreiben. Dann würde es aufs Wasser klatschen, eine kreisrunde Welle auslösen, die sich ausbreitete, und eine keilförmige, die es hinter sich her zog. Der richtige Augenblick, selber ins Wasser zu steigen.

Reiser wedelte mit der Hand, um das Tier zu verscheuchen. Die Ratte fauchte wieder, tippelte auf der Bordwand ein paar Schritte zur Seite, wartete. Er überlegte, womit er sie verjagen konnte, ohne ihr mit der bloßen Hand zu nahe zu kommen. Schließlich fiel ihm nichts Besseres ein, als ihr aus voller Brust in die Augen zu blasen. Die beiden glitzernden Punkte verschwanden für den Moment eines Wimpernschlags, er hörte ein leises Kratzen, dann ein Platschen. Die Ratte war ins Wasser gesprungen.

Dann platschte es noch einmal und wieder und wieder. Kleine Fontänen spritzten auf, Wellenringe dehnten sich aus, überschnitten sich mit anderen. Die ganze Wasseroberfläche war in Bewegung. Der Schurke auf dem Kai ließ sein Jagdfieber an der Ratte aus und schmiss mit Steinen nach ihr.

Reiser rutschte rückwärts, auf dem Bauch liegend, zum Bug, glitt, die Füße voran, über die Bordwand ins Wasser. Er hatte sich ausgemalt, dass es kalt werden würde, musste aber die

Luft anhalten, um nicht laut zu japsen, als Bauch und Brust eintauchten. Die Hände an den Steven gekrallt, verharrte er regungslos zwischen Bug und Kaimauer.
Wieder knirschten Schritte, kamen näher, gedämpfte Stimmen waren zu hören.
»Ist er abgehauen?«
»Über die Brücke kann er nicht sein.«
»Auf dieser Seite bleibt nur noch Raules Hof.«
»Du schaust nach. Ein Pfiff, wenn ich kommen soll. Zwei für Adlerstraße. Ich behalte diese Seite im Auge und gehe am Kanal weiter zum Unterwasser.«
»Lass uns mit der Sucherei hier nicht mehr zu viel Zeit verlieren. Bestimmt will er ein paar Sachen aus seinem Zimmer holen und verduften. Da fangen wir ihn ab. Er darf uns auf keinen Fall entwischen.«
»Gut. Die paar Gassen bis zum Werderschen Markt kämmen wir noch durch. Da wartet die Kutsche. Mit der sind wir vor ihm in der Rosenstraße.«
Schritte knirschten, entfernten sich. Reiser zählte in Gedanken, wie viele es brauchte, um das Unterwasser zu erreichen. Zur Sicherheit begann er auch noch rückwärts zu zählen, kam aber nicht bis Null. Er musste aus dem Wasser raus, bevor er steif gefroren war – auf der anderen Seite, am Schleusenufer, wo sie ihn nicht suchten.
Er stieß sich von der Schute ab. Nach ein paar Schwimmzügen berührte seine Hand die glatte Kaimauer des gegenüberliegenden Ufers. Sie endete drei Armeslängen über seinem Kopf. Er streckte einen Arm aus, bis die Schultergelenke knackten, suchte nach etwas, woran er sich hochziehen, tastete jede Ritze ab, in die er seine Finger krallen konnte. Er fand nichts.
Wie kam er da hinauf?

Irgendwo musste es eine Leiter geben, auch die Schiffer wollten mal an Land. Nur wo? Bei der Schleuse! Da stiegen sie aus und zogen die Boote in die Schleusenkammer. Wenn er die Leiter nicht fand, konnte er versuchen, am Schleusentor hochzuklettern.
Aus den Fingerspitzen wich langsam jedes Gefühl, die Muskeln wollten seinem Willen nicht mehr gehorchen. Der ganze Körper schien vor Kälte starr zu werden. Reiser blieb nah an der Kaimauer, tastete sich daran entlang. Nach einer Ewigkeit erreichte er die Kleine Jungfernbrücke. Hier zweigte der Zulauf zum Mühlenbach ab. Wenn es ihn dort hineinzog, brachen ihm die Schaufeln des Mühlrades jeden Knochen einzeln.
Seine Hand zuckte zurück, als sie etwas schwammig Weiches berührte. Er schaute hoch. Eine halbe Armeslänge über seinem Kopf sah er die mit Algen überzogene Sprosse einer in die Kaimauer eingelassenen Steigeleiter. Er tastete mit den Füßen nach den unteren Sprossen. Es gab keine. Offensichtlich reichte die Leiter nur bis zu den Borden der Boote. Dass auch Schwimmer irgendwann an Land wollten, hatte niemand bedacht. Wer schwamm auch schon in einem Schifffahrtskanal?
Ächzend zog er sich mit einem Klimmzug ein Stück aus dem Wasser, hangelte nach der nächsten Sprosse. Bei der dritten kam er nicht weiter. Sobald er mit einer Hand losließ, rutschte die andere ab. Seine nassen Kleider waren zu schwer, die Muskeln zu kalt und die Sprossen zu glitschig, um mit einer Hand das ganze Gewicht zu halten.
So kam er hier niemals raus. Er musste anders vorgehen. Mit beiden Händen zog er sich hoch, biss auf die Sprosse vor seiner Nase und fasste die nächste erst mit der einen, dann mit der anderen Hand. Der faulige Geruch des trüben Wassers,

der widerliche Geschmack in seinem Mund und ein schleimiges Gefühl auf der Zunge verursachten ihm heftigen Brechreiz. Schluckend und würgend wiederholte er die Übung. Als er glaubte, jeden Moment würden ihn seine Kräfte verlassen, brachte er mit einer verzweifelten Bewegung endlich ein Knie auf die unterste Sprosse.
Eine Weile blieb er schnaufend und bibbernd auf dem Kai liegen. Die Kälte schüttelte ihn. Ächzend rappelte er sich auf.

18

Vor ihm mündete die Spreegasse auf das Schleusenufer. Reiser bog in die enge Straße ein und stand nach wenigen Schritten an der Ecke zur Brüderstraße. Vier Häuser weiter wohnte Nicolai. Außer ihm kannte er keinen Menschen im ganzen Viertel ... wobei kennen ein weiter Begriff war. Durfte er jemanden so spät am Abend behelligen, mit dem ihn nicht mehr verband als eine eher zufällige Bekanntschaft?

In Nicolais Haus war es stockdunkel. Ohne viel Hoffnung, jemanden anzutreffen, klopfte Reiser an die Tür. Niemand kam. Frierend schlang er die Arme um den Leib. Hinter einem der Fenster im ersten Stock irrlichterte der schwache Schein einer Funzel. Er suchte nach einem Steinchen oder irgendetwas, das er an die Scheibe werfen konnte. Außer einem Haufen Pferdeäpfel lag nichts herum. Er nahm eine Handvoll. Mit dumpfem Aufprall traf die weiche Masse auf das Glas und glitt dann langsam daran hinunter.

Ein Fenster wurde aufgerissen, Nicolai steckte seinen Kopf nach draußen und polterte los.

»Habt ihr tumben Hohlköpfe nichts Besseres zu tun, als heimlich in der Dunkelheit euren Schabernack zu treiben?«

Reiser trat aus dem Schatten des Hauseingangs auf die Straße.

»Ich bitte um Entschuldigung, aber ich wusste nicht, wie ich sonst auf mich aufmerksam machen sollte.«

»Ach, und da meinen Sie, mit Mist um sich zu schmeißen sei die wirkungsvollste Methode!

Moment – Sergeant Reiser? Gibt es einen besonderen Anlass für den späten Besuch?«

Reiser fiel keine rechte Antwort ein. Aber bevor er noch das erste Wort herausbrachte, rief Nicolai: »Ich komme«, schloss das Fenster und erschien wenige Augenblicke später in der Haustür.

»Guten Abend! Aber das sehe ich ja erst jetzt! Wieso laufen Sie in nassen Kleidern durch die Nacht?«

Reiser trat von einem Fuß auf den anderen, rieb sich mit den Händen über die Arme.

»Was auch immer, kommen Sie erst einmal herein. Es zieht jetzt abends schon ganz schön an.«

Nicolai schloss die Tür hinter Reiser, der unschlüssig am Eingang stehen blieb.

»Sie können von Glück sagen, dass ich überhaupt etwas gehört habe. Mein Studierzimmer geht auf den Garten.«

Um Reiser herum breitete sich eine Pfütze aus. Der Verleger entschuldigte sich für einen Augenblick, verschwand in einem Raum am Ende des Flurs und kam kurze Zeit später mit einem Bündel Wäsche auf dem Arm zurück.

»Sie sollten Ihre Sachen ablegen, sich abtrocknen, dieses Hemd und die Hosen anziehen und den Hausmantel dazu. Hier sind auch Pantoffeln. Ich hole inzwischen Rum, Zucker und Wasser.« Er zeigte zur Treppe. »Wenn Sie fertig sind, gehen Sie schon mal nach oben, hinten durch.«

Wenig später saßen sie sich in zwei Sesseln gegenüber, zwischen sich ein dreibeiniges Tischchen. In einer Ecke des Raumes bullerte ein niedriger Ofen. Nicolai hatte Holz nachgelegt, zwei Ofenringe abgehoben und an ihrer Stelle einen Kessel aufgesetzt, der bald zu summen begann. Reiser hatte seine Kleider zum Trocknen über einen Stuhl gehängt. Unsicher fragte er, ob er für die Nacht bleiben könne.

»Haben Sie denn kein Zimmer gemietet?«
»Dort werde ich schon erwartet.«
»Na, dann seien Sie doch froh.«
»Von den zwei Herren, die bei Philidor als Letzte in den Raum schlichen und schon wieder verschwunden waren, bevor die Tür überhaupt richtig geöffnet wurde.«
»Die Geheimen warten auf Sie? Da bin ich aber mal sehr gespannt, worum es hier eigentlich geht.«
Reiser nippte an seinem Glas. Langsam taute er auf. Er begann zu erzählen, zuerst von Friederike und ihrer Entführung. Bei der Schilderung seiner nächtlichen Erlebnisse unterbrach ihn der Verleger.
»Also schön, Sie haben heldenhaft die halbe Stadt durchsucht, um diesen Burschen zu finden, der das Fräulein mit dem Amulett zur Kutsche lockte. Haben Sie sich eigentlich nie gefragt, woher die beiden Dunkelmänner wussten, dass die junge Frau mit dem Pentagramm ausgegangen war?«
»Sie haben die Nachricht von Friederike gelesen.«
»Nun gut, aber wieso tauchten die beiden überhaupt in Ihrer Wohnung auf?«
»Ich hatte das Amulett auf dem Tisch vergessen.«
»Sie haben die beiden aber nicht darum gebeten, es zu holen.«
»Natürlich nicht, ich kannte sie doch gar nicht.«
»Und doch kamen sie schnurstracks zu Ihnen.« Der Verleger machte eine Kunstpause, schaute sein Gegenüber fragend an und fuhr fort: »Hellsehen können die mit Sicherheit so wenig wie Sie und ich. Jemand muss es ihnen gesagt haben.«
»Aber von dem Amulett und dass ich es zu Hause vergessen hatte wusste doch nur der Kommissar!«
»Und der verrät nichts, meinen Sie?«
Reiser machte eine finstere Miene und schwieg. Wenn dieser Mensch nur nicht so schulmeisterlich wäre! Aber es nutzte

nichts – Nicolai hatte recht. Es lag auf der Hand. Er hatte Rosenow vom Fund des Pentagramms erzählt und dass er es in seinem Zimmer liegen gelassen hatte, und der Kommissar hielt ihn sofort mit läppischen Aufträgen davon ab, es zu holen. Wenig später tauchten die beiden Männer in der Rosenstraße auf. Nur war da Friederike schon mit dem Amulett ausgegangen.

Nicolai füllte heißen Punsch nach.

»Wieso kamen Sie hier eigentlich so pitschnass an?«

Reiser umfasste sein Glas mit beiden Händen.

»Ich wollte den Burschen suchen, der Friederike aus dem Tanzsaal lockte, stieß auf die Kutsche, sah mich nach den Insassen um und gelangte ins Eckhardtsteinische Haus. Dann kam ich dazu, wie diese beiden Kerle Justizminister Wöllner das Amulett übergaben.«

Nicolai hatte sich vorgebeugt.

»Und?«

»Die beiden haben mich überwältigt. Und der Minister hat zugesehen! Anschließend bin ich ihnen entwischt. Durch den Schleusenkanal.«

Nicolai lehnte sich im Sessel zurück und kreuzte die Arme vor der Brust.

»Die Geheimen und Minister Rosenkreuz persönlich. Da sitzen Sie aber ganz schön in der dicken Tinte!«

Reiser sah ihn fragend an.

»Ich habe Ihnen von Schrepfer und seinem bemerkenswerten finalen Auftritt in Leipzig erzählt. Bisher fand ich die Idee, er könne hier in Berlin ein zweites Leben begonnen haben, selbst reichlich fantastisch, um sie wirklich ernst zu nehmen. Wenn diese Herrschaften ihre Finger im Spiel haben, sieht die Sache gleich ganz anders aus. Zumal wenn ein Schrepfer mit von der Partie ist.«

»Der hätte doch aber dann schon seit zwanzig Jahren in Berlin gelebt. Und jetzt auf einmal sind sie hinter ihm her und räumen ihn womöglich gar aus dem Weg?«
Nicolai richtete sich auf.
»Unser König ist sterbenskrank. Dass er an Spuk und Gespenster glaubt, weiß jeder. Wenn sein Sohn erst auf dem Thron sitzt und dahinterkommt, welch unglaubliche Intrige einige hohe Herren jahrelang veranstalteten, um mit Hilfe Schrepfers magischer Künste die Macht im Staate an sich zu reißen, rollen Köpfe.«
»Das wird der Mann doch selber gewusst haben. Wieso ist er nicht geflohen?«
»Wie denn? Die Leute, die ihm sein neues Leben ermöglichten, hatten ihn in der Hand. Ohne sie, ohne Papiere, ohne ihre Protektion kam er nirgendwohin. Ohne sie existierte er nicht einmal!«
Reiser wiegte zweifelnd den Kopf.
»Und wie kommt der Drudenfuß in seinen Magen?«
»Die Frage habe ich mir auch schon gestellt. Ein Magier tut nichts ohne sein Amulett. Wenn er eines Tages stirbt, findet man es bei ihm, an einer Kette vor der Brust, im Hosenbeutel, in der Hand. Aber Schrepfer verschluckt sein Pentagramm … Er weiß natürlich, dass es mit dem König zu Ende geht und seine Dienste nicht mehr benötigt werden. Die einfachste Art, ihn loszuwerden und die sicherste Methode, ihn für alle Zeiten zum Schweigen zu bringen, ist, ihn spurlos zu beseitigen. Auch das weiß er, und es gibt nichts, was er dagegen unternehmen könnte.
Aber ganz ohne Weiteres wollte er nicht abtreten. Damit die Intrige nicht eines Tages auffliegt, müssen alle Hinweise vernichtet werden. Das Pentagramm führt zu Schrepfer, er selbst zu seinem Schüler Bischoffwerder und der zur Clique

der Verschwörer. Seine Mörder müssen es unbedingt finden, damit es niemandem in die Hände gerät, der anfängt, Fragen zu stellen. Also verschluckt er sein Amulett unbemerkt im letzten Moment. Ich wäre zu gern dabei gewesen, als seine Mörder verzweifelt überall danach gesucht haben.«

Reiser musste einige Male niesen, bevor er etwas sagen konnte.

»Ohne eine alte Frau aus Koppes Armenhaus und einen Studenten von der Charité wäre die Rechnung auch aufgegangen.«

Nicolai musterte Reiser schweigend.

»Und nun sind nur noch Sie da, der den Herren gefährlich werden kann. Sie wissen, wer hinter all dem steckt, haben mit eigenen Augen beobachtet, dass die beiden Dunkelmänner Wöllner das Pentagramm aushändigten. Er persönlich war ihr Auftraggeber, niemand anderer!« Der Verleger sah Reiser eindringlich an. »Sie können nicht in der Stadt bleiben. In Berlin sind Sie nirgendwo sicher. Man wird Sie finden.«

Reiser richtete sich auf.

»Ich soll Friederike allein lassen? Diese Halunken könnten sie jederzeit wieder holen!«

Nicolai schüttelte den Kopf.

»Dem Fräulein wird nichts passieren. Wöllners Schergen haben, was sie wollten. Mehr als dass man ihr ein Amulett abgenommen und sie ins Leichenhaus gesperrt hat, weiß sie nicht – ein Diebstahl und ein übler Scherz. Außerdem, was zählen Geschichten von jemandem, der schon mal im Irrenhaus war?«

»Aber ich bin doch Polizist!«

»Solange in diesem Land eine Clique von Rosenkreuzern das Sagen hat, ist niemand vor den Geheimen sicher, Polizeisergeanten nicht ausgenommen. Wöllners Bluthunde sprin-

gen jedem an die Gurgel, auf dessen Fährte sie gesetzt werden. Hören Sie, ich würde Ihnen anbieten, in meinem Haus zu bleiben. Aber das ist unmöglich. Seit meine Zeitung verboten wurde, weil der Zensor sagt, sie schade der christlichen Religion, bezichtigt man mich der Neologie. Mit diesem Ruf ist die Ehre verbunden, zur ersten Riege der Untertanen des Königs zu gehören, die jeglicher Untat verdächtigt werden. Dazu gehört auch die Aufnahme vom Justizminister gesuchter Subjekte. Dass wir uns kennen, weiß man dort oben.
Am besten, Sie gehen außer Landes und warten ab, bis der Rosenkreuzerspuk vorbei ist. Das wird nicht mehr allzu lange dauern, hoffentlich. Ich kenne eine Adresse in Leipzig, wo man Ihnen weiterhelfen wird. Als preußischer Polizeisergeant sind Sie in manchem fremden Land gesuchter als in Ihrem eigenen, im positiven Sinn.
Ruhen Sie noch eine Weile aus. Im Gartenzimmer steht eine Chaiselongue. Bevor der Tag anbricht, sollten Sie aufbrechen.«
Reiser schüttelte den Kopf.
»In leeren Straßen fällt der einsame Passant schnell auf. Davor schützt auch Dunkelheit nicht. Sie müssen mich wohl oder übel so lange hier behalten, bis genügend Leute auf den Straßen unterwegs sind.«

19

Der Morgen kam aschgrau daher, als hätte er eine schwere Nacht hinter sich. Auf dem Schlossplatz wartete das übliche Gewimmel von schlendernden Müßiggängern, eiligem Dienstpersonal und vorbeischaukelnden Kutschen auf Reiser. Er hielt sich nah bei den Häusern neben der Stechbahn. An der Ecke zur Schlossfreiheit blieb er einen Moment stehen, schaute prüfend in alle Richtungen. Vom Lustgarten kamen ihm zwei Gestalten mit Zylinderhüten entgegen. Ohne zu warten, bis ihre Gesichter zu erkennen waren, bog er zur Schleusenbrücke ab.

Er mied die engen Gassen um den Werderschen Markt, nahm den Weg über den Oberwall und erreichte ohne weitere Überraschung das Zeughaus. Auf dem großen leeren Platz vor dem Opernhaus musste er sich zwingen, langsam zu gehen und nicht andauernd nach allen Seiten zu spähen. Endlich langte er Unter den Linden an. Die Prachtallee war gut besucht.

Zufrieden dreinblickende Bürger, blasierte Stenze, herausgeputzte Dämchen, schüchterne Besucher der großen Stadt: Wer immer genügend Muße hatte, den Morgen mit Nichtstun zu verbringen, flanierte zwischen den Dreierreihen der Lindenbäume. Solange Reiser wie alle anderen gemächlich einen Fuß vor den anderen setzte und nach jedem dritten Schritt umhergaffend stehen blieb, fiel er in der bunten Gesellschaft nicht auf. Bis zum Viereck würde es so aber endlos dauern. Er ging zum Rand des Fahrwegs, wo der eilige Pas-

sant neben trabenden Pferden und holpernden Kutschen nicht beachtet wurde.
Die Linden zogen sich in die Länge, erst nach einer Ewigkeit kam er am Viereck an. Eine Menge Leute spazierten auf dem großen Platz, plauderten miteinander, bestaunten die umgebenden Stadtpaläste. Vielen genügte der Blick auf das neu erbaute und schon berühmte Brandenburger Tor mit der Siegesgöttin in ihrem Triumphwagen, um danach kehrt zu machen und die fabelhafte Allee in entgegengesetzter Richtung entlangzupromenieren.
Wer seinen Spaziergang im Tiergarten fortsetzen wollte, musste an der Wache vorbei. Die Wartenden standen Schlange und vertrieben sich die Zeit, bis sie vor die Torwache aufgerückt waren und kontrolliert wurden, mit Scherzen und kurzweiligen Gesprächen. Reiser hoffte inständig, dass alle ihre Papiere in Ordnung hatten. Sonst würden die Wachsoldaten mit bohrendem Nachfragen und umständlichen Prozeduren die Kontrollen unweigerlich in die Länge ziehen. Wenn sie einen Deserteur erwischten, ginge es für eine Weile gar nicht weiter.
Nach und nach kam er der Torwache näher. Ein Witzbold brachte die Leute immer wieder mit launigen Bemerkungen zum Lachen. Reiser blickte sich nach ihm um – und riss die Augen auf. Zwei Gestalten überquerten den Platz. Mit ihren in die Stirn gezogenen Zylinderhüten und den sich hinter ihnen bauschenden Paletots glichen sie finsteren Rächern, die mit weit ausholenden Schritten und versteinerten Mienen auf ihn zustrebten. Der Reflex, den Kopf einzuziehen und hinter einem Nebenmann in Deckung zu gehen, blitzte in ihm auf. Er drückte den Rücken durch, schaute ihnen gefasst entgegen.
Mit jedem Schritt, den sie näher kamen, wurde es um ihn herum stiller. Es schien, als träten seine Nebenleute einen

Schritt zurück. Jeden Moment würden die beiden ihn auffordern, ihnen zu folgen. Er spürte schon ihre schweren Hände auf den Schultern.
Sie warfen Reiser nur einen abschätzigen Blick zu, gingen an ihm vorbei und ließen ihn stehen. Beim Schlagbaum schoben sie die Wartenden beiseite, ohne ihre Proteste auch nur im Geringsten zur Kenntnis zu nehmen, postierten sich vor dem Wachposten und redeten auf ihn ein. Seine Festnahme sollte zelebriert werden, unter Beteiligung der gesamten Wachmannschaft.
Das Tuscheln der Umstehenden wurde lauter. Jemand wies mit dem Zeigefinger über den Platz. Alle starrten in die Richtung. Ein Offizier kam in vollem Galopp angeprescht. Passanten sprangen zur Seite, machten den Weg frei. Drei Schritte vor der Torwache brachte der Reiter sein Pferd mit einer scharfen Parade zum Stehen. Noch bevor seine Stiefel den Boden berührten, bellte er, das Tor sei sofort zu schließen und ohne Ansehen der Person niemand mehr durchzulassen.
Die Leute begannen zu rätseln, wieso die Obrigkeit ihren Bürgern den Spaziergang im Tiergarten vermasseln wollte. Reiser wusste es. Ein junger Sergeant der Polizei sollte mit allen Mitteln daran gehindert werden, die Stadt zu verlassen.
Er sah sich nach den Geheimen um. Eben hatten sie noch mit dem Wachsoldaten geredet. Der stand mittlerweile breitbeinig vor dem Schlagbaum. Der Offizier war schon wieder aufgesessen und jagte weiter. Von den beiden Männern war nichts zu sehen. Schließlich entdeckte er zwei dunkle Silhouetten, die mit großen Schritten der Chaussee nach Charlottenburg zustrebten. Gleich würden sie zwischen den Bäumen des Tiergartens verschwinden, wie er selber es vorgehabt hatte. Man konnte fast glauben, sie suchten an seiner Stelle das Weite.

Derweil wurde die Menge wieder munter und bedrängte den Wachsoldaten. Zu seiner Verstärkung stürmte die restliche Mannschaft mit geschulterten Gewehren aus dem Wachhaus. Wieso man sie an ihrem gewohnten Spaziergang im Tiergarten hindere? Wann sie ihn endlich antreten könnten? Als unbescholtene Bürger Berlins habe man ein Recht darauf! Und lange genug gewartet!
Reiser stand verloren zwischen den aufgebrachten Menschen. Er ließ den Blick über das Viereck gleiten und hielt nach dem Kommando Ausschau, das ihn in die Mitte nehmen und abführen würde. Aber niemand kam, um ihn zu arretieren.
Ohne zu wissen, wohin, schlenderte er die Linden zurück. Flaneure standen in dichten Gruppen beisammen und redeten aufgeregt durcheinander. Auf beiden Seiten der Allee hetzten Militärs ihre Gäule über die Reitwege, ohne nach links oder rechts zu sehen.
Vor dem Zeughaus sammelte sich eine Kompanie Soldaten, etwas abseits standen die Offiziere in Paradeuniform. Man sah ihnen von ferne an, wie erregt sie miteinander redeten. Reiser entdeckte Künow unter ihnen. Der gab ihm unauffällig ein Zeichen, um die Ecke am Spreeufer auf ihn zu warten.
»Herr Reiser! Dass ich Sie hier treffe … Ich habe eine wichtige Neuigkeit … Eigentlich soll sie noch nicht an die Öffentlichkeit, aber Ihnen als Polizist kann ich es ja sagen. Unser König ist gestorben, heute Morgen in Potsdam. Der Kommandant hat die Tore schließen lassen … Der ganze Stab ist in Aufruhr, ich muss … Wir sehen uns heute Abend, hoffentlich!«
Reiser schaute dem Leutnant hinterher. Seine Gedanken überschlugen sich.

Der König war tot. Die Rosenkreuzer hatten ausgespielt. Niemand bedrohte mehr sein Leben. Die beiden Geheimen waren nicht zum Brandenburger Tor gekommen, um seine Flucht zu verhindern, sie wollten sich selber aus dem Staub machen.
Er musste nicht fliehen. Er würde wieder ein ganz normales Leben führen. Und er hatte Dienst.

20

Reiser zog den Mantelkragen hoch. Ihn fröstelte, er musste niesen. Gänsehaut kroch ihm den Rücken hinauf. Er kannte die Anzeichen. Eine Erkältung war im Anzug.
Was erwartete ihn auf dem Revier?
Der Kommissar wusste, dass er wusste, was in den letzten Tagen gespielt worden war.
Aber der Kommissar wusste auch, dass er es nicht beweisen konnte.
Reiser betrat die Dienststube. Rosenow und Lemke schienen auf ihn gewartet zu haben.
»Reiser, wo stecken Sie denn die ganze Zeit?«, platzte der Kommissar heraus. »Ich habe mir schon Sorgen um Sie gemacht. Seit gestern Morgen habe ich nichts mehr von Ihnen gehört. Ich warte auf Ihren Bericht.«
Reiser wollte etwas erwidern, aber seine Worte gingen in einem heftigen Niesanfall unter.
Rosenow gab sich leutselig.
»Es geht nicht um den Tagesbericht. Den hat Lemke schon geschrieben und bringt ihn zum Präsidenten. Lemke, worauf warten Sie noch?«
Der alte Sergeant erhob sich widerwillig, schlurfte mit beleidigter Miene zur Tür und zog ab. Rosenow schaute Reiser erwartungsvoll an, nickte ihm aufmunternd zu. Reiser schlang die Arme um die Brust. Wieder musste er niesen. Umständlich suchte er das Sacktuch und putzte die Nase. Dann fing er an zu reden.

Er holte weit aus, spielte darauf an, dass seine Berichte vernichtet oder zurückgehalten wurden, die Geheimen aber jederzeit auf dem Laufenden waren, dass er läppische Aufträge erhalten hatte, die seine Ermittlungen behindern sollten.

Der Kommissar unterbrach ihn.

»Mein lieber Reiser, da muss ich etwas klarstellen. Ihre Aufträge waren keineswegs unsinnig. Ich habe Untergebene, die mir anvertraut sind. Einer von ihnen steckte seine Nase in äußerst heikle Angelegenheiten, die Interessen betrafen, die wir von unserer beschränkten Warte aus nicht erfassen und die Konsequenzen nach sich ziehen können, die für einen kleinen Polizisten nicht im Mindesten absehbar sind. Davor wollte ich Sie bewahren. Ich habe Ihnen Aufgaben zugeteilt, deren Erledigung Sie davon abhalten sollte, sich in Dinge zu mischen, die man besser anderen überlässt. Darf ich nun endlich erfahren, was bei Ihren Ermittlungen herausgekommen ist?«

Reiser musste einige Male so heftig niesen, dass ihm Tränen in die Augen stiegen. Rosenow fragte, wo er sich die Erkältung geholt habe. Reiser schilderte sein unfreiwilliges Bad und den Grund dafür. Der Kommissar hakte nach, wieso die Geheimen überhaupt hinter ihm her waren? Reiser beschrieb die Übergabe des Amuletts an den Justizminister. Rosenow horchte auf.

»Justizminister Wöllner? Sie sagen, er war persönlich verwickelt?«

Reiser wiederholte, er habe mit eigenen Augen gesehen, wie er die Kette mit dem Pentagramm an sich genommen hatte.

Rosenow sprang auf.

»Wöllner! Der Herr ist die längste Zeit Justizminister gewesen. Seine Rosenkreuzer können ihm nicht mehr helfen. Jetzt weht ein neuer Wind. Schreiben Sie einen Rapport über die

Affäre, und zwar ausführlich. Vergessen Sie nicht, die Verstrickung des Justizministers zu erwähnen und die jeder Beschreibung spottende Rolle seines Geheimdienstes! Dessen Agenten ein ums andere Mal die königliche Polizei getäuscht, ihre Arbeit behindert und sogar einen Sergeanten leiblich bedroht haben. Es wird Ihr Schaden nicht sein, wenn unser Revier bei diesem Skandal gut dasteht. Ich werde unverzüglich den Polizeipräsidenten unterrichten. Diese unglaublichen Vorfälle haben wir genau im rechten Moment geklärt.«

Rosenow erhob sich, rückte seine Uniformjacke zurecht, warf den Mantel über und verließ die Stube.

Reiser sagte nichts. Er hörte die Tür schlagen, trat ans Fenster und sah dem Kommissar hinterher, der in die Oranienburger Straße verschwand.

Fröstelnd schleppte er sich zum Pult.

Gab es irgendetwas Konkretes, Greifbares, das er zu Papier bringen konnte? Der unbekannte Tote war so schnell verschwunden, wie er aufgetaucht war, sein Pentagramm ebenso. War er Schrepfer? Nicolai könnte recht haben. Aber wenn jeglicher Hinweis über seine Zeit in Berlin in höchst geheimen Archiven unter Verschluss gehalten oder schon beseitigt worden war, hatte er vor über zwanzig Jahren in Leipzig seinem Leben ein Ende bereitet. Die beiden Geheimen konnten nicht mehr befragt werden, sie waren über alle Berge. Wie sollte daraus ein Rapport werden?

Den Kopf zwischen die geballten Fäuste gestützt, starrte er das leere Papier an.

Mit einem Male fühlte er sich unendlich müde.

Nachwort

Der Roman spielt im November 1797 in Berlin. Dem heutigen Leser mögen manche Schilderungen derart grotesk vorkommen, dass er sich fragt, ob sie nicht reiner Fantasie entspringen.
Was die Geschichte an sich betrifft, so ist sie völlig frei erfunden. Allerdings gibt es eine Reihe konkreter Bezüge, die aus zeitgenössischen Quellen stammen. Insofern sind Übereinstimmungen mit Personen, Orten und Zeitgeschehen nicht immer rein zufällig. Zur leichteren Orientierung zwischen realem Gehalt und fiktiver Erzählung seien hier einige Hinweise gegeben.
Das Ende des 18. Jahrhunderts ist von Zeiterscheinungen geprägt, die in derart krassem Gegensatz zueinander stehen, dass man oft kaum glauben mag, sie fielen in ein und denselben Zeitraum: Aberglaube und Aufklärung, Romantik und Rationalismus, Meinungsvielfalt und Zensur. Einige dieser Gegensätzlichkeiten ziehen sich auch durch den Roman.
Über die Bedeutung Friedrich Wilhelms II. für die preußische, deutsche, europäische Geschichte streiten die Historiker noch Jahrhunderte nach seinem Tod. Die Untertanen Ihro Majestät hatten ihr Urteil schon zu seinen Lebzeiten gefällt. Sein dichtender, komponierender, musizierender, philosophierender, Kriege führender und aufgeklärt regierender Vorgänger Friedrich II. galt dem Volk als »der Große« und »der Einzige«. Obwohl die Statur Friedrich Wilhelms II. einem Beinamen »groß« durchaus entsprach, nannte ihn der

Volksmund nur »Lüderjahn« und »Dicker Wilhelm«. Die Redensart »den dicken Wilhelm markieren« bewahrt die Erinnerung an ihn bis in unserer Tage.
Unstreitig ist der offensichtliche Aberglaube dieses preußischen Herrschers. Botschaften, die ihm sein früh verstorbener Sohn, Graf Alexander von der Mark, vermeintlich aus dem Jenseits sandte, vermerkte er in einem Tagebuch. Darin stand auch, dass die Geister der Hohenzollern in den Bäumen des Grunewalds wohnten. Für Friedrich Wilhelm II. existierten Geister real und konnten jederzeit erscheinen. Wer wissen möchte, wo überall Geisterbeschwörungen für den Rosenkreuzer auf dem Königsthron abgehalten wurden, lese bei Fontane nach.
Friedrich Wilhelms enge Beziehung zu den Rosenkreuzern ist gesichert. Mitglieder des Geheimordens saßen überall im Staate Preußen an wichtigen Positionen. Johann Rudolph von Bischoffwerder, der in Leipzig eng mit Johann Georg Schrepfer (in anderer Schreibweise Schröpfer) verbunden war, erkor der Monarch zu seiner rechten Hand. Johann Christoph von Wöllner, den Wilhelms Großonkel und Vorgänger auf dem Thron noch einen intriganten Pfaffen genannt hatte, verlieh er den Adelstitel und berief ihn zum Justizminister.
In seinem letzten Lebensjahr verfiel der König infolge einer Brustwassersucht zusehends. Als die Hofärzte nicht mehr weiterwussten, ließ man den Magnetiseur de Beaunoir aus Paris kommen. Der empfahl dem Monarchen, tagsüber eine Mütze nach russischer Art zu tragen, aufmunternder Musik zu lauschen, jedoch nur von Blas-, nicht von Streichinstrumenten, ausschließlich spanischen Wein zu trinken, den aber ad libitum, und nachts zwischen zwei Kindern zu liegen, deren frischer Körpergeruch ihm neuen Lebensmut einhauchen mochte.

Friedrich Wilhelm II. starb am Morgen des 16. November 1797 in Potsdam. Die Nachricht von seinem Tode wurde umgehend nach Berlin überbracht. Bischoffwerder unterrichtete zunächst den Kronprinzen; der Stadtkommandant preschte auf seinem Pferd zum Brandenburger Tor und ließ dieses schließen, wie alle übrigen Stadttore auch. Kein Soldat sollte die Stadt verlassen können, bevor er seinen Eid auf den neuen König geleistet hatte. Mancher Spaziergang im Tiergarten, damals ein beliebtes »Naherholungsgebiet« vor den Toren der Stadt, fiel dadurch ins Wasser.
Friedrich Wilhelm III., der Thronerbe, war auf das nahende Ableben seines Vaters vorbereitet und machte sofort Schluss mit dem rosenkreuzerischen Spuk. Als eine seiner ersten Amtshandlungen jagte er Wöllner vom Hof. Bischoffwerder zog sich bald auf sein Schloss Marquardt zurück. In dessen weitläufigem Park hatte er die »Blaue Grotte« errichten lassen, in der dem verstorbenen König besonders spektakuläre Geisterbeschwörungen geboten worden waren.
Die Grotte war schon zu Fontanes Zeiten verfallen und ist mittlerweile verschwunden, bis auf einige blau lasierte Scherben, die der örtliche Kulturverein verwahrt. Wer über genügend Fantasie verfügt, kann sich anlässlich eines Besuchs des idyllisch an der Wublitz gelegenen Schlossparks in Marquardt den laut Fontane »dunklen Steinbau in einem mit Akazien bepflanzten Hügel« gut vorstellen. Im Nachlass des Dichters fand sich eine von ihm selber angefertigte Skizze der im Inneren etwa sieben Meter im Quadrat messenden Grotte. In ihre Wände waren in Brusthöhe verdeckte Löcher eingelassen. Dahinter lag ein umlaufender Gang, in dem sich Helfer und Apparate des diensthabenden Magiers verbargen.
Man mag Friedrich Wilhelm II. zugutehalten, dass zu seiner Zeit viele Leute an alle möglichen übernatürlichen Erschei-

nungen und Phänomene glaubten. Noch 1775 fand in Deutschland ein Hexenprozess statt, die Beschuldigte starb unter dem Beil des Henkers. Und erst 1787 hob Kaiser Joseph II. in der k.u.k.-Monarchie den Straftatbestand der Zauberei auf.

So kennt die Epoche zahllose Magier, Wunderheiler, Exorzisten und Goldmacher, unter ihnen Berühmtheiten wie den Pfarrer und Teufelsbanner Gassner, »Graf« Cagliostro, »Graf« Saint Germain. Bauten diese auf grandiose Hochstapelei, eiskalte Unverfrorenheit und die dämonische Wirkung ihrer Person, bedienten sich andere »technischer« Mittel, die ihren Zuschauern unbekannt und vollends unerklärlich waren. Zu ihnen gehörten Schrepfer, der als wahrer Pionier des Metiers seiner Zeit weit voraus war, sowie Philidor, Robertson, »Ritter« Pinetti, Williams und Richardson, um nur die bekanntesten zu nennen.

Diese professionellen Verführer wussten schon damals, dass sie beim Publikum eine umso größere Wirkung erzielten, wenn sie nicht nur einen, sondern mehrere Sinne erreichten. Zur Erzeugung optischer Illusionen erfreute sich die Laterna magica großer Beliebtheit. Sphärische Klänge der Glasharmonika sprachen das Gehör oder vielmehr das Gemüt an. Starke Aromen mit die Sinne betörender Wirkung sollten das Bewusstsein trüben, unerwartete elektrische Schläge dem Zuschauer die Kraft des Magiers handgreiflich beweisen.

Geisterbeschwörungen der im Roman geschilderten Art sind in zahlreichen Berichten schriftlich belegt .So erschien im April 1789 in der *Berlinischen Monatsschrift* ein Artikel mit der Überschrift *Nachricht von der Philidorschen Geisterbeschwörung*. Verfasst hat ihn Freiherr von der Reck, seines Zeichens früherer Kammerherr des verstorbenen Königs Friedrich II. und Ritter des St. Johanniterordens.

Von der Recks Schilderung ist Vorlage für die in Tumult ausartende Szene, an deren Ende Friederike eine Ohnmacht erleidet. Reck erwähnt keine Dame, er nennt als Besucher der Vorstellung ein gutes Dutzend der »vornehmsten« Herren.
Manche Séance wurde von der Musik einer Glasharmonika begleitet. Benjamin Franklin, ihr Erfinder, hatte ein »ernsthaftes« Musikinstrument schaffen wollen. Ihr Sphärenklang steigerte jedoch den Effekt übersinnlicher Illusionen auf derart wunderbare Weise, dass sie unzähligen magischen Spektakeln die Hintergrundmusik lieferte. So wurden im Seifersdorfer Tal, dem Garten des Grafen Brühl, Konzerte gegeben, zu denen man sich bei Mitternacht an einem Grabmal traf.
Der Arzt und »Magnetiseur« Franz Anton Mesmer ließ eine Glasharmonika spielen, wenn er seine Patienten in einen Zustand von Entrückung versetzte, in dem sie eine als heilsam betrachtete Krise durchlebten. Geisterbeschwörer und Gaukler aller Art erkannten bald, dass sich kaum ein Instrument besser eignete, um gespenstischen Szenerien eine schauerlich nervenaufreibende Wirkung zu verleihen.
Bei alldem darf nicht vergessen werden, dass Komponisten wie Hasse, Reichardt, Naumann, Beethoven und Mozart für die Glasharmonika Noten setzten. Den deutschen Romantikern war sie das Kultinstrument schlechthin. Die im Roman erwähnte blinde Virtuosin Marianne Kirchgessner trat 1792 tatsächlich viermal vor Friedrich Wilhelm II. auf. Mehr über das in unseren Tagen rar gewordene Instrument ist auf der website www.armonica.de zu erfahren.
Zur gleichen Zeit, in der Magier zuhauf ihr Publikum narrten, führten aufgeklärte Geister einem staunenden Publikum damals als sensationell empfundene »technische« Darbietungen vor. Benjamin Franklin errang im vorrevolutionären Paris unter anderem auch wegen seines »elektrischen« Zeitvertreibs

schnell eine enorme Popularität. So ließ König Ludwig XVI. eines Tages Höflinge im Garten der Tuilerien eine Menschenkette bilden, die sich bei den Händen hielt. Franklin versetzte dem Ersten am einen Ende der Kette einen elektrischen Schlag, der durch alle hindurch bis zum Letzten am anderen Ende geleitet wurde. Johann Carl Enslen reiste mit seinen im Roman erwähnten Vorführungen durch die Lande.

Mit derart realen Experimenten hätte sich ein Schrepfer niemals abgegeben. Ab 1769 betrieb er in Leipzig die *Weissleder'sche Kaffeewirthschaft*, in deren Billardraum er wenig später »magische Unterhaltungen« anbot. Nicolais *Allgemeine Deutsche Bibliothek* berichtet im Jahre 1775 in mehreren Beiträgen über ihn. Die Zahl seiner Betrügereien, mit denen er sich rücksichtslos auf Kosten anderer bereichern wollte, ist Legion. Bei den Freimaurern strebte er nach höchsten Ehren. Seine Karriere endete jäh, als er gegen ihr Geheimhaltungsgebot verstieß und ein Richter ihm dafür hundert Stockschläge aufzählen ließ. Den Rosenkreuzern kam Schrepfer mit seinen Vorstellungen von neuen Riten gerade recht, fügten sie sich doch wunderbar zum mystischen Hokuspokus des Geheimordens.

Was Schrepfers Ende anbelangt, so lautet die offizielle Version Tod durch einen Schuss ins Gesicht von eigener Hand. Demnach hat er seinem Leben im Rosental bei Leipzig gut zwanzig Jahre vor der Zeit des Romans ein Ende bereitet. Vieles spricht dafür, dass die Rosenkreuzer, auf welche Weise auch immer, Schrepfers Ausrüstung und Erfahrung nutzten. Kaum war sein Besitzer auf die im Roman beschriebene theatralische Weise aus dem Leben geschieden, verschwand sein »Apparat« für immer.

Zur selben Zeit tauchte Bischoffwerder in Leipzig ab und einige Monate später in Berlin wieder auf. Niemand weiß, wo er sich in der Zwischenzeit aufhielt. Belegt ist hingegen, dass die Rosenkreuzer in der Folge begannen, dem für seine Geistergläubigkeit bekannten Kronprinzen und späteren König mit ihrem Hokuspokus zuzusetzen. Friedrich Wilhelm II. hörte auf Empfehlungen und Befehle der Botschafter aus einer anderen Welt, vorausgesetzt, er war von ihrer Echtheit überzeugt. Solch perfekte Illusionen zu erzeugen vermochte zu jener Zeit gerade und vor allem Schrepfer.

Friedrich Nicolai, der im Roman Gustav Reiser zur Seite steht, war erbitterter Feind jeglichen Aberglaubens. Er gilt als einer der entschiedensten Verfechter der Aufklärung in Deutschland. Allein die rund zwanzigtausend Briefe des Verlegers, Buchhändlers und Schriftstellers füllen achtundachtzig seines knapp dreihundert Bände umfassenden schriftlichen Nachlasses. Seine Auslassungen über die Rosenkreuzer, die er Reiser nächtens zu einem Punsch kredenzt, sind zum Teil fast wörtlich dem im Jahre 1806 von ihm selber veröffentlichten Buch *Einige Bemerkungen über den Ursprung und die Geschichte der Rosenkreuzer und Freymaurer* entnommen.

Was Nicolais Kritik an Aberglaube und Romantik anbelangte, ging er keinem Streit aus dem Weg, auch nicht mit den Großen seiner Zeit. Bald nach dem Erscheinen von Goethes *Die Leiden des jungen Werthers* stellt er dem Roman seine eigene, weniger herzschmerztriefende Version *Die Freuden des jungen Werthers* zur Seite. Darin verübt Werther nicht wirklich Selbstmord. Mit Hühnerblut gefüllte »Blasen« ersetzen die scharfe Munition der Pistole.

Der Dichterfürst vergaß Nicolai diese Respektlosigkeit nicht. Im zweiten Teil des *Faust* lässt er zur Walpurgisnacht einen Proktophantasmisten (»Steißgeisterseher«) auftreten, der verzweifelt deklamiert:

»Das Teufelspack, es fragt nach keiner Regel.
Wir sind so klug und dennoch spukt's in Tegel.«

Der Reim spielt darauf an, dass Nicolai (wie auch Mitglieder der *Naturforschenden Gesellschaft zu Berlin*) einem Poltergeist nachforschte, der angeblich im Tegeler Forsthaus sein Unwesen trieb. Goethe rächte sich zwar spät, aber eiskalt an seinem Kritiker, und fröhlich dichtend bei einer guten Flasche Wein, baute er Nicolai als Proktophantasmisten ein.
Nicolais Haus in der Brüderstraße 13, in das Reiser flieht, ist eines der wenigen im Zentrum von Berlin erhalten gebliebenen zeitgenössischen Wohnhäuser. Im Jahre 2011, in dem sich Nicolais Todestag zum zweihundertsten Mal jährte, stand es leer und harrte einer dringenden Renovierung.
Die im Roman auftretenden Doktoren Walther, Vater (Johann Gottlieb) und Sohn (Friedrich August), sind in den Annalen der Charité erfasst. In ihrer Funktion als Chirurgen, Anatomen und Ausbilder angehender Ärzte waren sie dankbare Abnehmer von Leichen. Sie sammelten eine Unmenge an Präparaten, die Friedrich Wilhelm III. ihnen später für eine stattliche Summe abkaufte und der Charité vermachte. Der historischen Korrektheit zuliebe sei erwähnt, dass Leichenöffnungen zum Zwecke der gerichtsmedizinischen Untersuchung um 1797, wie auch in den Jahrzehnten zuvor, häufig noch unter freiem Himmel stattfanden. Ein zentrales Leichenschauhaus, die »Morgue«, entstand erst 1811.
Das erste Berliner Leichenhaus wurde 1794 auf dem Kirchhof der Sebastiankirche an der Alten Jacobstraße eingeweiht. Es diente nicht dazu, eine ordentliche Bestattung von Toten zu erlauben, sondern die versehentliche Bestattung Lebender zu verhindern. Zu jener Zeit gab es zum Thema »verlässliche Feststellung des endgültigen Ablebens« eine Flut hochwissen-

schaftlicher Abhandlungen, halbwissenschaftlicher Traktate, pseudowissenschaftlicher Sprüche und jeglicher Wissenschaft spottender Gerüchte. So sprach ein Zeitungsartikel davon, dass allein im Jahr 1798 zehn Millionen Menschen das schreckliche Schicksal erlitten hätten, als Scheintote beerdigt zu werden. Im Leichenhaus lag, so er oder sie es sich leisten konnte und früh genug alles Notwendige veranlasst hatte (Liegeplätze waren knapp und begehrt), der oder die mutmaßlich Verstorbene in einem Sarg, der nicht geschlossen wurde. Dem konnte wieder entsteigen, von wem der Tod noch nicht definitiv Besitz ergriffen hatte.

Zum Schutz der möglicherweise nicht Toten gab es diverse Sicherheitsvorkehrungen. Der Raum wurde beheizt, damit sich niemand eine Erkältung zuzog oder im kalten Berliner Winter erfror. Bei Dunkelheit brannte zur etwaigen Beruhigung und Orientierung ein Licht. Als wesentlichste Verbindung zur Welt der Lebenden waren Schnüre an den Gliedmaßen der Aufgebahrten befestigt, die selbst die leiseste Bewegung auf eine Glocke übertrugen, mittels welcher im Nebenraum harrende Wächter alarmiert wurden. Um die starke Nachfrage zu bedienen, wurde im Jahre 1797 ein weiteres Leichenhaus eröffnet.

Derlei Sorgen kümmerten manch anderen nicht. Wer auf den Richtplatz, der Volksmund nannte ihn »des Teufels Lustgarten«, geführt wurde, hatte den sicheren Tod vor Augen und wurde anschließend ohne Umwege beerdigt. Die Hinrichtungsstätte befand sich zur Zeit des Romans auf freiem Feld, beim heutigen Gartenplatz im Wedding, wo nichts mehr an die grausige Vergangenheit erinnert. Anstelle eines zwei Meter hohen, dreifüßigen Galgens erhebt sich dort heute eine Kirche, umgeben von Seniorenheim, Grünfläche und Bolzplatz.

Damals waren Hinrichtungen meist gut besuchte Volksfeste, bei denen es hoch herging. Als das Urteil an Christian Lenz, einem Posträuber und dreifachen Mörder, am 19. Januar 1790 vollstreckt wurde, war ganz Berlin auf den Beinen, Zuschauer, Trickbetrüger, Musikanten, Wanderprediger, leichte Mädchen, Schnapsverkäufer, Bauchladenunternehmer, Snackanbieter, Taschendiebe und Akrobaten. Gerade wegen solchen Trubels waren die ursprünglich mitten in der Stadt befindlichen Richtstätten immer weiter hinaus verlegt worden.

Polizeisergeant Gustav Reiser ebenso wie seine Kollegen und Bekannten sind frei erfunden. Dennoch wurde ihr Umfeld nach bestem Wissen und Gewissen recherchiert. Zu der Zeit, in der dieser Roman spielt, gab es in Berlin 18 Polizeireviere. Ob Reisers Dienststube im Spandauer Viertel tatsächlich an der Ecke Linien- und Oranienburgerstraße lag, geht aus den damaligen Adressbüchern nicht hervor. In dem Revier trafen jedenfalls die verschiedensten Milieus der Gesellschaft aufeinander: Koppes Armenhaus, Schloss Monbijou, Kasernen, Freimaurerloge, Charité, Tierarzneischule, exklusiver Club (»Ressource«) und Kellerspelunke.

Einige der im Roman erwähnten Gebäude stehen noch heute. So wurde das Anatomische Theater im Jahre 2012 nach umfangreicher Restaurierung wieder eröffnet. Der Armenfriedhof, auf den Reiser gerufen wird, ist seit Langem aufgelassen. Dort liegt heute der Koppenplatz mit Kinderspielplatz und Denkmal für die zur Nazizeit deportierten Juden.

Die zwei Herren, die in Zylinder und Paletot durch den Roman geistern, gehören einer Profession an, deren Habit sich im Laufe der Zeit änderte. Typisch für ihre geheime Tätigkeit war immer, dass sie jederzeit im alltäglichen Leben präsent waren, aber ungern in Erscheinung traten. Andererseits wusste

jeder, dass es sie gab, und verdrängte sie aus dem Bewusstsein, so gut es ging.
Von der engen Bebauung der Berliner Altstadt ist fast alles verschwunden, wie auch das Haus in der Rosenstraße, in dem man sich Witwe Straßbergs Etage vorzustellen hat. Die Gegend war eine beliebte Wohnlage für Hofbedienstete und gehobenes Kleinbürgertum. Im geräumigen Innenhof des Karrees Rosen-, Papen-, Spandauerstraße und Heidereutergasse stand die Synagoge, auf die Reiser beim Blick aus dem Fenster schaut. Sie war die älteste Berlins und existiert nicht mehr. Ihren Platz nimmt heute eine kleine Grünfläche mit einem unscheinbaren Mahnmal ein, das an ein jüngeres Kapitel der Geschichte erinnert. Damals gingen in Berlin reale Dämonen um, Hass, Menschenverachtung und gnadenlose Brutalität.

Quellen

Um den historischen Hintergrund des Romans möglichst authentisch schildern zu können, wurden zahlreiche zeitgenössische und spätere Quellen berücksichtigt. Dem interessierten Leser empfohlen sei folgende allgemein zugängliche Literatur:

Atzel, Isabel: *Persönlichkeiten aus drei Jahrhunderten Berliner Medizin*, Berlin 2010

Bauer, Roland: *Berlin, illustrierte Chronik bis 1870*, Berlin 1988

Blauert, Elke (Hg.): *Berlin um 1800*, Berlin 2007

Ebert, Marlies und Hecker, Uwe: *Das Nicolaihaus*, Berlin 2006

Ernst, Gernot und Laur-Ernst, Ute: *Berlin in der Druckgrafik*, Berlin 2009

Falk, Rainer: *Friedrich Nicolai (1733–1811)*, Halle (Saale) 2012

Fontane, Theodor: *Wanderungen durch die Mark Brandenburg*, München 1991

Hahn, Matthias: *Schauplatz der Moderne, Berlin um 1800*, Hannover 2009

Krögen, Karl Heinrich: *Freie Bemerkungen über Berlin*. Leipzig, Prag 1785, Nachdruck Leipzig und Weimar 1986

Kuntze, Friedrich: *Das alte Berlin*, Leipzig 1939

Lennig, Petra: *Die Berliner Charité*, Berlin 2008

Nicolai, Friedrich: *Beschreibung der königlichen Residenzstadt Berlin*, 1786, Nachdruck Berlin 1987

Neumann, Hans-Joachim: *Friedrich Wilhelm II.*, Berlin 1997
Sichelschmidt, Gustav: *Friedrich Wilhelm II.*, Berg am See 1993
Woche, Klaus-Rainer: *Vom Wecken bis zum Zapfenstreich. Die Geschichte der Berliner Garnison*, Potsdam 1998

Wenn Reiser durch Berlin geht, folgt er Selters *Grundriss von Berlin* aus dem Jahre 1804.
Im Internet: www.armonica.de

Danksagung

Das Interesse, der Zuspruch und die Hilfe vieler Freunde und Bekannter haben mich bei meiner Arbeit an diesem Roman immer wieder ermuntert und vorangebracht.
Zu besonderem Dank bin ich Gabriele Dietz verpflichtet. Ohne die wertvollen Hinweise und Vorschläge ihres umsichtigen Lektorats würde der Leser über einige Ungereimtheiten stolpern und mit mancher Frage alleingelassen, die ich selber beim Schreiben für logisch, klar und selbstverständlich hielt.
Meine Frau Rotraut hat das Entstehen dieses Buches kritisch begleitet. Wie immer wies sie Unausgegorenes strikt zurück, korrigierte geduldig Halbgegorenes und hinterfragte, was mir schon ausgegoren schien.
Darüber hinaus gilt mein Dank:
Dr. Bärbel Fest, Leiterin der Polizeihistorischen Sammlung Berlin, die wertvolle Informationen zu Organisation und Arbeit der königlichen Polizei in Berlin um 1800 gab.
Dieter Beuermann, Spiritus Rector des Freundeskreises Nicolaihaus e. V. Berlin. Mit ihm führte ich erhellende Gespräche über Friedrich Nicolai und dessen Haus und Haushalt.
Rainer Falk, Literaturwissenschaftler am Theodor-Fontane-Archiv Potsdam und ausgewiesener Nicolai-Experte, der die Person Friedrich Nicolai präzisierte.
Dr. Wolfgang Grittner, Chronist von Marquardt und Vorsitzender des Kultur- und Heimatvereins Wublitztal e. V. Er

steuerte großzügig Hinweise zur Blauen Grotte auf Schloss Marquardt bei.

Professor Ingo Wirth, Hochschuldozent für forensische Medizin und Autor mehrerer Bücher zum Fach, für seine Hinweise die Methoden gerichtlicher Leichenöffnungen die Zeit des Romans betreffend.

Hendrik Zobel, der meine unbedarften Versuche, zu berlinern, in korrektes Lokal-Idiom umsetzte.

Der Autor

Werner Münchow, geboren 1945, besuchte die Schule in Lübeck und Bochum, studierte in Mannheim und Gießen und hatte im Rahmen der deutschen und internationalen Entwicklungszusammenarbeit zahlreiche Einsätze in Afrika, Ostasien und im Vorderen Orient. Neben Sachliteratur veröffentlichte er in den letzten Jahren Hörbücher, Kurzkrimis und Kriminalromane, zuletzt »Scharfes Glas« (2010). Werner Münchow lebt in Berlin.

Eine starke Frau ermittelt im Preußen der Königin Luise

Das spanische Medaillon

978-3-89809-525-9

1813 rüstet sich Preußen zur Erhebung gegen Napoleon. Doch der patriotische Enthusiasmus wird durch grauenhafte Morde gedämpft: Ein Monster treibt sein Unwesen, das keinen Unterschied zwischen Zivilisten und Soldaten macht. Und gegen alle guten Ratschläge ermittelt Gerardine auf eigene Faust …

272 Seiten, Paperback, 9,95 € [D]

Die letzte Bastion

ISBN 978-3-89809-519-8

»Wie immer bei Wolf ist es eine von historischen Fakten gesättigte und dicht gestrickte Geschichte, die spielerisch mit dem altertümlich vornehmen Deutsch umgeht und so manches Wort neu erfindet … Sehr speziell und einfach köstlich.«

Gießener Allgemeine

272 Seiten, Paperback, 9,95 € [D]

Der rote Salon

ISBN 978-3-89809-517-4

»Gerardine erweist sich in diesem neuen Preußenkrimi von Tom Wolf als würdige Nachfolgerin ihres Urgroßvaters Honoré Langustier. Witzig und amüsant schildert der Autor das Alltagsleben im Berlin jener Tage, er verknüpft historische Figuren mit fiktiven und praktiziert gekonntes ›Name Dropping‹.«

ekz

288 Seiten, geb./Schutzumschlag, 16,95 € [D]

www.bebraverlag.de